大魚讀品
BIG FISH BOOKS

让日常阅读成为砍向我们内心冰封大海的斧头。

地球尽头的温室

[韩] 金草叶 _著
胡椒筒 _译

SPM 南方传媒 | 花城出版社
中国 · 广州

图书在版编目（CIP）数据

地球尽头的温室 /（韩）金草叶著 ；胡椒筒译．--
广州 ：花城出版社，2023.5
ISBN 978-7-5360-9976-0

Ⅰ．①地… Ⅱ．①金… ②胡… Ⅲ．①幻想小说－韩
国－现代 Ⅳ．①I312.645

中国国家版本馆 CIP 数据核字（2023）第 069929 号

著作权合同登记号：图字 19－2022－207 号

This book is published with the support of the Literature Translation Institute of Korea (LTI Korea).

出 版 人：张　懿
责任编辑：欧阳佳子
特约监制：冯　倩
特约策划：任　菲
特约编辑：金　玲
责任校对：汤　迪
版权支持：冷　婷　朱　雯　李　想
营销支持：叶梦瑶　徐　幸　王舞笛
技术编辑：林佳莹
装帧设计：魏　魏

书　名	地球尽头的温室 DIQIU JINTOU DE WENSHI
出版发行	花城出版社 （广州市环市东路水荫路 11 号）
经　销	全国新华书店
印　刷	三河市中晟雅豪印务有限公司 （三河市泃阳镇错桥村）
开　本	880 毫米 × 1230 毫米　32 开
印　张	8.5
字　数	200,000 字
版　次	2023 年 5 月第 1 版　2023 年 5 月第 1 次印刷
定　价	49.80 元

购书热线：020-37604658 37602954
欢迎登录花城出版社网站：http://www.fcph.com.cn

目录

序幕 _001

第一部　摩斯巴纳 _013

第二部　森林村 _075

第三部　地球尽头的温室 _167

作者的话 _263

参考文献 _265

序幕

一辆破旧不堪的车哐啷一声停在了山坡上。断裂的木台阶、陈旧的里程碑和破碎的护栏，这里曾是国立公园，但现在已经彻底没有人迹，周围只有散落的碎石和岩石。山路两旁橡胶树的树干表皮乌黑，上面凝结的白色树液好似毛骨悚然的抓痕。椰子树早已枯萎，黑灰色的树叶垂在半空。

“要是有海豚在的话，我们就能往更里面走了。”

娜奥米无心地嘟囔了一句，转头看了一眼阿玛拉的眼色。为了得到坐标，姐妹俩不得不用身上最值钱的飞天车做交换。当时娜奥米很是惊讶，因为没想到对方会提出这样的交换条件，她原本打算说服阿玛拉放弃这次机会，去别的地方寻找坐标。如果不是看到阿玛拉疲惫不堪的表情，娜奥米也不会做出这样的选择。看到一脸倦色的阿玛拉，娜奥米预感也许不会再有下一次，因为对阿玛拉而言，时间已经所剩无几了，所以娜奥米才用飞天车交换了那张仅存有坐标的卡片。

阿玛拉一边探着树丛中看不清的路一边说：

“路这么窄，就算有飞天车也过不去，除非砍掉这些高大的树，否则开到一半咱们也会把车丢在路上的。”

“那可不好说，把海豚开到高空也许可行……”

娜奥米说着仰起头来，只见参天大树密密麻麻地遮住了视野。在生活到七岁时离开的耶加雪夫，姐妹俩也从没见过如此高耸的大树。即便如此，娜奥米也还是觉得飞天车可以飞过这些树的高度。

身旁的阿玛拉摇了摇头。

“那种高度需要高空驾驶技术，我们从没飞过那么高，况且就算飞上去了也很难操作。你想想看，我们一路过来遇到多少架无人战斗机。虽说我们靠那些巨蛋城里的白痴派出的战斗机赚了点钱，但驾驶海豚飞到那种高度，我们也很难有赢的把握，不被战斗机击毁就已经是万幸了。”

娜奥米噘着嘴心想，既然阿玛拉都这么说了，那以后最好别再提这件事了。虽然姐妹俩都很珍爱那辆飞天车，甚至还给它取名“海豚”，但她们心里都很清楚，以后再也找不回那辆飞天车了。

娜奥米蹲在木台阶前：

“土都干了，看来这里已经很长时间没下雨了。”

多年来，随着粉尘增加，气候也变得越来越糟糕，就连风云也难以预测了。几个月间，随着粉尘浓度的提升，马来半岛南部出现了持续的干旱，从干裂的泥土来看，这片原本是热带雨林的森林也干枯了。

“这里也许更适合人类生活。我听说持续不断的暴雨会导致森林土壤的养分流失，所以除了那些靠激烈竞争站稳脚跟的植物，其他植物都很难存活。这里既没有暴雨，原有的植物也都枯萎了，就是一座死掉的森林。生活在这里再好不过吧？毕竟没有任何妨碍啊。”

阿玛拉的话很多，不禁让人觉得她比平时更加不安，看上去就像在极力说服自己一样。

蹲在地上的娜奥米向阿玛拉问道：

“姐姐真的相信有那种地方吗？”

“你不是也看到了吗？那不可能是编造出来的。”

娜奥米知道阿玛拉在说什么，她指的是那些提供坐标的抗体人作为证据拿给她们看的照片。森林里可以看到明亮的灯光，还有活着的植物和人类。虽然那是从高空拍摄后放大的、有些模糊的照片，却足以吸引阿玛拉。娜奥米很想反驳说那种照片完全可以伪造，说不定是他们在降尘灾难暴发之前拍的，然后故意修图，营造出世界灭亡的感觉，但看到阿玛拉忐忑不安的表情，娜奥米干脆闭口不言。

被驱逐出境的抗体人之间流传着一个奇异的传闻，传闻称从吉隆坡的甲洞驱车往西北方向行驶两个小时，就能看到一处位于森林深处的避难所，避难所没有隐匿于地下，也没有被巨蛋遮盖。不仅如此，那里还会刮风、下雨，就跟降尘灾难暴发之前的村庄一样，而且没有抗体的人也能安然无恙。

自从听说这个传闻，只要在路上遇到抗体人，阿玛拉都会打探避难所的位置。娜奥米对传闻中的避难所一直持怀疑态度，因为不管怎么想都觉得说不通，在这个被粉尘笼罩的地球上，怎么可能存在那样的地方？当然，娜奥米能猜到姐姐寻找避难所的理由，因为阿玛拉与自己不同，她无法承受充斥着粉尘的空气。

娜奥米站起身，抖了抖裤脚上的泥土。

“好吧，那我们再往里走走看。”

降尘灾难后的森林笼罩着死亡般的寂静，不要说野生动物，就连一只爬虫也看不到。每走一步脚都会陷进厚厚的落叶堆里，娜奥米为了不被暴露在地面上的大树根绊倒，盯着地面往前走着。就这样走了一个小时左右，仍看不到尽头，越往里走越是昏暗，密密麻麻的大树遮住了天空。

“等一下。”

阿玛拉伸出胳膊拦住了娜奥米，只见不远处有一个巨大的影子。娜奥米以为是尸首，吓得倒吸了一口凉气。阿玛拉说：

“那是……猩猩。”

一只几乎和成人体型差不多大的猩猩死在了森林里，不知道是不是因为粉尘的关系，尸体没有腐败，还维持着原有的形态。娜奥米曾在兰卡威的研究所看到过研究员把动物的尸体放进箱子里，而且一放就是好几个月，有的尸体很快腐烂了，有的则像标本一样完好无损。阿玛拉看到娜奥米伸手要去摸猩猩的尸体，立刻阻止了她。

“不要乱摸，万一感染什么呢！”

但娜奥米还是伸手摸了一下猩猩，手指尖轻触到的毛很凉，皮肤也很僵硬。虽然表面上看没有腐烂的痕迹，但仔细观察的话，可以看到与地面接触的部分出现了腐烂。难道说土壤里还有存活的微生物或虫子吗？

“小心点！你又不是对所有脏东西都有抗体。”

娜奥米耸了耸肩，掸了掸手，倒退一步查看尸体和地面，她又发现了一个奇妙之处。她注意到猩猩的大腿上有一处巴掌大的藤蔓植物，那似乎是在猩猩死后才长出来的。娜奥米喃喃地说：

“是活着的吗？”

“猩猩吗？你从哪儿看出……”

“不是，我是说这植物。”

阿玛拉露出疑惑的表情。娜奥米靠前一步仔细观察起植物，因为很多植物即使在降尘灾难中死去，也没有腐烂分解，所以很难用肉眼分辨是生是死。娜奥米伸手揪下一片叶子，皮肤感到一阵刺痛。

娜奥米突然觉得很奇怪。

“这里的泥土是湿的，跟入口处不一样。”

娜奥米察觉到空气也很潮湿，明显跟刚才不同，她惊慌失措地看向阿玛拉。

“你没事吧？”

雾气开始侵蚀森林了。阿玛拉似乎也有所察觉，一脸不安地看向四周。

“会是尘雾吗？可是这里有这么多树，怎么会突然……”

听到阿玛拉的自言自语，娜奥米也忐忑不安起来。

“跟那没关系，风也会在上面吹，这样一来粉尘就无处不在。你要是感觉到异常，马上告诉我。”

有别于难以察觉到粉尘的娜奥米，阿玛拉对粉尘增加的信号十分敏感，突然出现的红雾就是典型信号，兰卡威的研究员也将红雾视为一种“指标”。为什么会突然出现红雾呢？难道这片森林真的有什么问题吗？

姐妹俩继续往前走，却不知道这个方向是否可以抵达目的地。在美尔巴遇到的抗体人只给了她们森林入口的坐标，告诉她们要一直往森林深处走。但问题是从一开始就根本无从得知“那个地方”是否真的存在。如果那些抗体人说谎怎么办？

雾气越来越浓，遮住了前方的视野，一路上又遇到几具大型动物的尸体。由于周围的山路都被堵死了，娜奥米和阿玛拉只能越过那些尸体。树根时常绊住她们的脚，害得姐妹俩好几次跌进泥坑，她们还看到巨大的大王花周围有很多死掉的虫子。

一路上的景色让人感到陌生，飘浮在空中的白色种子和孢子，缠绕在枯树上的形态怪异的藤蔓植物。随着晚霞降临，森林深处还出现了奇异的光亮。娜奥米隐约看到缠绕着树木的植物发出荧荧光芒，以为是自己的错觉。

坐标卡毫无用处，如果是驾车或许还能派上用场，但现在徒步前行，就连辨别方向都很困难。不要说寻找避难所了，现在就连走出这片森林都成了问题。姐妹俩之前一心想找到这片森林，却没想过置身于森林深处后该如何是好。阿玛拉坐立难安，觉得搞不好会死在这里……娜奥米对没有做足准备便贸然闯入森林的自己感到失望，心想不如趁现在原路返回。

“姐姐，我们回去吧。”

娜奥米抓住阿玛拉的袖子。

“这里根本没有什么避难所，那些人只是随便给了我们一个坐标，让我们在森林里迷路，最后死在这里。他们是故意这么做的！”

“娜奥米，一定有的！”

“你觉得这死气沉沉的森林里能有什么？就算有，也不是这里！拜托，我们还是回去吧。”

眼看太阳就要下山了。天黑以后就只能留在这漆黑的森林里过夜，但问题是，不要说准备露营了，她们身上除了水瓶和一点吃的，什么也没有。即使这里没有野兽，但也很难抵挡森林里的寒冷。怎么会这么鲁莽行事呢？亲眼看到过那么多抗体人之间互相欺骗，竟然还傻乎乎地相信他们给的坐标……娜奥米感到后悔莫及，她叹了一口气，抬头时注意到雾气开始变红了。

“姐姐，我们必须马上离开这里！”

娜奥米深知，人类无法在这种粉尘和红雾中生存下来，有的人会立刻晕倒在地停止呼吸，有的人最多只能撑上一个小时。不管如何，粉尘意味着死亡。

“娜奥米。”

“如果不赶快离开森林的话……”

“娜奥米，冷静点。我没事。你坐下来。”

阿玛拉让娜奥米坐在石头上，弯下腰与她四目相对。阿玛拉一脸疲惫，眼里布满了血丝。娜奥米担心她会立刻晕倒在地，害怕她会吐血而死。

“你也知道，我再也回不去了，是不是？就算我们现在离开，红雾迟早还是会飘来，我们总不能逃一辈子吧。娜奥米，你可以，我却不能，你就让我最后一次确认真相吧。”

是相信存在避难所的信念将阿玛拉带到了这里。其实娜奥米也知道，抗体弱的姐姐之所以能活到今天，除了自己的帮助，还因为她对避难所抱有近乎执念般的希望。阿玛拉凝视娜奥米的眼睛，说了一声“对不起”，眼眶红了的娜奥米回避了姐姐的视线。阿玛拉咳嗽了一下，捂着嘴说：

“我们先在这里等一下，等风把雾吹散再走。”

森林被枯树包围得密密麻麻，风根本吹不到森林深处。娜奥米知道眼下再也无法劝说阿玛拉，只好打开塑胶隔离膜罩在阿玛拉身上，等待这场红雾快点散去。

黑暗中，娜奥米睁开了眼睛，周围似乎发生了什么变化。夜晚空气清冷，月光从树枝间照射下来，雾气全都散了。

阿玛拉闭着眼睛斜靠在石头一旁的树下，娜奥米借助月光确认了她的脸色后，轻轻摇醒了她。

“姐姐，你看那里，好像有什么东西。”

穿过黑暗笼罩的森林，远处的山坡上似乎有一个球形的发光物正散发着温暖的光亮。虽然看不清那到底是什么，但感觉十分神秘。娜奥米怀疑自己出现了幻觉，难道真的像抗体人说的那样，真的有什么避难所，而且就在这片森林里?

“娜奥米！那里，那里就是避难所。”

“姐姐，等一下。”

娜奥米仍觉得不放心。

“先等一等。如果那里真是避难所的话，我们就不用着急了。先在这里休息一下，等天亮了再走吧。”

阿玛拉的态度十分坚决。

“不，现在就得出发。天一亮就看不到那道光了，到时候我们又会迷路的。”

娜奥米犹豫了一下，最后还是跟着阿玛拉动身了。阿玛拉说得没错，黑暗中的那道光成了森林里唯一的指南针。姐妹俩再次动身上路，太阳下山前，她们还只是觉得有点冷，但到了深夜，两个人都冻得打起了哆嗦。娜奥米扣紧破外套的扣子，但显然一点用也没有。

“娜奥米，等一下。”

阿玛拉说。

“不要动。”

娜奥米没听阿玛拉的话，又往前走了几步才停下来。不知从哪里传来了沙沙作响的声音。

下一秒，娜奥米屏住了呼吸，憋回了惊叫声。只见从茂密的树丛中蹿出几个影子，是人类，他们从头到脚一身黑衣，但都没穿防护服，也没戴防护面罩，显然都是抗体人。

“这里真的有避难所……”

阿玛拉近似叹息般的呢喃声传入娜奥米的耳朵。

树丛中蹿出来的人手持武器，包围了娜奥米和阿玛拉。姐妹俩背靠背，手高举过头顶。阿玛拉用恳切的声音说：

“我们是抗体人！我们和你们一样都是抗体人！我们跟着坐标来到这里，是美尔巴的抗体人告诉我们这里的。我们什么都会做，我们会开车、会使用机器，干苦活也可以，哪怕是危险的事。如果你们肯收留我们的话……”

一个身材魁梧的女人挥了一下手，做出“嘘”的手势，打断了阿玛拉的话。阿玛拉立刻闭上嘴，娜奥米不安起来。

他们是什么人？真的都是抗体人吗？

几个人没有说话，也没有放下武器。娜奥米把手臂紧贴在耳旁，干咽了一下口水。难道他们把我们当成了入侵者？可我们没有任何武器啊！

下一秒，娜奥米觉得后颈一阵剧痛，好像有什么湿漉漉的东西碰到了脖子，她觉得眼前突然变成了红色，双腿发软，然后双膝跪地同时前倾趴在了地上。娜奥米后知后觉：

是我们主动走进陷阱的，我们被那些抗体人骗了，根本就不存在什么避难所。

“阿玛拉，不，阿玛拉！”

娜奥米急切地呼喊着。有人走上前把娜奥米按倒在地，然后把她的双手背在身后，用结实的布绑了起来。

“快跑！”

虽然娜奥米一边尖叫，一边挣扎，但根本无法抵抗压在自己身上的臂力。阿玛拉在一旁哭喊着：

“娜奥米！”

随即，姐妹俩的视野变得一片漆黑，死亡的感觉渐渐逼近。

第一部

摩斯巴纳

粉尘生态研究中心一大早因山莓引起一阵骚动。忙乱的上班时间过后，秀彬拉着一辆装有大箱子的推车走进办公室，她就像刚从战场凯旋的英雄似的，一边打开箱子，一边大喊道：“各位，山莓来了，一百年前新鲜的山莓！”研究中心的土产水果复原项目成功复原了灭绝的山莓。秀彬说，为了今天第一次试吃，特地带来了这些山莓。这都是在研究室少量种植成功后，转移到农林厅大量栽培收获的成果。

研究员们蜂拥而至，雅映也加入围观行列。只见箱子里装满从未见过的山莓。雅映只在资料照片里见过这种水果，从未品尝过新鲜的山莓，在国外吃到用复原的山莓做的果酱时也只能猜测这种水果原有的味道。大家都满怀期待地注视着山莓，果实的样子多少让人觉得有点陌生，但淡淡的果香还是勾起了大家的食欲。

秀彬在篮子里装满山莓，拿到一旁的清洗台洗干净，放在移动式抽屉柜上。扬扬得意的秀彬下达了试吃的指令：

“来，大家尝一尝吧！”

研究员们都很主动地伸手抓了一把山莓，雅映也把果实送进嘴里，软绵绵的口感还不错，但有别于甜甜的果香，吃起来一点味道也没有，甚至还很涩、很扎嘴。其他几名翕动着嘴巴的研究员的表情也在瞬间发生了微妙的变化，有的人歪着头又吃了几颗。办公室里只能听到大家咀嚼的声音。见大家一声不吭，还没试吃的秀彬一脸紧张地问：

“很……很难吃吗？”

向来直言快语的朴素英组长略显为难地说：

“嗯，山莓的口感本来就很涩吗？”

没人出声，大家似乎都在看秀彬的眼色，但片刻过后，大家憋在嘴里的话接二连三地冒了出来。

“难道过去的水果都这么难吃吗？上次复原的西红柿也不怎么好吃。”

“可能21世纪的人和我们的味觉不同吧，也许当时这种水果很好吃。”

“这怎么可能？你是在瞧不起21世纪的人吗？肯定是农林厅没栽培好，百分百栽培有误。”

“没错，不如跟他们确认一下吧！”

“这不是秀彬先种出样品后送过去的吗？”

“怎么这么多籽啊？籽可以吃吗，还是要吐出来？”

“这跟我期待中的山莓不一样，总觉得哪里不对劲儿……”

“最好还是留在想象里。我们就接受吧，这就是山莓原有的味道，山莓的本质。”

大家针对山莓原有的味道展开没有结论的争论以后，秀彬才试吃了几颗，她一脸失望地又查看了一遍箱子。大家说了几句安慰她的话后，就各自归位了，还有人把那一箱山莓带走了。

雅映轻拍了一下秀彬说：

“秀彬，我觉得味道还不错啦，我很喜欢这种淡淡的口感。最近的水果都太甜、太刺激了。”

“不对，山莓的味道不会这么淡，它应该是甜的……”

雅映见秀彬哭丧着脸，担心再说下去只会让她更加失望，于是耸了耸肩，转身走开了，坐在一旁看热闹的润才嘻嘻地笑着。稍后，经历了一阵骚动的办公室又恢复了写报告的忙碌气氛。

几年前开始，姜易贤所长便与农林厅合作，雄心勃勃地搞起了复原项目。该项目的宏伟目标是复原那些在粉尘时代消失的优良农作物品种，为韩国未来的食品产业做出贡献。其实，国外已经利用保存下来的种子成功复原了大部分优良品种，所以最初大家听到这个项目时一脸疑惑，觉得此举毫无意义。

第一年利用复原的柳橙和蜜柑杂交而成的济州金香橘获得市场的极大好评，此次项目成功为研究中心的财政和名望做出了贡献。虽然之后一段时间研究中心投入大批的人力，但正如众多的项目一样，复原项目也只取得了短期的成功。如今复原项目落在了研究中心年纪最轻的秀彬身上，她一个人吃尽了苦头。首次成功纯属运气，这也足以证明所长和研究员们在获利方面根本没有天赋。

“从这个星期开始要交报告了，大家都尽快把完成的部分交给润才，档案传给全组人。我知道大家很辛苦，但还是要按时完成工作。对了，大家不要忘记申请去埃塞俄比亚出差。”

雅映一边听朴组长传达指示，一边坐回全息屏幕前，今天她必须完成韩半岛南部野生植物生态变化的部分。虽然处理数据的程序会自动拟出草案，但要想给人一目了然的直观感受，从现在开始就得熬夜，而且程序的算法与评估研究成果的主管层的观点不同，研究员们很喜欢在那些看似微不足道，但自己很感兴趣的植物上贴“重要”的标签，所以雅映还要重新整理出生物资源评估报告。当初还是新人的她因为不了解情况，只依赖程序的推荐，结果在第一次研究发布会上遭到了严厉批评。

早早完成了工作的润才悠闲地喝着咖啡，从雅映身边走过。雅映叫住润才：

“润才姐，帮我看一下这个。”

“怎么了？”

“这种花标记成适用于花卉作物，你觉得怎么样？”

润才仔细看着全息屏幕，皱起眉头。

“上面的人也都长了眼睛，你可不能乱写啊。”

“我觉得很不错啊。这种朴素的花之前不是也流行过吗？”

“这种太一般了，不好看。”

“啊……”

听到润才毫不留情的评价，雅映心里有点不是滋味，但还是翻过了那页画面。在雅映眼里所有的植物都是珍贵的研究对象，但若问她为什么要把研究经费花在复原和保护植物上时，她却答不上来。当然，最有说服力的理由自然是作为生物资源的可能性，因为植物能食用，这也适用于花卉，而且还存在药理成分。然而，并不是所有的植物都有这些特点。很多人觉得只需要好吃的、漂亮的或可以药用的植物，其他植物即使从地球上彻底消失也没有关系。

“这植物长得好特别，真想复原出来，根部结构也好有独创性，但我不知道该写什么，总不能直接写因为觉得根部结构很有独创性吧。”

“不知道该怎么写的时候，就写‘生物多样性’。生物多样性可以拯救我们。灾难结束后，最先恢复的地区也是生物多样性保存最完好的地区。至少写一下这点，再吓唬一下他们，说降尘灾难随时有可能再次暴发。”

“就算写了，也不会有人害怕的。每年都有深海粉尘残留的报告发表，但现在已经没人在乎这些事了，都说只要喷一喷分解剂就可以了。”

“以前大家也是这么想的吧，真是令人遗憾啊。”

润才一副事不关己的样子，耸了耸肩就走了。

雅映午餐简单地吃了一份三明治，随手又抓了一些淡而无味的山莓吃了吃，忙了一下午才完成了报告书的初稿。就算这是自己喜欢做的事情，但反复看几十遍也会让人心生厌倦。雅映眨了眨充满血丝的眼睛，最后确认了一遍内容，传给了植物组的全体人员。

雅映本来打算去找润才和朴组长汇报工作进度，但发现两个人都不在座位上。邻桌的秀彬说：

“她们都在会议室，山林厅的人来了。”

雅映处理完杂务，慢悠悠地走回座位时，看到润才和朴组长的全息屏幕上显示着相同的新闻。

江原道海月市，废墟中有害杂草异常繁殖，附近村民怨声载道……

难道她们是因为这件事在跟山林厅开会吗？雅映摇了摇头。这里是粉尘生态研究中心，又不是处理杂草的地方，如果是研究粉尘时代，或重建之后繁殖的杂草或许还说得过去。润才和朴组长精通解决植物问题的方法，山林厅的人很有可能是来征求意见的，之前也有人针对害虫出没和树木出现传染病之类的灾害问题来征求过意见。

隔天一早，雅映看到两个可降解塑料箱摆在自己的办公桌上，体积很大的箱子里装有褐色的纸袋，沾有泥土的根茎从袋口探出头来，另一个小箱子里装着泥块。标签贴纸上标有推测出的学名、采集日期和地点。雅映看到贴在箱子上的便条上写道：

2129-03-02，海月市废墟区 B02 附近，山林厅。

Hedera trifidus

烦请分析 VOCs、土壤、叶茎的萃取液成分。

“我桌上的这些东西不是润才姐的样品吗？”

“不好意思，大家都很忙，那些样品就拜托你了。”

朴组长替润才回答了雅映的发问。坐在一旁盯着屏幕的润才模仿起不在场的姜所长的口气，开玩笑地说：“哎哟，谁让按时交报告的只有雅映一个人呢！”这让雅映感到不快。所谓组织的不合理性，就是让手脚麻利的人做更多的工作。

雅映叹了口气，但也别无他法。

“这是昨天山林厅委托我们分析的样品吧？”

“没错。电视上也播了，这就是最近闹得沸沸扬扬的那个植物，Hedera trifidus，一般称之为摩斯巴纳。这件事可成了姜易贤所长在公共电视首次抛头露面的契机呢。”

“啊……还有这回事？我最近都没怎么看新闻，光是写报告就已经忙得不可开交了。”

润才像看怪人一样看向雅映，雅映耸了耸肩说：

“我只扫了一眼新闻标题，没细看，我会再找来看看的。”

润才咧嘴一笑，补充道：

“山林厅自己分析过了，但发现了很多疑点，他们担心自己漏掉什么，所以请我们帮忙交叉核对一下。这可不是他们派给我们的工作，如你所见，是请我们帮忙。如果可以，最好周五前分析出来传给他们。”

“这周五以前？这周只剩下两天了！”

“都说民众怨声载道了。这些杂草可把人给害惨了，简直一片狼藉。”

雅映眯起眼睛盯着透明箱子里的泥土。表面上看就只是普通的植物而已，况且植物瞬间覆盖地表也是常有的事情。粉尘时代，只有植物顽强地存活下来，并且主宰了整个世界，废墟里长出一些奇怪的杂草根本就不算什么新闻。

雅映撕下贴纸，打开箱子的瞬间，润才的声音传了过来：

“小心！小心点，不能用手直接碰它。”

雅映立刻缩回的手悬在了箱子上方。

“碰到的话皮肤会很痒、很痛。我也是昨天开会的时候才知道的，一定要戴上手套，别卷起袖口。”

润才稍稍撸起袖口，露出了肿得通红的手腕。

“我连碰都没碰，只是被撩了一下就变成这样了。”

雅映略显紧张，乖乖地戴上了手套。

雅映用戴着手套的手小心翼翼地拿起的植物样本并无特别之处，褐色且细长的根茎，怎么看都是一种普通的藤蔓植物。它与在降尘灾难暴发之前，人们为了观赏而大量种植的常春藤外观相似，只是叶子的末端比常春藤更卷曲，就像耙子一样，根茎上还长满了小刺。叶子的大小不同，小的只有一个巴掌大，大的则超出了两个巴掌，有的叶子还分出了三道以上的叉，有的则干脆没有分叉。虽然不像是在韩国常见的野生植物，但也不是那种长相令人生畏的植物。但话说回来，所谓的令人生畏，并不能只靠外观来辨别。

“这是外来物种吧？感觉在韩国没见过。”

“大家都这么推测，但得先调查一下才能知道。我查了一下，这种植物在重建之后的韩国也有过几次繁殖记录，不过不知道是从何时生根繁殖的。”

雅映为了预约分析设备登录了研究所的内部系统，但弹出的信息显示，服务器正在检测中，三十分钟后才能登录系统。既然如此，那就利用这段时间了解一下摩斯巴纳吧。雅映在马克杯里放入六块冰块，倒入双份的意式浓缩咖啡，最后加入少许水，调制出一杯能使灵魂复苏的汤药后，搜索起润才提到的昨天的新闻。

主持人调出资料画面，采访着身穿白袍的研究员。那位研究员正是姜易贤所长。姜所长身上那件白袍白得夸张到泛着亮光，如果不是接受对外采访，她应该根本不会穿那件衣服。

采访的主题是藤蔓植物，该植物遍布农家和村庄，给海月市的重建工作造成巨大损失。似听非听的雅映突然暂停了播放，她隐约听到了一个词——终结期繁殖物种。雅映快退回到所长说明摩斯巴纳的部分，所长播放出海月市现场的资料画面：

- 这种摩斯巴纳属于终结期繁殖物种，它从粉尘时代开始到灾难结束为止一直属于独有物种，但在世界重建后，栖息地急剧缩减，所以近年来在国内少有发现，有报告指出这次海月市出现了这种异常繁殖植物。据当地居民反映，约从三年前开始，该地区每年都会出现两次局部地区繁殖的现象。
- 那您认为这种现象的成因是什么呢？
- 很有可能是自然变异。摩斯巴纳的环境变异可能性极大，它是非常能适应环境变化的物种，但我们也正在针对生物恐怖主义和非法种植的可能性展开调查。

“怎么样，有点奇怪吧？”

雅映暂停播放后看向润才。

“应该不是生物恐怖袭击。用杂草搞恐怖袭击？听着像阴谋论吧。”

“那可不好说。最喜欢阴谋论的人不是你吗？”

听到润才拿自己开玩笑，雅映心里一惊。

“等一下预约到分析设备就来确认。如果预约不到，这周就分析不出结果了，大家都忙着做报告要用的追加实验呢。”

雅映再次播放视频。关于可疑的藤蔓植物的报道之后没多久，画面一转，出现了因藤蔓植物无法继续进行发掘工作的海月市现场，画面中的镜头扫视一周，展现出非常惊人的景观。摩斯巴纳遍布整座野山，不仅野生的树木，就连岩石上也爬满了这种植物。

“繁殖得好夸张啊，真的好奇怪。”

“是吧，这就是你喜欢的奇异且危险的植物。”

雅映转过头瞥了一眼箱子里的藤蔓植物，表面上看，它就只是非常普通的植物而已。

“研究员，那这件事就交给您了。”

润才拍了一下雅映的肩膀，走回座位。

当天下午，雅映将摩斯巴纳的茎、叶和根分别进行化学处理后，按照分析项目分类，萃取、准备好样品后直接放入分析设备。看到预约设备的名单后，雅映心想恐怕白天是轮不到自己了，只能利用下班后的时间了。朴素英组长在允许夜间使用实验室的文件上签字时，露出略显歉意的表情。

同事们纷纷下班后，雅映带着样品去了实验室。按照规定，除工作时间，其他时间进入实验室必须有安保机器人随行。雅映一脸怀疑地碰了下圆筒形安保机器人，假使真的发生事故，这家伙要怎么保护我？雅映在设备前一直等到晚上十点，直到其他人下午放进设备的样品分析完毕，她才开始做实验。

“来，我倒要看看会有多惊人的结果。”

雅映像即将得出世纪新发现的科学家一样喃喃自语，但眼下她必须熬夜分析出二十多种样品，而结果则要等到明天中午才能知晓。做好一切准备后，已经接近凌晨一点了。雅映打着哈欠，盯着屏幕上的数字，心想不如回家睡一觉，于是拿起了包。

躺在床上登录“怪奇物语”网站几乎成了雅映入睡前的习惯，虽然这是她的私密爱好，但自从被润才发现，便成了一个笑柄。“怪奇物语”网站是一个怪谈和阴谋论的世界。雅映总是会被无法明确解释的奇怪事物吸引，阅读网站上的奇异故事会全然不知时间的流逝。有一次，雅映还上传过自己小时候亲身经历的奇异事件。

当然，雅映很清楚这不过是一种兴趣爱好罢了。身为科学家，她很清楚大部分的怪谈都没有认真研究的价值，不过是利用惊悚与悬疑来合理解释可能发生的现象。这些怪谈并不能成为创意想法的种子。读完一篇故事以后，会莫名觉得气氛阴森森的，心情也怪怪的，但还是会被这种感觉牵引，再点开下一篇故事。雅映在这个网站上读到过各种关于降尘生物的信息，其实学术界并未确认这些生物。

"试一下也无妨吧。"

雅映在搜索框中输入"海月"后，竟意外地看到几篇内容，但那些内容都与这次要调查的杂草无关。几篇内容只提到不久前在海月市的废铁堆里发现还会动的机器人，有人目睹跟人相似的机器人，但突然又消失得无影无踪了。

果真在这种网站上找不到什么重要的信息。雅映本打算把平板电脑放在床头柜上，但转念一想，不如再搜一下"摩斯巴纳"好了。虽然明知道网站上没有值得参考的信息，但她还是按捺不住好奇心。当她看到搜索目录时，不禁皱起了眉头。

"我家院子里长出了恶魔的植物，这难道不是灭亡的征兆吗？"

虽然是刺激的标题，仔细看下来却没有什么内容。大致是说，院子里突然毫无缘由地长出了摩斯巴纳，无论怎么看都觉得这是一种不祥的征兆。在雅映看来，这应该是"怪奇物语"网站上众多故事里最没有内容的一篇了。

雅映将当天收到的与摩斯巴纳有关的官方资料传送到床边的屏幕上。Hedera trifidus，大众熟知的名称为摩斯巴纳，作为常春藤中带有常绿性的藤蔓植物，近似于普通观赏用的爬山虎。由于降尘灾难前的植物资料大量流失，无从得知这种植物的起源。摩斯巴纳具有很强的侵蚀性，会对其他植物造成危害，虽然大面积生长在地表，但也会爬到墙壁和树木上。因为具有毒性，所以会诱发皮肤炎和过敏症状。这种植物本身会对人体造成威胁，特别是叶子和果实都带有很强的毒性。

“没有想象中那么厉害啊？”

虽然取名为“恶魔的植物”，其实就是让人觉得很麻烦的植物而已。仔细阅读资料便不难发现，在国外将摩斯巴纳称为恶魔的植物，比起植物本身具有的毒性，其实主要还是因为它的形象。在粉尘时代后期和重建世界后的贫困时期，摩斯巴纳是最繁盛的优势种（dominant species），可以说当时它遍布世界各地。或许正因如此，人们才会把这种植物与过去不幸的记忆和从未经历过的时代绝望相连。

这些都是在“怪奇物语”网站开设没多久时上传的信息，或几十年前的新闻剪报。重建世界之后，摩斯巴纳以其惊人的繁殖力遍布地球各大陆，但在生态系统的多样性渐渐恢复以后，这种植物在与其他植物的竞争中迅速消失了。目前除了部分地区发现过摩斯巴纳，其他地区很难发现它的痕迹。因此，人们才会产生疑问——“摩斯巴纳为什么又突然出现了呢？”由于这种植物的生命力极为顽强，只要是它生长过的地方，哪怕是长期处于冬眠状态的种子也很有可能再次发芽。

正如雅映所料，网上那些把摩斯巴纳称为灭亡根源，或暗示灭亡的怪谈就只是读起来有趣，并没有任何值得深究的内容。要说有什么小收获的话，那就是国外的人们也把摩斯巴纳视为一种很麻烦的植物。由此可见，海月市出现的摩斯巴纳奇特繁殖现象并不是什么令人震惊的事件，很可能已经在世界各地司空见惯了。

可能是怪异的故事看多了，那天晚上雅映做了一个很奇怪的梦。

在遍布红色摩斯巴纳的山丘上，一个人坐在椅子上。虽然雅映想朝那个方向走，但摩斯巴纳令她脚踝的皮肤刺痛，而且满地的摩斯巴纳根本没有让她落脚的空地。雅映朝山丘的方向喊道，你是怎么走过去的？这时，坐在椅子上的人慢慢转过头望向雅映。雅映觉得那个人很面熟，但始终想不起那是谁。我们之前见过面吗？面对雅映的追问，那个人终于开了口……

雅映没听到那个人的回答便醒了。这是什么梦呢？难道自己在潜意识中找到了关于摩斯巴纳的重要线索？还处在昏昏欲睡状态下的雅映思考片刻便得出结论，这不过是一场莫名其妙的梦罢了。首先，摩斯巴纳的叶子不是红色的，很明显自己把它和昨天观察许久的红叶照片搞混了。还有那个人的长相，他说了什么？梦里的那个人很面熟，可到底是谁呢？

雅映看了一眼时间，顿时醒了，她赶快从床上爬起来准备去上班。

“根本没有什么惊人的发现，跟基本资料上的内容一致。”

雅映比平时提早一个小时走进办公室，进行了追加分析。但从摩斯巴纳中提取的成分与官方公开的基础资料的成分并没有太大区别，只是检测出了能引起过敏反应的有毒物质和妨碍其他植物生长的异种抑制性物质。一系列的测试只是再次证明了这是一种很麻烦的杂草，并没有得出任何惊人的发现。

“我也跟简化基因组测序进行了对比，感觉还有几点需要确认，所以现在还无法得出结论。我准备再确认一下。”

润才为了整理出山林厅所需的数据做了全基因组测序（whole genome sequencing），但也没有什么值得特别期待的发现。全基因组测序得出结果还需要一段时间。在此之前，雅映又做了简单的防治药物测试，并把报告结果一起传给了山林厅。

收到雅映邮件的负责人表示了感谢。

“谢谢你们帮忙。我们怕自己分析有误，所以拜托你们再确认一次，没想到结果差不多。真不知道这算不算是万幸，后续的事我们就自己来解决好了。”

这件事就这么结束了？雅映觉得有点对不起那些正在为防治工作苦恼的公务员。

两天后，雅映下班回到家，躺在床上查看“怪奇物语”网站时，接到了润才打来的电话。

“山林厅的人还是放心不下，希望我们能亲自去一趟。我说，我们眼下也提供不了什么帮助，但怎么想都觉得哪里怪怪的。”

海月市在很远的地方，不是说去就能去，但看到打来电话的负责人很是烦恼，润才也不好再推辞。她补充道：

“我们一起过去，顺便采集点样品回来，毕竟现场看和不看还是有差别的。”

雅映把采集工具、纸袋、驱虫剂、笔记本、笔和薄外套装进包里，然后靠在床头思索到底发生了什么事。不过是杂草繁殖得比较快吧？难道这是在暗示即将发生什么严重的事……肯定是在网站上看了太多没用的内容，脑袋都被污染了。雅映陷入沉思，直到深夜才闭上眼睛。

隔天一早，雅映在研究园区前的租车公司见到润才。

“要不要租飞天车？”

“海月市还有限制飞行的区域，连无人机也要提前申请许可。太麻烦了，我们这次走陆地吧。你晚上有约吗？”

雅映摇了摇头。走陆地比空中行驶更耗时，肯定要到半夜才能回来，但雅映有恐高症，所以走陆地更适合她。每次搭飞天车时，她都会觉得寿命缩短了好几年。

由于前往海月市途中还有很多路段没有维修，所以很多区域需要亲自驾驶。去的时候，雅映负责开车；回来的时候，则由润才驾驶。雅映把手放在驾驶员识别装置上，车辆将雅映识别为司机后开启了程序。车开出研究园区后，润才播放了音乐，进入自动行驶路段后，行驶模式立刻转换成了半自动。润才问雅映：

“对了，你不打算去埃塞俄比亚参加研讨会吗？怎么没看你申请出差啊？”

雅映大吃一惊。

“当然要去了。我可是为了参加那个研讨会才进研究所的。本来准备申请的，结果因为摩斯巴纳把出差的事给忘了。”

看到一惊一乍的雅映，润才扑哧地笑了出来。一个月后，将在埃塞俄比亚的亚的斯亚贝巴举行纪念重建六十周年的研讨会，这是雅映进入研究中心后最期待的学术活动。

一路上雅映和润才聊着准备去埃塞俄比亚出差的事，以及即将截止的季度报告书。快要抵达海月市的时候，两个人想到即将面对的问题又头痛起来。

“那位负责人在电话里提到了一件奇怪的事。”

“什么事？”

“他说有鬼在海月市出没。”

“这是什么莫名其妙的话啊？”

“这次的繁殖事件害得很多人一直工作到深夜，他们说在复原中心一带看到了鬼火。听说乡下本来就有鬼，不是吗？”

“搞什么？你不是不信这些吗？”

“这种事也因地而异呀。”

“也是，偏偏是在海月市，幽灵城市。”

“就是啊，真可怕。奇怪的植物加上鬼……这下可热闹了。”

润才故意大惊小怪了一番，然后关掉音乐后打开了广播，转过播放着过时歌曲的音乐台后，停在了新闻台。雅映心不在焉地听着新闻，心里一直想着润才刚刚说的话。鬼火？这也太不着边际了吧。难道摩斯巴纳还会散发诱导幻觉的物质？但是资料上没有写啊。提起这个话题的润才显得若无其事，反倒是雅映很在意。

海月市是典型的废墟城市。这里曾是韩国最大的机器人生产地，由于盆地的地理特性很容易建造巨蛋，所以在降尘灾难暴发后，海月市最先被指定为用于避难的巨蛋城。但由于生产的机器人全部出现问题，整个城市变成废墟后，这里便成了机器人的墓地。世界开始重建之后，非法开采商蜂拥而至，如今这里已经沦为一个巨大的废铁垃圾场。几年前，随着负责重建工作的建筑公司入驻，海月市中心才零零星星地出现做建筑公司生意的餐厅和旅馆。

雅映读大学时，曾因教育实习课到访过海月市。当时教授让大家四处走走，想象一下粉尘时代的残酷。雅映只记得如同腐烂的鸡蛋般的恶臭味和堆积如山的废铁，不知为何几十年前毁灭的城市还会留下尸体腐烂的味道。后来才得知，很多野生动物跑到这里后被困在废铁之间无法脱身，最后死在了废铁堆里。被污染的废铁和动物尸体，使海月市变成了一座把生命引向死亡的幽灵城市。这就是雅映记忆中的海月市。

雅映和润才在海月市附近见到山林厅的职员，职员刚看到她们便发起牢骚：

“总之我们也投入了人力，但真不知道为什么会扩散成这样。因为害虫，我们之前吃过不少苦头，但因为杂草这样没日没夜地工作还是第一次。眼下要应急，所以只能先投入人力，但一直这样下去也不是办法……我们只能抓住最后一线希望，听取各种意见。”

渐渐进入海月市后，眼前出现了不同寻常的景象，无论田野还是山丘都被摩斯巴纳覆盖了。稍后大家抵达了围起禁止出入的警示带的地区，这里正在进行海月市的重建工作。

车停了下来，雅映哑口无言。坐在旁边的职员说：

“这里就是发源地，如各位所见，情况十分严重。”

警示带内侧猛烈生长的藤蔓已经覆盖了整个废铁垃圾山，因为几乎没有缝隙，所以看不到下面都是什么东西。乍看之下，会让人误以为这些藤蔓是自然复原的一部分。这已经不是雅映记忆中海月的样子了。

“藤蔓就是从这里开始繁殖的，甚至已经侵害到了几公里外的农家，再往前走情况更严重。”

绕到废铁堆后方，雅映看到了巨大的摩斯巴纳群落。几辆刚才还在进行挖掘工作的挖土机停在那里，虽然挖土机远远高出了人类的身高，但与藤蔓占领的广阔面积相比显得微不足道。这不过是新闻中看到的一部分而已，在电视上看到时，还以为只要稍加管理，不至于侵害农田就可以，但情况似乎没有那么简单。润才咂着舌打开车门。

“下去仔细瞧瞧吧。”

虽然大部分藤蔓只有从脚踝到膝盖的高度，但也有一些缠绕着树木攀爬到顶端后垂挂在空中。有些路口必须用镰刀割下藤蔓才能勉强继续移动。雅映和润才戴上手套，用绳子绑住裤脚，然后一边扒开摩斯巴纳，一边往前行走。途中，润才蹲下来观察了一下藤蔓下方的枯萎植物。

“抽一个标本袋给我。”

雅映把纸袋递给润才。摩斯巴纳深绿色的叶子密密麻麻地覆盖了整片山丘，几乎看不到地面。润才挖出已经枯萎的植物，只见植物干枯的根部缠绕着更深色的根。看来摩斯巴纳用根缠绕周围原有植物的根部得以蔓延生长，以致这些植物都枯死是事实。这样看来，那些被藤蔓缠绕的树木也濒临枯死。

“好恶心，看着影响心情。”

润才皱起眉头，雅映也点了点头。虽然雅映知道没有必要将人类以外的生物人格化或对其投入感情，但观察自然时还是难免会有不悦的时候。这种生物到底是怎么出现的呢？

把摩斯巴纳看成在粉尘时代中特殊进化的植物也合情合理，因为那时候无论任何生物唯有拼尽全力才能存活下来，除了自身制造的养分，还要抢夺周围的养分才能勉强维持生命。然而，雅映的这种不悦仅存在于重建之后的世界。

“我们听说东南亚也曾经因为摩斯巴纳吃了不少苦头，所以联系了几个地方要到了一些资料。但现在在海月市发生的事情已经远远超出想象，在东南亚有效的防治方法在这里根本不管用，我们怀疑这期间摩斯巴纳是不是又进化了。”职员一脸严肃地说道。

这里的摩斯巴纳比之前的繁殖力更强吗？既然如此，那为什么情况会演变到如此地步呢？

“我们虽然尽全力试图阻止蔓延扩散，但还是要找出根本的解决方法才行。原本海月市近郊的农家就因为长期干旱损失惨重，为了引水灌田已经困难重重了。这些杂草真是害苦我们了。老百姓怨声载道，民怨沸腾，但上面却置之不理，让我们自己解决问题。上面不管，可我们不能袖手旁观啊！偏偏发源地又是在我们难以靠近的海月市中心区，所以更让人怀疑搞不好真的是生物恐怖袭击。”

现在雅映也对生物恐怖袭击的说法半信半疑了，因为她亲眼看到了怪异的景象，理解了负责人的顾虑。但如果真的是恐怖袭击，那目的又是什么呢？这既不是恐怖的病毒或细菌，也不是转基因怪物，难道大量繁殖难以处理的植物就只是为了给负责防治工作的公务员造成困扰吗？虽然存在把植物当成工具，或以植物本身为对象的恐怖袭击，但大多都是利用病原体。如果非要推测目的的话，很有可能是对海月市附近的居民心存怨恨，想要妨碍农活。如果不是这样的话，那就是为了扰乱自然生态环境，可是谁会以这样的意图进行恐怖袭击呢？

润才开口说道：

“如果这真的是人为事件，我们也很难找出特定的罪犯。虽然可以分析各种情况，但毕竟我们不是侦查机构。况且，生态学上的追踪调查也要长期进行观察才有意义。总之，不管是人为事件，还是自然现象，我们都会协助你们的，请把资料也提供给我们。我们也会听取内部意见，争取尽快找出更有效的防治方法。”

显然情况已经非常严重，不能把这件事视为单纯的杂草繁殖问题了。生态研究中心有必要协助山林厅展开调查。山林厅的职员感激地握住润才和雅映的手，他那渴望抓住最后一线希望的眼神让人觉得有些可怜。

“但是，那个鬼是怎么回事啊？”

职员听到雅映的问题露出一头雾水的表情，一脸惊讶的润才反应过来后笑了出来。

“最初联系我们的金研究员提起了这件事，他说在海月市发现摩斯巴纳繁殖以后，偶尔会接到举报电话，说是在这附近看到有鬼出没。”

听到润才这番话，职员似乎泄了气。

“看来他说了没用的话。这八成是从在海月市进行非法回收的人那里听来的传闻，感觉没有任何调查价值，我们就只做了记录。”

雅映出于好奇又继续追问道：

“传闻的话……具体说了什么？”

职员一脸莫名其妙，但他知道眼下需要面前这两个人的协助，只好平心静气地解释道：

“准确地说，并不是类似人的形态，听说只是看到一道光，好像还不是一般手电筒的光，而是悬在空中的一道蓝光，但走近一看却没有人。不过警察已经确认这一带除了偶尔出没的回收业者，没有其他人。而且，听闻在禁止出入区域以外的地方偶尔也会出现闪着蓝光的东西，但只是听说有人目击到发光现象，却没有任何影像证据。应该只是心理作用吧。”

采集完摩斯巴纳和土壤样本，聆听了职员两个小时的抱怨后，雅映和润才结束了当天的工作。返程的路上，雅映一直望向窗外。太阳已经下山了，外面一片漆黑。雅映心想，或许能在一望无际的田野上看到那道蓝光，但她什么也没有看到。

润才呆呆地看着雅映问道：

“想什么呢，那么严肃？”

“植物散发蓝光是很不寻常的事吧？”

润才不假思索地回答说：

“当然。发光就很少见了，更不要说是蓝光了。我觉得就算举报人说的都是事实，但肯定与摩斯巴纳无关。往萤火虫或发光的微生物想一想，或许还有可能性，但总不能把摩斯巴纳大量繁殖视为发光的原因。”

润才的话很合理。即使亲眼看到了鬼，不，应该说是蓝光，但也不能一口咬定这与摩斯巴纳有任何关联。正如润才所言，与其把重点放在植物身上，不如寻找发光的昆虫或者人为因素。

然而雅映无法释怀摩斯巴纳和那道蓝光，只不过是听职员简短描述了一下情况，她却觉得仿佛在哪里见过那样的场景。

雅映突然想起了几天前做的那场梦。本来以为做梦是因为在“怪奇物语”网站看了太多天方夜谭的故事，但现在她突然明白了为什么会做那样的梦。

茂密的藤蔓植物和荧荧蓝光。雅映很肯定自己曾经见过。

小时候，在李喜寿的院子里。

*

雅映进入研究所几个月后，有一天下午大家在一起喝咖啡时，朴素英组长问道：

“雅映，你为什么想到在这里工作啊？”

“嗯？”

“老实说，我们研究所不是一个有人气的地方。我就是好奇，你本来可以去别的地方，但为什么偏偏选择了这里呢？”

坐在一旁的润才嘻嘻地笑着，她的表情仿佛在说“你可要好好回答哦”。事实上，面试时雅映也被问到过类似的问题，但与面试时不同，雅映也清楚朴组长这样问的用意。做了一年的实习生，之后又经历了几个月的见习，雅映也切身感受到粉尘生态学这门学问不受待见的程度，已经无法用“没有人气”来形容了。

跟研究所外面的人见面，提到自己在做粉尘生态学研究的话，所有人都会做出生平第一次听说这门学问的反应。随着粉尘时代的痛苦在社会共同体的记忆中变得越来越模糊，人们对追溯过去的学问也渐渐失去了兴趣。对人们而言，科学是从灾难中拯救人类的伟大奇迹，也是世界重建之后让生活变得更加丰富多彩的工具，除此之外的研究在普通人眼里丝毫没有价值。

尽管如此，选择粉尘生态学的研究员们还是对自己的工作引以为傲，非常热爱这一领域。可是当被问到为什么偏偏选择与已经消失的“粉尘”有关的生态学时，大多数人却也说不出什么特别的理由。

坐在一旁的润才见雅映迟迟没有开口，插话道：

“也可能没有原因，只是发现自己能做的也就只有搞研究而已。为了生活进了研究所，做着做着也就产生兴趣了。大家不也是这样吗？其实，我也投过几个专业对口的研究所呢。”

雅映很感谢润才帮自己解围。很多人应该都和润才一样，但雅映并不是出于机缘巧合选择粉尘生态学的。她之前从未提起过这件事，现在似乎可以讲出来了。

“其实，我研究这个专业是有原因的。”

所有人向雅映投去了好奇的目光。她觉得自己似乎有点小题大做，很难为情，但还是接着说了下去。

“我小时候就很喜欢植物。怎么说呢，因为看到世界变化的风景……所以对带来这种变化的植物产生了兴趣。”

“真神奇，小时候大家都对植物不感兴趣吧？”

“是啊，比起植物，小时候通常更喜欢昆虫或恐龙吧。不管怎么看，植物都很无聊啊。”

“起初我也对植物没什么兴趣，但因为喜欢而且仰慕一位老奶奶，所以喜欢上了植物。”

有人又问道：

“啊，那位老人家对园艺很有研究喽？”

“不……她对园艺不感兴趣，但有关植物的知识渊博，原本的职业是维修技师。”

“维修技师？但很了解植物？”

大家渐渐露出惊讶的神情。

“我曾经住在一个叫‘温流’的小城市，就是仁川附近建过大规模养老服务中心的地方，你们听说过吧？”

大家点了点头。

“知道，我去过。我姨祖母也住在那里。”

“温流市的养老服务中心刚成立没多久，我们家就搬了过去，因为妈妈是养老服务中心的经理。我在那里认识了那位叫李喜寿的老奶奶。”

大家听得入神，雅映啜了一口茶，润了润嗓子继续说道：

“她有点奇怪，就像从另一个世界来的人似的。没有人知道她的过去，不知道她来自何处，也不知道她最后去了哪里，突然消失得无影无踪了。她经历过粉尘时代，但讲的都是巨蛋城外的故事，而不是巨蛋城里面的。”

初次遇到李喜寿是在雅映搬到温流市一个月后，那天雅映和四个好不容易变得亲近，但还是略感生疏的同学走在回家路上，突然听到有人低声说：“看那边。”

只见老人们居住的养老服务中心门前停了一辆破旧的飞天车，不知道刚刚发生了什么事，满地都是示威的牌子。只见两个老人互相指着鼻子吵个不停，其中一个人很面熟，那个以性格耿直著称的老爷爷几天前还来学校演讲过。据老师介绍，他以前是一位非常受人尊敬的医生。跟他吵架的老奶奶还是第一次见到，她穿着简便的工作服、球鞋，戴圆框眼镜，头发紧紧绑在脑后。无论怎么看，雅映都觉得这个老奶奶与住在温流市的其他老人不同。

同学们面面相觑，悄悄地从那两个老人身边走了过去，雅映慢悠悠地跟在后面，侧耳倾听，听到两句对话：“拿回去挂在你家里，凭什么丢在这里！”“把你们这群无赖赶出去有什么错？”仅凭两句话很难判断他们在为何事争吵。

雅映偷瞄了一眼他们，刚好视线与眉头紧皱的老奶奶目光相交，老奶奶咧嘴一笑：

“啊，你就是新搬来的那个小家伙吧？”

雅映稀里糊涂地点头问了声好，但还没来得及等到老奶奶的反应，只见她立刻把目光转向敌人，又严厉地斥责起对方，刚刚脸上那抹温柔的笑意消失得无影无踪，霎时变回冷若冰霜的表情。

走过小巷，回想起刚才那一幕，雅映觉得似乎发生了什么不合时宜的事情。

“刚才那位老奶奶……是谁啊？她跟我讲话了吧？”

“应该是，她就是李喜寿呀。”

同学们说着呵呵地笑起来。雅映很想问李喜寿是谁，但觉得同学们好像都认识她，而且自己也没有跟大家熟到问这种问题，于是闭上了嘴。

回到家，雅映给妈妈讲了刚才发生的事，秀妍说：

“今天在中心门前，大学生举行了示威活动，惹怒了住在那里的老人，还报了警，闹得沸沸扬扬的。李喜寿正好经过，出面帮那些大学生打抱不平。”

什么示威，为什么帮大学生打抱不平，雅映听得一头雾水。秀妍没有多做解释，而是笑着说道：

“她也常来我们中心，是一个好人。不，与其说是好人，不如说是一个很有趣的人。”

温流市还留有粉尘时代的残骸，世界重建之后，在无人居住的地方集中建起了大规模的养老服务中心。雅映和妈妈搬来这里也与养老服务中心有关。雅映的妈妈秀妍原本负责管理养老服务中心的全国支部，随着新养老中心的开设，她被分配到这里一年，负责新中心的开馆准备和初期运营工作。中心刚开设没几年，对世界重建有贡献的老人居住在中心所在的新城区，而在温流市工作的年轻人则住在与新城区相隔一条小溪的住宅区。

走过小溪的木桥，通往住宅区的路上，在一处不像是有人居住的地方可以看到一栋附带大型仓库和院子的老房子，那栋房子就是李喜寿的家。

雅映后来才得知，李喜寿在中心的老人之间已经臭名昭著，无论是谁，只要碰到她都会因为鸡毛蒜皮的小事与之发生争执，所以很多人投诉，希望可以把她赶出温流市。但这些老人没办法赶走她，因为她不住在中心，更何况她只是讲话粗鲁，并没有做任何违法的事情。只要看到李喜寿在中心附近散步，老人们就会像看到炸弹似的嘟嘟囔囔，说那个臭脾气的老太婆又出现了。

大家都很好奇李喜寿为什么偏偏住在温流市，是从何时开始住在那栋附带仓库和院子的房子里，为什么总是找碴儿，跟那些有贡献的老人吵架。有人说，她从中心落成以前就住在这里了，所以才会仗势欺负外地人。但也有人说，她买下那栋房子后也才住了三年时间。她之所以和那些有贡献的老人关系不好，是年轻的时候因巨蛋城里的人吃了不少苦头。不过也有人说，是因为世界重建之后她卷入了复杂的政治问题。

无论人们如何揣测，李喜寿都没有亲口证实这些传闻。关于她，人们掌握到的实情只有她对那些老人以外的其他人都很友善，而且精通机器和设备，总是待在仓库里工作，还拥有一个看起来已经闲置十年之久，长满了让人觉得恶心的杂草的院子。

即使是年幼的雅映也能感受到温流市略显古怪的气氛。学校每周会举办一次名为“牢记粉尘时代”，简称“记忆课”的专题讲座。住在其他城市时，从未听过这样的讲座。讲座当天，住在中心的老人会来到学校礼堂讲粉尘时代的故事，有的老人会讲述身为守护巨蛋城的军人的故事，有的老人则会描述在巨蛋城里当医生的经历。孩子们借此机会了解了在粉尘时代、在人类唯一可以生存的空间——巨蛋城里的生活有多么悲惨。比如，人们因为两天才能领到一瓶水而发生争执，为此饱受折磨。虽然在历史课上也会学到这些内容，但与亲眼看到那些老人沉浸在悲伤之中回忆过去的感觉是完全不同的。很多老人因为降尘灾难失去了家人和朋友，他们用颤抖的声音诉说着与亲人生死离别的痛苦。“记忆课”结束以后，孩子们的眼睛总是红肿的。

但有时温流市也会出现一群人，他们高举写有“全面重新调查功臣名单”和“反对美化记忆”等标语来到中心门前示威游行。每当这时，住在中心的老人就只是一脸不悦地站在窗口观望，从不会走出中心，而李喜寿则会悠闲自得地来到示威现场给示威的人们送上饮料，再优哉游哉地走回家。

“妈，那些人在做什么？”

秀妍态度谨慎地对雅映说：“与其他城市相比，居住在温流市的老人风度翩翩，而且待人亲和，并不难相处，但这并不代表他们真的都是值得尊敬的人，也不意味着他们都是坏人。”秀妍还补充道：

“在粉尘时代，越是舍己为人的人越是难以生存。我们都是幸存者的后代，所以很难说我们的祖辈和曾祖辈一代人都是善良的人。幸存下来的人多少都是得益于他人牺牲的人，但其中也有无谓地践踏他人生命的人，然而这种人也作为有功之人在受人尊敬，所以那些示威的人提出这是错误的。你还小，很难理解吧？”

雅映觉得仔细想一想似乎可以理解，但还是觉得有些混乱。在生死关头，面对死亡谁都会做出自私的选择。之所以会产生这种想法，也是因为正如秀妍所言，她们也是“那些没有舍己为人的人的后代”。这样的想法促使雅映追溯到从未见过面的祖母和祖父，最终陷入深奥的问题——粉尘时代之后出生的人们是否都带有原罪呢？

在尊敬与怀疑之间，人们对待中心老人的态度就像轮流替换双面面具一样让人觉得危险。大人们对孩子讲要尊敬那些老人，牢记粉尘时代，并且要对努力保存那个时代的记忆而付出努力的温流市感到自豪。在这背后却伴随着如此黑暗的传闻。

那些传闻悄然始于大人之间，最终传到孩子的耳中。孩子们说，在那些老人之中有出卖家人的人，也有谎称对重建做出贡献的人，对照年份就可以知道他们在说谎。每当听到孩子们交头接耳窃窃私语时，雅映便会想象那些站在礼堂夸夸其谈的老人真实的过去。真的是这样吗？他们都是坏人吗，还是像他们自己说的那样都是好人呢？他们也许在说谎，但也有可能因为记忆太久远，所以搞错了吧？

但那些好奇李喜寿的过去的大人从未讲过她的坏话，李喜寿明明经历过粉尘时代，但不知为何她看起来与那个时代毫不相干，感觉就像来自另一个世界的人。她与大家相处得很融洽，人们偶尔会把坏掉的家用电器送到她那里，几天后她便会把修理好的电器完好无损地还给主人，人们接过电器时也会送给她亲手做的面包、派和小菜。

孩子们都对李喜寿的仓库抱有幻想，去过那里的孩子都会兴奋地说自己看到了很多用老式飞天车改造的怪异的交通工具和人形机器人。由于世界重建之后出台了严格的技术限制政策，除了政府指定的科研城市之外，其他地区都无法制造机器人，但不知道李喜寿从哪里搞来零部件组装出了机器人。

与很受孩子们欢迎的仓库截然不同的是，整个院子荒废的程度非同一般，散发着诡异的氛围。肆无忌惮地生长的杂草无人打理，几棵矮树也都干枯了，茂盛的杂草似乎要沿着篱笆爬到外面去了。虽然年幼的雅映不懂审美，但也能看得出李喜寿的院子与画或电影中的院子大有不同。尽管如此，李喜寿还是会进出院子，她常常坐在院子里的安乐椅上睡午觉，有时还会花很长的时间弯下腰观察院子里的植物。雅映对那个无人打理的院子充满好奇。

看到那些和李喜寿亲切打招呼的孩子，雅映觉得自己绝对不可能亲近她，因为这次也最多在温流市住一年，之后又要搬家，所以无论是对大人还是孩子，雅映都迟疑要不要主动接近他们。加上自己没有什么社交能力，也不是一个讨人喜欢的小孩，所以她更加犹豫不决了。尽管如此，雅映还是难掩对李喜寿和她的房子，以及那个特别的院子的好奇心。每次经过小溪去上学的时候，雅映都会偷瞄几眼李喜寿的家。

有一天放学后，雅映走了一条从没走过的路，结果迷失了方向。

起初她还很勇敢地往前走，但走了很久之后突然意识到走到了一个陌生的地方，附近没有公用飞天车，也没有公车站。当她望向老人服务中心的灯光重新确定方向时，太阳已经下山了。沉浸在黑暗之中的街道看起来与白天截然不同，要走回家还需要很长一段时间。时不时传来的狗吠吓得她紧张兮兮的，她走在路上，视线突然被什么吸引住了。

那是某户人家的院子。雅映像被勾了魂似的走了进去，只见院子的土壤布满了蓝光，飘浮在虚空中的灰尘也闪着蓝光，整个院子都被蓝光笼罩住了。眼前超自然的场景令人毛骨悚然，却无法不为之着迷。环顾四周，雅映才意识到自己走进了李喜寿的院子。此时的院内景象与白天看到的截然不同，干枯的树木和茂盛的杂草只剩下影子，灰尘伴着微风在蓝光中起起伏伏。

站在篱笆前的雅映可以清楚地看到灰尘飘到鼻尖前，随即落在地上。眼睛适应黑暗后，一位表情黯淡的老人映入眼帘，她坐在院子正中央，背靠安乐椅，凝视着虚空。那视线不是在凝视现实，而是在眺望遥远的某一处。雅映意识到自己似乎目睹了不该看到的场景，她想转身离开，却无法移动脚步。

瞬间又传来了汪汪的狗叫声。雅映吓得倒退一步，结果失足跌坐在地，与听到响声转过头来的李喜寿四目相对。她很害怕老人对擅自闯进院子的自己发火。雅映想到传闻说，别看李喜寿的院子看似无人打理，其实她非常爱护自己的院子，甚至连一根草也不肯拔，于是吓得闭上了眼睛。

再睁开眼睛时，李喜寿已经走到她面前了。她伸出手，雅映呆呆地望着那只手，然后抓住手站了起来。

“对不起，我……我下次再也不会擅自闯进来了。”

“你没事吧？”

“嗯，我没事，对不起。”

雅映一脸惊慌失措。李喜寿诧异地望着雅映的眼睛，随即一脸了然地笑了出来。

“没关系啦，欢迎你随时来玩。”

李喜寿边帮雅映拂去膝盖上的泥土边说：

“但下次不要从院子这边进来，最好走仓库那边，小孩子走这边很危险的。我对打理院子一点天赋都没有，这些植物的脾气很坏的。”

李喜寿话音刚落，雅映便察觉到膝盖有些刺痛，刚刚碰到杂草的皮肤似乎肿了起来。

“你瞧，这些植物看似温顺，攻击性却很强。我很喜欢它们这种攻击性，但如果不小心就会出大事。你先到这边坐一下吧。”

李喜寿让雅映坐在安乐椅上，然后进屋取来药膏。雅映不知所措地看着李喜寿帮她涂药膏，药膏涂在皮肤上很清凉，很快便消肿了。

李喜寿让雅映坐在椅子上，自己在院子里踱步，跟某人打电话，应该是秀妍。雅映感到坐立难安，焦虑地咬起嘴唇。比起受伤的膝盖，她更担心被妈妈训斥。

没过多久，秀妍开车赶来了。

“哎呀，真是太感谢您了。这孩子这么晚了也没回家，急死我了。雅映啊，你到底跑哪儿去了？”

秀妍轻轻地掐了一下雅映的脸颊，让她上了车。雅映觉得自己做错了事，不管是一个人跑到这么远的地方，还是擅自闯进了别人家的院子。就在她闷闷不乐地透过飞天车敞开的窗户向外望时，看到李喜寿正面带笑容地望着自己，那笑容让她莫名感到安心。李喜寿把手指放在嘴唇上做出“嘘”的手势，动了动双唇无声地说了一句话。虽然听不清她在讲什么，但雅映猜想她是在说：

“今天看到的要保密哦。”

令人惊讶的是，飘浮在院子里的蓝色灰尘在秀妍抵达时全部消失了。难道刚才看到的是魔法吗？如果真的是那样的话，李喜寿要自己保守秘密也就合情合理了。不能把这件事告诉任何人，因为不能让魔法消失。

那天之后，雅映严格地保守着秘密，但她还是很好奇院子是怎么一回事。太阳下山后，经过李喜寿家附近时，雅映还是会不由自主地望向院子，但再也没看到过那天神奇的蓝光了。

雅映偶尔会在秀妍工作的中心遇到李喜寿，起初雅映会很尴尬地点头问声好就跑开，但李喜寿总是很和蔼地跟她搭话。过了一段时间，雅映也鼓起勇气开口问道：

“那个……我妈送您的南瓜派好吃吗？其实，我也帮忙和面了，但我觉得味道很一般。”

李喜寿觉得雅映很有趣，呵呵笑着回答说：

“味道非常棒啊。我连派也不会烤呢。对了，那些欺负你的小家伙有没有改过自新啊？”

雅映很喜欢和李喜寿聊琐碎的小事。当然，她最想问的还是那个带有神秘色彩的院子，不过她又不想让施展在院子里的魔法消失。雅映希望这是一个只属于自己和李喜寿两个人的秘密。

有一天，雅映鼓起勇气来到李喜寿的院子附近，观察花坛里的野草、野花，并与院子里生长的植物进行对比时，正巧碰见从仓库出来的李喜寿。她刚结束工作，手里拿着一个干净的机械装置，看到雅映后笑了笑。李喜寿可能觉得雅映对植物很感兴趣，于是说：

“静静地观察这些植物会觉得很有意思吧？它们是静止的，却也充满了活力。即使我不打理院子，它们还是能绝妙地形成一种均衡，真的很有趣。”

雅映悄悄地点了点头。其实，不久前的自己还对植物一点兴趣也没有，但自从那天之后，那些神奇的蓝光总是会在她脑海中不停地盘旋。其他的植物是不是也能发出神奇的光呢？雅映留心观察了一阵子，但显然只有这个院子里的植物可以。

“等哪天有空的时候，我给你讲一讲有趣的植物故事吧。”

李喜寿的这句话令雅映兴奋不已。她看似对院子里的植物毫不关心，其实对那些植物呵护有加。这是为什么呢？这背后有什么故事吗？雅映有很多问题想问，却找不到能与李喜寿单独相处的时间。她很期待听到植物的故事，可又担心这种期待会落空，所以赶快摇了摇头，忘掉了这件事。

这一天来得比预想的更快。那是一个电闪雷鸣的阴雨天，窗外不时传来惊天动地的雷声。秀妍接到一通电话后，慌忙收拾起了行李。

“雅映啊，邻区的中心停电了，急需人手帮忙，我可能要凌晨才能回来……”

秀妍这才想到冰箱里空荡荡的，不由得皱起了眉头。家里竟然连快餐食品也没有了。秀妍心想，这么糟糕的天气总不能让年幼的女儿一个人待在家里，于是打电话给朋友希望找人帮忙照顾一天雅映，但大家都工作缠身，最后只有李喜寿欣然答应了秀妍。

雅映扭扭捏捏地在李喜寿家门前下了车，秀妍向李喜寿连声道谢后，驾驶飞天车消失在瓢泼大雨中。

雅映哆哆嗦嗦地走进屋子，李喜寿一边说“喝点热饮吧”，一边取来茶杯和水壶。雅映啜了口茶，环顾了一下周围。虽然外面的雨声嘈杂刺耳，屋内却因沉淀的空气让人感觉很宁静、舒适。这间用深色木材建造的房子就像博物馆里展示的房子一般，古香古色的室内堆满了与气氛格格不入的机器，搁板上和玻璃柜里也都是机器的零件和工具。

最引人注目的是立在门口的那台像人体模型般的人形机器人。不知道是不是刚设计到一半的关系，机器人的皮肤并不完整，而且该有眼球的地方还是两个空洞。雅映吓了一跳，立刻把视线从那两个空洞移开了，但很快她又按捺不住好奇心再次观察起了机器人。仔细一看，它形似人形机器人，但脸和人类截然不同，感觉就像老电影中出现的令人倍感亲切的废铁机器人。机器人旁边的白板上贴满了便条。

李喜寿坐在桌子对面，问道：

“喜欢吗？”

“嗯，很好喝。”

雅映点了点头，为了证明自己的话，她特意又小啜了一口。

“不是，我看你好像很喜欢那个机器人。我像你这么大的时候，从没见过喜欢喝茶的小家伙。你们这些小鬼看到老式的茶杯都想用用看，所以每次有客人来的时候，我都会拿出来用。”

“嗯，没错。其实，这茶一点味道也没有。”

茶的气味香甜，还以为会带点甜味，但与期待相反，只有苦涩的味道。雅映刚放下茶杯，李喜秀便扑哧一声笑了出来。看到雅映一直偷瞄机器人，李喜寿开口说道：

“那是我以前经常维修的机器人机型，不过现在已经停产了。我在废墟里发现了它，本来想修理一下看能否重新启动，但看来还是不行。”

雅映新奇地看向机器人，李喜寿接着说：

“过去人们都使用这种机器人，就连家用清扫机器人也会取一个人名，但现在规定不能再生产这种像人类一样的机器人了。因为在粉尘时代，这种机器人被改造成武器，很多人因为它们失去了家人。人类曾经为这些机器人取名字，对它们呵护有加，它们却反过来把刀架在主人的脖子上，所以人类自然会觉得被背叛了。总之，这成了我们集体的心理创伤。”

看来这就是在温流市看到的机器人全都是圆筒形或半圆形的原因。

“那您也制造过那种机器人吗？改造成武器的机器人，手持刀枪的……”

李喜寿摇摇头，雅映小心翼翼地补充道：

“我听别的小孩说您是军人。”

“嗯，过去曾经做过军人，但当时我不制造机器人，而是负责维修。”

李喜寿微微一笑，指着门口的机器人说：

“其实，那家伙也是作为帮手被制造出的家用型机器人，但后来被改造成了携带武器的机器人。当年没有区分安全和危险的概念，所以原本以为安全的东西随着时间的推移也渐渐地变得危险了，人们为了守护巨蛋城几乎动员了所有的机器。”

“那您也住在巨蛋城里吗？”

“我没住多久，大概住了一年吧。我恨透那个地方了。”

李喜寿突然眉头一皱，雅映眨了眨眼睛。

“巨蛋城就是一个聚集了最糟糕的人类的地方。我经常想，与其这么活下来，世界还不如彻底毁灭呢。所以我才厌恶住在中心里的那些家伙，他们都是一群把自己做过的坏事忘得一干二净的伪善之徒。”

李喜寿说完笑了出来。

“我真不该在小孩子面前讲这种话。但不管怎样，也因为有了那些人，人类的命脉才得以延续下来。现在想想，希望世界毁灭这种想法，只是为了让我自己心里好过才说的话。身为在灾难中存活下来的人，我根本没资格讲这种话。”

“没关系，我也偶尔会这么想，希望一觉醒来这个世界不复存在。”

“是吗？你怎么会萌生这种想法？真有意思，我们的想法居然一致。”

李喜寿凝视着雅映的双眼说道，雅映很开心她对自己讲的话这么感兴趣。

“您说住在中心的那些老人都是伪善者，但不只是大人，我们小孩子多少也有点卑鄙呢。这里的孩子知道我一年后会搬走，所以肆无忌惮地欺负我，也没有人帮我。他们这样欺负我，却在背后对住在中心的老人指指点点，所以我觉得无论是谁都很糟糕，每个人不过就是在各自的位置上假装扮演好人罢了。”

雅映知道在大人眼里这不过是不足挂齿的小问题，李喜寿却听得很认真。

“那些没出息的家伙到现在还这么不懂事。萌生出这样的想法很正常，但你现在也还这么想吗？”

雅映在李喜寿的目光中找到一点自信，于是继续说道：

“不，我现在不这样想了。仔细想一想，我只是讨厌那些欺负我的孩子，并不是讨厌所有的人，所以现在不希望世界毁灭了，虽然我还是很讨厌他们。”

李喜寿沉默片刻后，低声说道：

“真是没想到我们的想法竟然一模一样。”

“真的吗？”

“我也在某个瞬间醒悟到没有必要让全世界毁灭，只要让那些讨厌的家伙完蛋就好，所以从那时起我下定决心要好好活着，好等着看那些家伙完蛋。”

“那您成功了吗？”

“怎么说呢，好像也没有，因为他们都活得好好的。但多亏了这种想法，我看到了其他更多美好的事物。如果世界毁灭了，就看不到那些美好的事物了。”

雅映听到这句话点了点头。

“我以后也要这么想，全世界毁灭不是一件好事。”

李喜寿笑了。

“是啊，看来我们还蛮合拍的嘛，无论是十二岁还是八十岁，想法都是一样的嘛！”

那天，李喜寿给雅映讲了很多在粉尘时代的所见所闻，在巨蛋城外面看到的怪异的巨蛋村、背部挂着松茸的野生动物、在路上遇到的稀奇古怪的粉尘时代的旅行者……那些故事与雅映茫然想象的粉尘时代的可怕风景，以及老人们在“记忆课”上讲述的巨蛋城里令人窒息的故事完全不同。

“巨蛋城外面也能住人吗？”

据雅映所知，粉尘带有致命的毒素，在没有巨蛋罩住的地区任何生命都无法生存，李喜寿的回答却很模棱两可。

“没办法住人，根本无法生存。但是……巨蛋城外面也有人，还有不是人的、无论如何都想拼命生存下来的生命体。”

窗外划过一道闪电，随即雷声滚滚，屋里的照明也跟着闪了一下，气氛变得更加阴森森了。就在雅映听得脸色发白时，李喜寿笑着说道：

“再讲下去的话，你怕是要做噩梦了。”

“但我还想听。”

李喜寿对眼中闪烁着好奇的雅映说：“那就说点其他的事情好了。”她把话题拉回现实，给雅映讲解了院子里的植物和每个季节到访的昆虫，以及在粉尘时代顽强存活下来的植物如何把种子埋藏在泥土和水中，经过漫长的等待迎来世界重建后，迅速适应改变后的环境，生根发芽最先占领地球的过程。令雅映感到神奇的是，李喜寿看似无心打理院子，却熟知那些植物的名称。热爱机器的人竟对与机器毫不相干的花草拥有如此渊博的知识。

“植物就好比一台精心打造的机器。我以前也不了解植物，但有一个人用很长的时间让我明白了这一点。”

虽然窗外的风雨喧嚣了一整夜，但是雅映没有做噩梦，而是梦到了一个被茂盛的植物覆盖的巨蛋村。在梦中，雅映是粉尘时代的旅行者，也是行走于巨蛋城之外侍弄庭院的园丁。雅映从睡梦中迷迷糊糊地睁开眼睛时，看到坐在窗边安乐椅上打着瞌睡的李喜寿。不知为何，李喜寿就像不属于这间房子，而是置身于遥远异地的人一样。雅映再次合上双眼，接下来没有再做梦，而是沉沉地进入了梦乡。随着时间的流逝，雅映忘记了那天对话的详细内容，那一夜却久久地留在了她的记忆里。

“那些与植物有关的故事深深地埋在了我的心里，我被那晚闪着蓝光的院子牵引到了这里。我总是在想，也许植物都蕴含着自己固有的神奇故事，它们如同机器一样精密，但也具有超越了精密的柔和性。”

直到下午茶时间结束，大家一直聊着这件事，在座的人一脸感动地频频点着头。有人问道：

“那你现在还和那个人有联系吗？如果她知道你在这里工作的话，一定会很高兴的。”

“噢，这个嘛，李喜寿……”

雅映欲言又止，不知该如何讲下去了。随着时间的推移，原本以为早就淡忘了的事情，却在多年后发现原来它依旧深深地埋藏在心底。

“李喜寿突然消失了。不知道她去了哪里，突然人就不见了。现在也不知道她身在何处，是不是还活在这个世上。我没有她的联络方式。”

李喜寿经常出门寻找机器的零件，好几天也不回家，有时也会很久都不回来。就这样一个星期过去了，快到一个月的时候，雅映也没见到李喜寿，她觉得很不安。但大家不以为然地说，李喜寿经常这样，之前也是好几个月没有消息，突然某一天就回来了。

秀妍因工作关系被派往其他城市的支部，准备搬家的那段时间，雅映每天都会跑去李喜寿的家门口探头探脑，想知道她回没回来。搬家的行李都整理好后，雅映又跑到李喜寿的家门口徘徊了半天。院子里的植物越来越茂盛，快要缠着篱笆爬到马路上了。雅映再也没见那些植物发出蓝光，它们只暴露过一次真面目，便彻底隐藏了起来。

李喜寿没有给雅映留下一句话就消失了。对雅映而言，李喜寿是憧憬的对象，但对李喜寿来讲，雅映不过是一个经常来家里玩的小孩子而已。即使雅映心里明白这一点，但还是觉得很不是滋味。哪怕说一句以后有机会再见的话也好啊，雅映担心就这样离开温流市的话，可能以后再也见不到李喜寿了。

“走吧，雅映，李喜寿会回来的。我已经拜托街坊邻里了，等她回来会转告她，你很想念她，所以请她联络我们。”

秀妍把飞天车停在门口，催促道。雅映最后回头看了一眼，为了不忘记，她希望再看一眼李喜寿的房子和院子。但即使是这样，雅映还是觉得眼前的场景会从记忆中渐渐淡去。

雅映离开温流市以后，再也没听到任何关于李喜寿的消息了。

雅映进入大学，虽然收到选系通知书时，生态学还是最不受欢迎的专业，但她还是选了生态学。据同届的同学说，雅映只对很无聊的事物感兴趣，像是肉眼看不到的微生物、扒土前行的昆虫、海洋和湖泊中的藻类，以及长在湿地的菌类。雅映喜欢观察那些缓慢、蠕动且扩散开来的过程，就像那些缓慢蚕食却很强烈的、若不仔细观察便会遍布整个院子的植物。雅映从小便知道这样的生物具备令人生畏的力量和生命力，蕴含着神奇的故事。

在大学研究所的实习快结束时，雅映无意间读到一篇专栏文章，关于国立生物资源馆所属的粉尘生态部门创建了一个附属研究所，但该文批判称，这种投资对粉尘生态学毫无意义，研究过去的事情只是在浪费人力资源。但当雅映读到“这是一种执着过去，而不重视现实问题的行为”时，不由得惊叹这才是自己长期以来梦寐以求的事情。

毁灭与重建彻底改变了地球的面貌。粉尘生态学正是为捕捉这种变化而存在的学问。哪些物种消失了，又有哪些新的物种出现，哪些物种为适应新的环境而变异，这些都是生态学的研究对象。

世界各地为隔离粉尘而建造巨蛋时，人们并没有考虑到森林和田野上的生物。正因为这样，很多物种濒临灭绝，但也有快速适应粉尘而发生变异的植物。据学者推测，粉尘本身诱导了基因突变，加快了变异的速度。有的植物将原有的圆形大叶子变成了能够过滤粉尘的、带有细细皱纹的长叶子，一些高大的树木则降低了高度。在因降尘灾难而毁灭的森林里，还出现了由新生物种构建的附加生态系统。这些变异种在粉尘消失后的很长一段时间里支配着大自然，形成与过去截然不同的自然风景。但从 21 世纪后期开始，早已适应粉尘的物种又为了适应粉尘消失后的环境再次发生变化，进而又一次改变了生态界的景象。

生物马不停蹄地追赶上了快速变化的行星，雅映喜欢观察这些勇往直前的生物。

整夜观察植物标本时，雅映会想象那些植物悠久的历史和各自的故事，偶尔也会想起小时候见过的那一幕。那个杂乱无章的、长满了不知名植物的院子，弥漫在空气里散发着蓝光的灰尘，以及坐在院子中央久久凝望虚空，仿佛在追寻某种早已消失的事物的老人的视线。

*

: : ======>> 欢迎来到怪奇物语网站 ☞

【请连接世界隐藏的真相、神秘的怪谈、被掩盖的谜团】

提供信息↘

输入标题 → 关于恶魔的植物的疑惑

我是一名研究恶魔的植物的学者，最近韩国因为离奇繁殖的摩斯巴纳很伤脑筋，一座废墟城市已经被摩斯巴纳彻底占领了，无论怎么清除，这种植物仍在持续生长。我们正在彻夜调查为什么摩斯巴纳会突然出现，为什么这么难以清除。

我想问一个稍微偏题的问题。

请问这里有人听说过摩斯巴纳会散发蓝光吗？

虽然有人举报称，在废墟城市的摩斯巴纳群落看到过蓝光，但问题是针对这种现象官方没有记录。摩斯巴纳的种子小到可以随风飘移，却不会发光，而且种植摩斯巴纳的土壤也是如此。

但我记得的确见过那种蓝光。

在邻居老奶奶家的院子里。

说实话，这是很久以前的记忆了，我无法肯定那个院子里生长的就是摩斯巴纳。但我清楚地记得，那些藤蔓植物生长速度十分惊人，很快便能越过篱笆爬到马路上。

那个院子里长满了杂草，几乎无人打理。那位老奶奶常常进出院子，有一天夜里，我无意间看到坐在安乐椅上的她，身旁弥漫着散发着蓝光的灰尘。

那场景好似童话故事一般。

那会是什么呢？那些杂草也是摩斯巴纳吗？

如果是的话，那位老奶奶为什么偏偏要种植摩斯巴纳呢？为什么要养那种把院子搞得一团糟的恶魔的植物呢？

我查遍了网站上大家之前提供的信息，但没有看到关于蓝光的内容。

我好奇的是，有没有人也见过那种蓝光呢？

*

【一条来自怪奇物语的信息】

↘确认

你看看这个链接，虽然是很久以前发布的文章，但我确信你会喜欢。

是否打开链接？【√】

是【√】

*

润才面对全息显示屏紧皱眉头，屏幕上显示着在海月市采集的摩斯巴纳样品的全基因组测序结果，分析程序正在进行与原有的摩斯巴纳的全基因组的对比分析。

“有什么特别之处吗？”

“这个，排序好像错了。”

“为什么？”

“结果很奇怪。”

雅映盯着排序数据看了半天，但因为她不像润才那样精通植物遗传学，所以看不出哪里奇怪，只能静静地等待润才进行说明。

“先看这里，可以看到与目前在海外发现的野生摩斯巴纳，也就是生长在荒地上的摩斯巴纳的基因组有很多不一致的地方。植物在扩散的过程中会发生自然变异，野生植物之间存在不一致的部分是理所当然的现象，但海月市的摩斯巴纳发生了太多变异。最重要的是，这些个体之间的基因组极为相似。通常若形成这种自然生态群落的话，根本不可能这么相似。”

“所以这种情况是人为的？”

“嗯，而且以我的直觉来看……海月市的摩斯巴纳的基因组，怎么说好呢，太干净利索了。”

“什么叫基因组干净利索？”

“以自然生长的植物来说，丝毫没有多余的部分。海月市的摩斯巴纳只具备了生长所需的部分，就像有人精准设计过一样，每个部分都很吻合。野生的摩斯巴纳就不会这样，如果是自然生长的植物就更不可能了。”

雅映虽不是植物基因组的专家，但她似乎也明白了润才的意思。也就是说，海月市的摩斯巴纳是人为制造出来的植物。润才双手抱胸，盯着显示屏。

“那你的意思是，有人为了制造生物恐怖袭击故意设计出这种植物，然后把亲手设计出来的植物种在了那里？”

雅映最先想到的仍是生物恐怖袭击的可能性，如果有人故意设计出这种拥有极强繁殖力的摩斯巴纳，然后把基因相同的单一苗种集中种植在海月市……那这就符合现在润才说明的内容了。

“这可以看成一种假设。但说实话，我还是想不通，既然要搞恐怖袭击，那应该有很多比摩斯巴纳更好的选择啊。非要选择这种植物，然后还要费尽心力改造基因，最后到头来就只是折磨一下山林厅的公务员和附近的居民？怎么会有这么‘胸无大志’的恐怖袭击者呢？我想不出他们的动机。到底是什么脑子坏掉的人啊……如果只是为了开玩笑，倒也说得通。”

雅映点了点头。虽然可以假设有人策划了这件事，却揣测不出这样做的动机。

“我打算把样品送到别的地方再确认一下，多采集一些样品进行交叉核对。这真的太奇怪了。如果真的是故意为之，到底……”

雅映知道润才最好奇的是什么。到底是谁、为什么做出这种事呢？

瞬间，雅映的脑海中浮现出了一些画面，但这些画面与润才讲的内容无关，而是自己小时候在李喜寿的院子里看到的藤蔓植物、蓝光、为了寻找什么而出远门的李喜寿、关于海月市摩斯巴纳生态群落散发蓝光的举报，以及昨天在“怪奇物语”网站收到的匿名信……抽象的、模糊的线索，无法掌握整幅拼图的碎片撒落了一地。

难道这些画面存在关联？如果真是这样，又要怎么搞清楚这件事呢？这种植物到底是什么来历？

雅映的思绪乱成一团。润才把手伸到愣在原地的雅映面前晃了一下。

“你没事吧？很难吗？怎么突然愣住了？”

“润才姐，我们这次去埃塞俄比亚是不是没有个人活动时间啊？”

听到雅映莫名其妙的发问，润才歪了下头。

“当然没有个人活动时间了，主要活动是参加研讨会，顶多能以文化探访为名集体玩一天。单独行动能做什么？那里又不是有名的观光城市。再说了，跟团走的话，该看的也都能看到。”

“那我们的活动范围肯定只限于亚的斯亚贝巴市内吧？”

“应该是吧。举办研讨会的酒店也在市内。怎么？你有感兴趣的地方？还是跟团行动比较好，你自己到处乱跑，万一被监察可是要出大事的。”

“那如果是以学术为目的的个人活动也不行吗？”

“哦，如果是这样的话，那事前申请许可应该可以。好好跟组长沟通一下，说不定能排出自由行程。但你为什么要一个人行动呢？加进集体行程里不就好了？”

雅映不知道应该怎么解释从“怪奇物语”网站上获得的信息，她迟疑片刻后说道：

“其实，这有点难说算不算是学术目的。”

*

亚的斯亚贝巴是粉尘时代结束后最先重建起来的城市，同时也是灾难暴发前自然生态保存最完整的、对粉尘生态学的研究最为活跃的地区。基于这些原因，纪念世界重建六十周年的国际生态学研讨会选在这里召开。

粉尘生态研究中心的植物小组成员走出机场后，决定先到举办研讨会的卡迪斯酒店放下行李，然后去酒店附近的餐厅一边吃午饭，一边等待下午的开幕式。

虽然酒店距离市中心有一段距离，但沿路的街道都非常热闹。据说这里是重建的城市中少有的人口密集型城市，重现了灾难暴发前的街道景象。当地的气候独特，即使艳阳高照，空气却凉爽宜人。走在街上，我们可以听到阿姆哈拉语和英语，戴在耳朵上的翻译器有时还会传出无法翻译的语言。充满活力的街道随处可见咖啡店，露天咖啡店的主人招了招手，把植物小组的人引进店里。每条街区都可以看到贩卖各种新鲜果汁的摊位。

“那饮料叫‘Spress Tsumaki’，是用牛油果、杧果和木瓜打的果汁，非常好喝，一定要品尝一下哦。”

坐在一旁的润才假装很懂地说。有别于之前来亚的斯亚贝巴参加过研讨会的润才，这次是雅映第一次来。虽然她的视线一直被异国风情的食物和色彩缤纷的工艺品吸引，脑袋里却一直想着别的事情。在这里真的可以见到“兰加诺的魔女”吗？看到的不会是虚假信息吧？秀彬端来的冰咖啡暂时驱散了在雅映脑海中萦绕的杂念，但坐在颠簸的车里返回酒店时，这些杂念又如同云团般冉冉升起了。

虽然这是雅映初次来到埃塞俄比亚，但她早就听闻这里堪称粉尘生态学的发源地。在降尘灾难暴发以前，这里并不是以植物学闻名的地区，但经由粉尘时代，埃塞俄比亚的药草学家对民间医疗和世界重建做出的巨大贡献而受到世界的瞩目。草药传统延续至今，政府也在植物学上给予了很大的支持与投资。就这样，埃塞俄比亚成为进行复原灭种作物和野生植物活动最为活跃的国家。雅映对这个地方的了解程度仅此而已。

在上次埃塞俄比亚研讨会的资料集里也刊登过题为《灾难终结后的民间药草学家》的发言稿，虽然雅映拿到资料集翻阅了一下，但因为不是自己关心的主题，所以没有仔细看完。她隐约记得在资料合集里看到过某知名药草专家讲解的世界重建后栽培的植物，但具体内容已经想不起来了。当时雅映心想，原来埃塞俄比亚还有这样的传统，身为不受本国重视的生态学家很羡慕这种传统。

但她万万没有想到会在“怪奇物语”网站上看到那个药草专家的名字。

有人在一封匿名信中附上了一个网页链接，那是十几年前发布的文章，从发布的日期来看，应该是在“怪奇物语”网站开设没多久时。

那篇文章讲述了关于摩斯巴纳令人难以置信的故事。

“雅映，你周末真的要单独行动吗？没关系吗？这里很乱的，稍不留意都会迷路，而且一眼就能看出你是外国人。”

朴素英组长不放心地说道。其实，雅映也觉得在陌生的异国他乡单独行动压力很大，但另一方面，她说服自己权当是一个人的旅行了。

“没事的！我一个人还穿越过蒙古沙漠呢！”

“你要去采访的人是很了解摩斯巴纳的专家？蛮有趣的。没想到这种植物的专家也会来参加生态学研讨会……看来是研讨会的规模很大，所以吸引了不同领域的专家。”

“那位专家因为高龄，好像退休有一段时间了。”

“是啊，我看你带了礼物，不要忘记送给人家。每隔一个小时记得报一次平安，不用担心话费。”

朴组长一脸担忧，似乎在她眼里雅映还是一个新人。

“退休的摩斯巴纳专家？”

组里唯一知道真相的润才扑哧笑了出来，说道：

“你到底给组长看了什么资料啊？”

雅映把匿名信的内容告诉了润才，润才爽快地说，如果专家肯接受采访的话，她也愿意同行，但雅映不希望她错过难得一次的高原之旅，所以执意一个人去做采访。

雅映要去见那个人，是因为对方在匿名信里自称知道摩斯巴纳的秘密，还把摩斯巴纳称为“散发蓝光的藤蔓”。

研讨会开幕式隆重开始。雅映走进贴满海报的会场，与来自世界各地的学者交换了社交媒体账号，下午听了一场主题为“孤立地区的天然巨蛋形成与物种变异：岛屿与垃圾场的生态分析”的演讲。演讲内容大致是，粉尘时代，在位于南太平洋地区的孤岛上形成了一种天然气流，起到了巨蛋的作用，因此保留了降尘灾难前的大量物种。

这是一场妙趣横生的演讲，但雅映脑子里想的全是周末要去采访的事。如果见到那个人，如果可以见到那个人的话……究竟要从哪里问起呢？

第二天，雅映针对韩半岛野生植物的生长变化发表了演讲。虽然台下反应不错，但并没有受到太大的关注。当天最受瞩目的主题是北欧出现的新型附加生态系统，但遗憾的是，这与此时占据雅映脑海中的问题相比太微不足道了。

隔天在酒店分馆举行了重建六十周年纪念展览，除了生态学以外，还布置了各种主题的展馆，其中大部分是开发反汇编器过程中的展品。雅映不屑一顾地看了一遍那些展品。虽然人们把反汇编器视为人类的胜利品，雅映却无法认同这种赞词，因为她不明白灾难的肇事者在地球濒临毁灭时才出面收拾残局有什么好值得称赞的……但还好主馆的粉尘生态学展区吸引了她。雅映首次参加海外研讨会就被突如其来的匿名信打乱了节奏，魂不守舍地过了三天。

没有研讨会活动的星期日早晨，大家搭车前往恩托托山考察去了。恩托托山距离市中心不远，是一处海拔三千米、可观察热带高山植物的地方。虽然不能和大家一起去看一看在韩国难以接触到的生态环境令雅映觉得很遗憾，但对她来说，还有比这更重要的事情。

雅映与提供信息的鲁丹约在亚的斯亚贝巴市内的纳塔利咖啡店见面，她提早赶到，等了二十多分钟，刚过约定时间，鲁丹便出现了。之前两个人只通过短信交谈，雅映看到有人走进店里四处张望，便一眼认出了鲁丹。鲁丹看起来是一个健康的男人，虽然难以估测年纪，但从外貌来看应该没超过四十岁。

“哇，没想到你真的来了。五分钟前我还怀疑是不是有人在开玩笑呢。”

鲁丹兴奋地打着招呼，雅映告诉他可以讲阿姆哈拉语，但鲁丹说自己原本使用奥罗莫语，可是由于翻译器经常误译这种语言，所以现在习惯了讲英语。

最早在“怪奇物语”网站上发布文章的人正是鲁丹，他说自己从未学过植物学和生态学，但在二十岁参与重建城市时，结识了被人们称之为“兰加诺的魔女”的阿玛拉和娜奥米。

“老实讲，我真没想到你会到这里来，我还以为自己是在浪费时间。但读完你的邮件后，我觉得这件事对你很重要，而且你的身份也很明确。不过更重要的是，我觉得你愿意相信我讲的话。之前也有记者想报道她们姐妹俩的故事，但亲耳听过后可能是不相信，所以只在无人问津的地方小杂志上刊登了几次而已。特别是那些科学家，他们都无视我。准确地讲，应该是无视阿玛拉的故事。你还是第一个亲自找到这里来的科学家。你介绍自己是生态学家，我还很纳闷为什么生态学家会看那种网站，还主动联络我……但我在网上看到生态学研讨会的论文上真的有你的名字，所以我觉得这次应该是真的，终于有人可以证明娜奥米和阿玛拉的故事了。”

鲁丹的一番话听得雅映兴奋不已，这时他突然表情一变。

“其实，有一点很为难，我们现在要去见的娜奥米很讨厌见人。”

鲁丹解释说，之前姐姐阿玛拉非常积极地讲述这件事，但不断受到人们的无视和嘲笑，变得心灰意冷，最后干脆避而不谈了。虽然这次也联络了阿玛拉，但她冷淡地拒绝了。

“因为不能错过这种难得的机会，所以我又把这件事转达给了娜奥米。”

“娜奥米同意了吗？”

“娜奥米已经看了邮件，但没回信，我打电话给她，她也不接。不过你大可放心，娜奥米很信任我，我已经留言说今天会去找她了。”

雅映如坐针毡，不安起来。

“不好意思……你今天真的跟她约好了吗？听你的口气，感觉娜奥米一点也不欢迎我们啊。”

“雅映，自古以来只有肯冒着失败的危险才能做大事，不过就是没回信而已，你就退却了？”

鲁丹耸了耸肩。真不知道应该说他是自信满满还是脸皮厚，没想到事情会朝这样的方向发展……雅映迟疑地说：

“突然登门造访太失礼了。不如你给我讲讲这件事吧，你不是说也知道摩斯巴纳的真相吗？”

“不行，我不是当事人，这件事一定要听她们讲才行。”

雅映无法说服在没有约好的情况下执意要去找娜奥米的鲁丹，只好跟着他去了。

娜奥米住在亚的斯亚贝巴的郊区。房子密密麻麻地排列在一起，楼与楼之间的距离非常窄，穿过只有侧身才能勉强通过的小巷后，又爬了一段铁制的楼梯。娜奥米住的房子外墙刷有薄荷绿的油漆，但有几处已经掉了漆，破旧的深褐色木门看上去仿佛用力一推就会倒一样，门上也没有看到门铃。鲁丹像常客一样抬手敲了敲门，随即响起钝重的声音。

“娜奥米，是我，鲁丹。我把那位生态学家带过来了。”

没有人应门。鲁丹把耳朵贴在门上，雅映也听到屋里有人推东西时发出的嘎吱嘎吱声，但过了很久都没有人来开门，可见里面的人是故意不理睬鲁丹的。

“你看邮件了吧？快开门啊，终于有机会可以证明你说的事情了！”

雅映和鲁丹又等了半天，里面的人根本没有要来开门的意思。

“娜奥米，娜奥米！你得改改你那牛脾气！”

就在雅映看着气呼呼的鲁丹，心想这样下去可能要搞砸了的时候，门突然开了。只见一位身材矮小、目光炯炯有神的老人推着灰色的步行椅出现在门口。雅映刚要开口问好，娜奥米抢先一步说道：

“鲁丹，你怎么又擅自找上门？我现在要处理药草，不然就要烂掉了，到时候你赔我药草钱啊？少说废话，赶快回去吧。”

娜奥米的态度非常冷漠，不禁让人怀疑鲁丹自称和她是好朋友都是骗人的。但鲁丹像是早已习惯了这样的娜奥米，露出可怜兮兮的表情说：

“娜奥米……你一定要这样对我吗？”

娜奥米眯起眼睛注视着鲁丹，一声不吭地关上了门。

这样下去的话，根本一点希望都没有。

“鲁丹，等一下，让我单独跟她讲几句吧。”

雅映让鲁丹等在楼梯下面，又敲了敲门，里面再次传来嘎吱嘎吱的响声。虽然不知道娜奥米为什么不肯开门，但直觉告诉雅映她似乎不是不想讲这件事。雅映深吸一口气，说：

“娜奥米，我是来自韩国的生态学家，叫雅映。我特地前来是想听听关于摩斯巴纳的事。因为没有别的方法，所以只好通过鲁丹联络您，真的很抱歉。您可以抽出一点时间吗？我不会耽误您太久的。有些事情很想请教您，这都是一定要听您讲的事情……”

雅映心想这次娜奥米也会不予理睬或是抱怨几句，但没想到门竟然开了。雅映紧张地看着娜奥米，她的表情看起来比刚才和蔼多了。

“鲁丹那个臭小子，最近越来越让人讨厌了。他三天两头就来烦我，肯定是把我当成快要归西的可怜老太婆了。”

娜奥米耸了耸肩。

“如果是你一个人来的话，早就让你进门了，招待客人又不是什么了不起的大事。”

说着，娜奥米轻轻地挥了一下手。

“进来吧。”

有别于破旧的建筑外表，室内非常温馨宜人。雅映还以为以药草治疗师闻名的姐妹家中会充满浓重的药草味，但不要说药草味了，就连药草治疗师会使用的工具也没有，看来她刚才说要处理药草不过是想赶走鲁丹的借口罢了。

娜奥米去冲咖啡时，雅映把带来的礼物放到桌子上，并环视着室内。满墙的相框吸引了雅映的视线，可以看到姐妹俩年轻时和上了年纪之后的照片，还有与很多人的合照。雅映猜测那些照片可能是娜奥米和阿玛拉被称誉为“兰加诺的魔女”时期拍的。玻璃橱柜里还陈列着众多用阿姆哈拉语写的贡献牌。娜奥米端着放有咖啡杯的托盘走来时，雅映说道：

“我对二位的名声早有耳闻，学会也知道你们，现在埃塞俄比亚的植物学发展和重建都得益于药草学家的功劳……”

“那些人真这样讲？”

娜奥米瞥了一眼相框，说：

“如果是我的话，早就把那些东西扔掉了，看在阿玛拉的分上我才忍了下来。那些人根本不认真听我们的故事，就只想着用那些贡献牌堵住我们的嘴。”

雅映有些手足无措。娜奥米把咖啡杯放在她面前。

“那些照片也就算了，把贡献牌陈列在橱柜里都是阿玛拉的意思。十年前，她还不是这样的……现在阿玛拉也渐渐忘记我们到底是谁、做过什么了，只是用那些虚构的名称填补我们记忆的空白。什么治疗师、魔女、重建英雄……唉，但现在与我们早前所处的糟糕地位相比，也许已经算不错了。”

故事毫无头绪地朝着雅映不理解的方向发展。雅映苦恼了一下，问道：

“恕我冒昧，请问阿玛拉现在在哪里？”

“姐姐现在在医院。她一把年纪了，但还算健康，只是记忆退步了。那些相框都是在我和她记忆不相吻合的时候挂起来的。随着时间和季节的变化，不管是姐姐还是我，状态都时好时坏。状态好的时候，我们就住在这里，但在经常起雾的季节她就只能待在医院里。”

“您是说大雾吗？”

“我们对大雾有心理阴影，阿玛拉比我还要严重。”

娜奥米啜了一口咖啡，说道：

“雅映，你说你是生态学家？但我没有任何可以提供的信息，因为我对植物不了解，根本不配称为药草学家。倒是阿玛拉比我更了解植物。但遗憾的是，你来得不是时候。如果阿玛拉在的话，你应该还能得到一些有用的信息。”

令雅映感到神奇的是娜奥米称呼雅映时，会念她名字的韩文发音。她很好奇为什么，却不知道该如何开口。

“那个……娜奥米，虽然不知道鲁丹转达了什么话，但我不是来询问摩斯巴纳的防治方法的，我只是想多了解一下摩斯巴纳这种植物。当然，如果能知道防治方法更好，但那不是此次拜访的主要目的。”

雅映迟疑片刻后，告诉娜奥米自己是研究毁灭与重建后生态的学者，主要负责研究受到粉尘影响而变异的植物，以及最近为了调查在韩国海月市异常繁殖的摩斯巴纳，在研究这种植物的起源。

“我想知道的是，这个看似非常怪异的植物的历史，很想了解这种植物不为人知的故事。您的一生伴随着这种植物的历史，我在重建初期的口述史中看到过很多次您的名字。当时，这种植物应该还未被称为‘摩斯巴纳’，而是以各地区的‘光荣’为名。您和阿玛拉因以药物植物，特别是用摩斯巴纳研发的民间疗法而出名。据口述史的证人称，你们是最初把摩斯巴纳种植在埃塞俄比亚的人，并且救治了很多人。”

“看来你真的是学者。”

娜奥米露出了笑容。

“既然是这样，那你也一定知道摩斯巴纳没有任何治疗效果喽。这在植物学界早已广为人知了吧。”

听到娜奥米亲口讲出这么出人意料的话，雅映瞬间哑口无言。眼前这位因用摩斯巴纳进行民间疗法而闻名的药草学家，竟然在问自己是否知道摩斯巴纳不存在任何治疗效果。这到底是怎么回事呢？

雅映迟疑了一下，说道：

"我分明……没错，我读过那样的论文，上面的确提到摩斯巴纳没有药理效果，反而带有毒性。但我也不好断言，因为所有的论文并不能得出接近真相的结论……您真的没有利用摩斯巴纳为人治病吗？但新闻和那些照片里都有摩斯巴纳啊。"

"这里的人们至今还对此深信不疑，无论拿出什么科学依据，但大家只相信自己看到的。其实，几十年前很多人有过治疗经验。"

"既然是这样，那摩斯巴纳真的有药效吗？"

"怎么可能有？把它当药来用就等于服毒，摩斯巴纳是对人体非常有害的植物。"

"那你，娜奥米……"

对话渐渐陷入迷宫。雅映尽量控制自己的情绪，她不想指责娜奥米，但最后还是直言不讳地问道：

"那你明知道真相，为什么还把摩斯巴纳当成药草使用呢？"

娜奥米笑了笑。

"从某种程度上讲这样做是故意为之，因为有不得已的理由。"

雅映彻底无言以对。面对惊慌失措的雅映，娜奥米似乎觉得很有趣。

虽然雅映在很多论文中看到摩斯巴纳没有治疗效果，但她万万没有想到娜奥米知道这一事实。雅映觉得娜奥米跟自己想象中的完全不同，在报道中看到的娜奥米是深受人们敬仰的魔女、圣人，是拯救埃塞俄比亚人民的伟人，此时面前的娜奥米却亲口承认摩斯巴纳没有药效。她这是在承认自己欺骗了所有人吗？但为什么偏偏是现在，要把这件事告诉初次见面的人呢？

"既然如此，那你究竟为什么……"

“你仔细观察过摩斯巴纳吗？”

娜奥米开口说：

“摩斯巴纳是非常适于生存、繁殖和寄生的植物，可以说它融会了粉尘时代的精神——不择手段地生存下来，吸取枯萎植物的养分生长，在一个地方生根以后不仅把周围的土壤搞得一团糟，还会尽可能地向外扩展……像极了粉尘。”

正如娜奥米所言，摩斯巴纳的确存在与粉尘相似的特征，它们可以吞噬地表所有的生命，不断向外扩张。

“没错，娜奥米，不过我也知道摩斯巴纳并非有剧毒的植物。这才是我特地来拜访您的真正原因。”

听到雅映这样讲，娜奥米的表情发生了微妙的变化。

“有人在摩斯巴纳异常繁殖的海月市看到了奇异的蓝光，于是我开始调查，因为我小时候偶然地在一位老人的院子里见过那样的蓝光。我下决心一定要找出那如同魔法般的现象的原因。就这样我认识了鲁丹，他告诉我你知道那藤蔓植物发光的真相。”

雅映按照鲁丹建议的方法道出缘由后，紧张地等待着娜奥米的反应，显然这番话引起了娜奥米的好奇心。

“那个种了满院摩斯巴纳的人是谁？”

鲁丹告诉雅映如果这样讲的话，娜奥米一定会好奇种植摩斯巴纳的人。雅映忍住没有道出李喜寿的名字，而是说：

“娜奥米，如果你告诉我摩斯巴纳起源的话，我就把自己知道的一切告诉你，所有的一切。”

片刻的沉默。雅映揣测不出娜奥米在想什么。她直视雅映说：

“如果你讲的都是真的……那就太奇怪了，因为能够散发蓝光的摩斯巴纳已经不存在了。几十年来，摩斯巴纳遍布全世界，但这种植物的特性已经和最初完全不同了。”

娜奥米从椅子上站起身，走到挂满相框的墙边，打开相框下方的柜子抽屉翻了半天。雅映静静地望着她。那短暂的时间仿佛被定格了。翻遍所有的抽屉以后，娜奥米才找出一张照片。

“阿玛拉很想搞清楚真相，鲁丹是唯一相信我们的朋友，但从几年前开始，阿玛拉改变了过去的立场，她改口说是自己记错了，根本不存在森林村那种地方。如今我也明白她为什么那样做了，因为一再重复谁也不相信的过去，只会让自己变得更加悲惨。”

娜奥米把那张照片放在桌子上，照片乍看之下一片黑，但仔细看的话，便会发现照片一角有一个模糊的圆光。

“好吧。那我就最后再讲一遍这个故事。也许我也认识你提到的那个院子的主人，虽然现在还不确定，但我知道应该去哪里寻找答案，并有意一探究竟。”

直觉告诉雅映，摩斯巴纳背后隐藏着一个长长的故事，她取出笔记本、笔和录音机放在桌子上。无论娜奥米的话可不可信，她都决定一字不漏地记录下来。

娜奥米把照片翻了过去，照片背面写有日期。

十月，二〇五九年。

“你的推测没错，摩斯巴纳绝不是灵丹妙药，它根本不是药材，但当时我们必须让人们相信它是药材。正如你推测的那样，摩斯巴纳与粉尘时代有着密不可分的关系，但并不是你想的那样。”

话音落下，娜奥米露出了微笑。

第二部

森林村

几个月前，新山的巨蛋城就已面临危机了。城墙坍塌，铁桥断裂，椰子树也都干枯了。苏丹阿布巴卡寺庙的外墙上满是褪了色的血迹，曾经吸引过无数观光客的旅游胜地的痕迹也荡然无存了。街上的尸体没有腐烂，还可以辨认出长相。巨蛋坍塌后，粉尘的浓度一直维持在最高等级。街上的尸体似乎都是为了从坍塌的巨蛋城逃生的人，大家都背着巨大的背囊。我也翻了几个人的背囊，但令人失望的是，这些背囊早就被人洗劫一空了。

过去几天里，我和阿玛拉为了寻找食物走遍了市区。我们绕开满街的尸体，翻遍了市场的搁板和商店，却没有太大收获。对我和阿玛拉而言，这既是不幸也是万幸。虽然解决不了饥饿的问题，但城市空无一人，自然也没有出没的猎人。为了让阿玛拉休息一下，我们决定暂时住下来。

我们在小巷的尽头找到一间房子，在那里住了一个星期。双层楼的房子虽然破旧，但是很适合藏身。虽然我们在橱柜里找到了过期的饼干、巧克力和茶叶，但极其难吃，所以只能服用随身携带的营养胶囊。稀有的加工食品可以当作货币使用，但最好不要随便乱吃，拉肚子的话麻烦可就大了。我们还找到几瓶止痛药和消化药。未来还会有肚子撑到要吃消化药的日子吗？虽然派不上用场，但毕竟是昂贵的药品，说不定以后还会有以物易物的机会。

我们不能在一个地方盲目逗留，无论任何地方都不能逗留超过十天，这是在马六甲吸取的教训。人过必留痕，这会成为猎人的目标。但现在阿玛拉的状态很糟糕，每次看她一到凌晨就咳嗽不停，严重到快把肺咳出来似的，我就对兰卡威的研究员感到气愤不已。逃走前，我们真该找个机会好好教训一下他们。

躺在床上的阿玛拉一脸倦容，我坐在地上背靠床边。小阁楼里充斥的只有阿玛拉喘粗气的声音。为了打破寂静，我对她说：

“你知道吗？明天就是我们离家两年的日子，时间过得好快啊。”

“你还数日子呢？可我们连日历也没有啊。”

“刚才去车里取胶囊的时候，海豚告诉我的。车里的音响好像有很多奇怪的功能，我都没问，它就播报了日期和当地的天气。”

“所以今天是几号？”

“十一月七日。”

阿玛拉仔细想了想，又问我是怎么记得十一月八日离开家的。她最近对记忆很敏感，可能她多少也察觉到自己的记忆力不如从前了吧。虽然不能准确地说她忘记了什么，但她总是会忘记一些细节。比如，我们一路上经过的地方和遇到的人。如果这些细节只是因为她疏忽大意而忘记的话倒也没什么，怕就怕这是因为她在兰卡威做实验后留下的后遗症。

“先吃这个吧。我实在不想挑战那个包装纸已经腐烂的巧克力。”

我从盒子里取出营养胶囊递给阿玛拉，阿玛拉斜倚在床头，把三颗胶囊塞进嘴里。虽然盒子上的保质日期已经过了，但总比什么也不吃的好。阿玛拉吞下胶囊时，我接着说：

“十一月七日，今天是佩娜的生日。我们帮她开过两次生日派对，生日当天在她家，隔天在我们家。佩娜还答应我，等我过生日时也开两次。”

“啊，是啊。凌晨我去接你，地上都是扑克牌和筹码，我当时还在想十一岁的小孩怎么玩这么不健康的游戏。但那个凌晨，当时的状况也不能说你什么……”

“是啊，因为世界末日正在临近。”

我和阿玛拉相视而笑。我把盒子里的最后两颗胶囊放进嘴里。胶囊的味道好奇怪，既像烂掉的橡胶又像废纸。从兰卡威逃出来以后，我们的主食一直都是营养胶囊，但每次吃都难以适应。

“你之前吃过营养胶囊吗？我是说降尘灾难暴发以前。”

“我本来想尝一尝，但被妈妈阻止了，她说那不是小孩子吃的东西。”

“不知道这东西原本就是这股怪味道，还是坏掉了。应该是坏掉了吧？原本就这种味道的话，哪还能卖得出去啊？”

“不过娜奥米，超乎我们想象的是，这世上很多人只找难吃的东西吃，也许他们活在这样的世界不会太忧郁吧。”

“啊，说的也是。我之前在耶加雪菲过暑假时，看到姑爷爷熬煮月见草的叶子和蓝色的金龟子吃，说是对身体有益……”

咔嚓——

我们同时闭上了嘴，因为窗外传来了金属声。令人窒息的寂静。金属装置相互碰撞的声音再次传过来。

阿玛拉想下床，但我摇了摇头。我匍匐到窗边，把身子紧贴在阁楼的墙边，但外面一片漆黑，看不清什么，隐约可以看到巷口处聚集了几个人影。我把耳朵贴在窗户上，听到了几个女人交头接耳的声音。

她们讲的马来语语速非常快，即使戴着翻译器，这种距离也听不清楚。我尽可能把注意力集中在能听懂的单词上，她们似乎在讨论先从哪间房子搜起。我心里默念，希望她们不要找到这里来。虽然一楼入口处堆满了家具，而且连接二楼的楼梯也都堵住了，但还是不能掉以轻心。阿玛拉用口形问道：

"猎人？"

我摇了摇头。那些人没有在意巨蛋城入口处的粉尘报警器，而且没有穿防护服，所以应该和我们一样都是流浪于废墟中的抗体人。因为不知道对方的来历，所以不能掉以轻心。上个月遇到的抗体人也抢走了我们身上的所有物资，所以最好不要遇到他们。

女人们大声争论的声音突然消失了，脚步声也四处散开。不一会儿，传来了汽车引擎发动的声音。我和阿玛拉屏声息气了好久，直到引擎声越来越弱，彻底消失在小巷尽头，我才离开窗边，阿玛拉也安心地长舒了一口气。

"好像都走了，可能是觉得破房子找不到什么东西吧。"

就在这时，楼下突然传来了用力敲门的哐哐声。阿玛拉的表情僵住了。是从下面传出的声音。

"没事，很快会走的。"

虽然我轻声这样说，楼下的声音却越来越大了。

就在我犹豫从阁楼的窗户跳下去和与抗体人正面对抗，二者哪个更危险时，有气无力的脚步声渐渐逼近了。阿玛拉见我把手伸向窗户，摇了摇头。真不知道她在想什么，我用颤抖的手掏出了包里的小刀。

恳求那些人离开的希望彻底破灭了。阁楼的门哐的一声震了一下，接连几次冲击使得门闩轻而易举地掉了下来。门就这样被砸开了，一个消瘦、满头卷发的女人站在最前面，后面还跟了三个女人。她们一共四个人。卷发的女人嬉皮笑脸地问道：

“哦哟，两个小鬼，我们是不是打扰你们了呀？”

卷发的女人手里拿着枪，显然她们不是为了打招呼而来的。

“我们身上一无所有，要我们走的话，我们这就离开。”

我低声说道。卷发的女人快速扫视了一遍阁楼。她们都是没戴呼吸面罩的抗体人，和我们是同一类人，但她们绝不是来雪中送炭的。

“我看到小巷后面停了一辆飞天车。小鬼可不太适合驾驶那么好的东西吧？给我们吧，我们会好好利用的。”

我用力握紧手中的刀，绝不能把海豚给她们，因为失去海豚就等于失去一切。阿玛拉似乎和我的想法一样，不知何时她举起了枪。

卷发的女人似乎觉得很有趣，笑着对我们说：

“别这样，有话我们好好讲，不如坐下来喝杯茶吧。”

这些找上门的抗体人一眼就识破了新山巨蛋城入口处的障眼法。换句话说，我们之所以可以避开猎人的视线在这里躲上一个星期，多亏了那个坏掉的报警器。巨蛋城入口处的大型报警器原本是为了阻止流入粉尘而设的，但巨蛋城坍塌后，它不但失去了原有的功能，而且数值一直处在最高浓度的红色警戒线上，数值在七与九之间来来回回变动，所以应该没有人会怀疑那个测量值。

当然，我和阿玛拉知道那是错误的数值，因为阿玛拉不是彻底的抗体人，所以只要粉尘浓度过高，她的健康状况就会急剧恶化，但在这里她没事。我们还测量了几次粉尘浓度，最后得出的结论是，那个坏掉的报警器对我们很有帮助。

幸好，冲进阁楼的四个女人没有把我们赶出去。

“那辆显眼的飞天车最好还是藏起来，不然要么被猎人发现，你们死在他们手里，要么就是被我们偷走。”

四个女人和我们一样注意到了那台坏掉的报警器。她们说，躲在其他废墟的时候，猎人们会突然出现，那些活体感应器发出的超声波害得她们快神经衰弱了，但躲在这里完全可以不必担心这一点。

她们在距离我们两条街的小巷找到了一栋双层楼，虽然主人没有留下任何储备粮食，但至少有了可以睡觉的地方。三个女人分别叫塔缇亚娜、毛和史黛西，那个踹开阁楼门的、消瘦的卷发女人不肯公开实名，其他人也不知道她叫什么，所以给她取了一个绰号叫“瘦子”。

几天后，塔缇亚娜在距离小巷稍远的空地点起了篝火。我们闻到焦味，看到升起的烟气还以为是猎人，吓了一跳。起初我还想，这些人都不害怕吗？做事怎么一点都不谨慎呢？但后来得知其中两个人曾经是警察，而且善于使用武器，这才理解了她们的坦然无畏。当她们看到阿玛拉举枪时，该觉得多滑稽可笑呢。

令我惊讶的是，围坐在篝火前，竟然觉得像在露营。待在变成废墟的城市里怎么会觉得是在露营呢？我和阿玛拉轻声细语地交谈着，那几个女人的声音都盖过了我们的。史黛西为此拿出了两桶一直没舍得吃的饼干，我还是第一次见到那个牌子的饼干。饼干略带咸味，虽然表面有些可疑的污渍，却很好吃。

四个女人是在马六甲巨蛋城坍塌时逃出来的抗体人。我和阿玛拉为了寻找营养胶囊去过好几次马六甲，于是跟她们聊起了马六甲和附近的废墟。起初我还怀疑她们是想从我们这里获取情报，但交谈过后，这种想法便消失了，因为她们掌握的情报远远超过了我们。

隔天，我出现了严重的腹泻。我以为那几个女人为了把我们卖给猎人，或是为了抢走海豚而故意给我们吃坏掉的饼干，但等我到了巷口破旧的公厕时，看到塔缇亚娜面如死灰地瘫坐在厕所门口。

“史黛西……我要杀了史黛西。她这是想要我们的命，为了少张嘴吃饭啊！”

我和塔缇亚娜取来简易椅，在厕所门口捂着肚子痛苦地坐了一天。但昨晚坐在篝火前大口吃光一桶饼干的史黛西却一点事也没有，看到丝毫没有异常反应的史黛西出现在我们面前时，我和塔缇亚娜气得直跳脚。坐在我身旁吃了几块饼干的阿玛拉也没事，看来只有肠胃不好的人成了昨晚的牺牲品。

我和阿玛拉决定再和她们多待几日。虽然我们住在不同的地方，但每晚都会确认彼此的生死。她们围坐在篝火前或手提柴油灯给我们讲述了一路经过废墟的故事，我和阿玛拉就只是静静地听着。我很开心，因为好久没有遇到好人了，准确地讲，应该是不会想杀害我们或把我们卖给猎人的人。我也很想向她们倾诉我们的遭遇，每当这时阿玛拉就会对我使眼色。我明白她为什么那么警惕，所以只说了一些无关紧要的小事。

“你们那辆飞天车是从哪里搞来的啊？”

“啊，那个……”

面对毛的问题，我立刻闭上了嘴，因为阿玛拉的表情瞬间僵住，表现出警惕的态度。毛意识到自己失礼了，用手轻轻拍了一下嘴唇。史黛西拍了一下毛的肩膀说：

“你这么问，听起来好像我们要强抢似的！”

“不是，我不是那个意思啦。我就是觉得飞天车那么难搞到手，她们肯定身手不凡。”

毛傻笑着，但看上去还是很想知道飞天车的事。

“真的是偶然得手的，只是时机刚刚好而已。”

我边回答边看向阿玛拉，她没有想阻止我继续讲下去的意思。

“反正现在那个研究所已经没了……”

我把我们几个月前被关进研究所的事告诉了她们，我们在马六甲避难所的时候，研究员说要确认大家的健康状态，抽验了我们的血，然后有一天突然把我们送进了兰卡威的研究所。那些人口口声声会善待我们，但都是谎言，他们在我们身上做了很多残忍的实验。

“有一天，我们醒来时，周围都是警卫机器人，入侵者正在攻击研究所。我们意识到这将是仅有一次的逃生机会，于是拼死逃了出来……在混乱中，我们遇到了海豚。”

虽然我没有讲具体的细节，但她们似乎已经猜测出我们身上发生的事情了。

毛开口说道：

“我们游走路过几个巨蛋村，因为史黛西之前是很有实力的儿科医生，所以起初很容易留下来，但自从被人们发现她是抗体人之后，什么医生执照都没用了。那些可恶的猎人为了抓抗体人，在每个巨蛋村横行霸道。我们为了暂时避开那些人，躲进废墟，如今彻底成了流浪汉。我们这样再去巨蛋村，不要说收留我们了，肯定会遭人唾弃的。”

我惊讶地望着比起医生看起来更像木匠的史黛西，史黛西也看着我耸了耸肩。如果她真的是医生，那是不是可以请她确认一下阿玛拉的身体状况呢？她会不会已经看出来阿玛拉在生病呢？能不能从她那里得到点药呢……就在我想着这些问题时，阿玛拉先开了口。

“不是巨蛋城，而是巨蛋村？现在还有巨蛋村？”

“有啊，很多小地方效仿巨蛋城罩了一个简陋的巨蛋，有的地方只有三四户人家，但也有住着上百人的村子。但在那些巨蛋村里都不能脱防护服，因为粉尘会沿着细缝一直蹿进来，而且必须整日启动品质很差的净化装置。如果呼吸面罩出现裂痕的话，肺部很容易就硬掉了。跟巨蛋城相比，那里的生活更糟糕。”

“我听说也有没罩巨蛋的村子。”

讲这句话的人是阿玛拉。我没想到阿玛拉会提到这件事，所以吓了一跳。我们曾在马六甲和兰卡威听说过关于那个村子的传闻，那是一个如同童话和传说般的传闻。起初被迷惑的人是我，完全不相信的人则是阿玛拉。

毛和史黛西看了彼此一眼，扑哧笑了出来。

“我们也听过那个传闻，住在那里的人把那个地方称为森林村，据说他们还拥有一个大型的温室。”

“你们知道那个村子在哪里吗？”

阿玛拉刚问出口，卷发女人便插嘴说：

“你们最好打消寻找那里的念头。”

“……”

“说是什么抗体人群居住的像天堂一般的村子，听了不觉得很奇怪吗？不觉得像一个陷阱吗？那里肯定和蚂蚁地狱一样。大家都被逼上了绝路，所以才会被那种幻想蒙骗。你们两个天真的小家伙，最好不要相信那种传闻，还是机智点自寻出路吧。”

阿玛拉看起来有点不高兴了。

“我只是想知道传闻的真相而已。”

“不，你提出这种问题的瞬间，对方就已经看出你的小伎俩了。你们可真是小孩子，把飞天车停在那么显眼的地方，不被人偷走才怪呢。至少应该打开隐身模式啊，如果还有电的话。”

我盯着卷发女人，沉默片刻，点了点头。她显然只把我们当成了不懂事的小孩子，但我可以看出她们对我们没有恶意，已经最大限度地给予我们善意——流浪者可以给予流浪者的最大限度的善意。

那天晚上阿玛拉躺在床上低声对我说：

“别相信那些人，说不定哪天她们一翻脸就变成敌人了。”

我明白阿玛拉为什么会这样讲，我想起了迄今为止我们一路遭遇的事情，所有的亲切都是有原因的，所有的善意也都是带有目的的。正因为这样，我们尽可能地利用陌生人的善意，然后在他们暴露目的时赶快逃走。

在抵达新山前，我们遇到了一个青年，他收留我们在家里的仓库住了四天。四天过去后，他说老母亲快要死了，恳求我能抽些血给他。虽然我知道我的血没有任何效果，但看到心急如焚的他，我动摇了。我心想，他既然深信不疑，而且给了我们帮助，那抽点血给他应该没关系吧？

这时，阿玛拉直视我的双眼说：

“如果你给他血，但还是救不了人呢？你觉得到时候他会怎么对我们？”

黑暗中，如同嘶吼的野狗般的他向逃跑的我们连开了好几枪，我们跳上海豚后才好不容易逃走了。只差一步，我们差点死掉。但之后的很长一段时间，我都很后悔没有抽点血留给他，我应该给他再抱几天希望的机会，毕竟像他这样给予我们哪怕是虚假善意的人也少之又少。

有时我会想，身上的抗体如果能与强大的力量相连该有多好，哪怕只是一点点也好。最初在避难所判定带有抗体时，虽然我和阿玛拉都没有表露出来，其实我们非常高兴。因为带有抗体就表示即使我们在所有人都会死掉的外面也很安全，存活下来的可能性更高，所以认为至少自己会活下来，但这种判断只有一半是对的。阿玛拉在遭受那该死的实验之前和我一样，粉尘是杀不死我们的，但除了粉尘之外的一切都试图要我们的命。即使如此，也不能说我们处在最糟糕的状况，因为更多死去的都是那些年轻幼小的、手无缚鸡之力的人。我恨透了所有的一切，恨透了我无法选择的所有现实。

按照那几个女人的提议，两天后我们去勘查了新山的城外。为了避免路线重复，她们提议划分区域，四个人决定在城内寻找物资，然后叫我们勘查城外。听到她们的提议，阿玛拉从一早就一肚子火了。

“她们分明是把我们当小孩子，觉得我们好欺负。她们就是为了占据城内。城外能有什么东西？那里最初就不受巨蛋保护，很早以前就荒废了。”

但我的想法略有不同，与其大家在一个地方为有限的资源争得你死我活，还不如达成协议，不插手彼此的特定区域。因为很多抗体人根本不会跟我们协商，而是威胁我们，然后直接抢走物资。

正如预料的那样，新山城外一片狼藉，但我们还是找到了几盒营养胶囊。更幸运的是，我们发现了食品仓库。仔细观察，仓库内部似乎是粉尘饱和地带，所以没有人敢靠近。我让阿玛拉等在外面，然后一个人搬运食品。我擦去食品表面的凝集粒子，和阿玛拉一一检查了一遍，大部分食品都被高浓度粉尘污染了，但密封的罐头似乎还可以食用。阿玛拉高兴地说我们运气好，可以做罐头料理吃了。

从早走到晚，我们找到了能坚持十天的胶囊和净水过滤器。把这些东西装上海豚后，我指着刚才一直很在意的建筑说：“我们去那里休息一下吧。”那是一家小书店。

人们落荒而逃时，没有带走任何书。几本书掉在地上，我翻了几页，但都是不认识的马来语。虽然阿玛拉认识马来语，但看起来她对书一点也不感兴趣。趴在通往二楼楼梯上的像是书店主人的尸体，阿玛拉欣赏着墙上的装饰品，我坐在了角落处的安乐椅上。

现在应该考虑接下来要去哪里了。那几个抗体人来到新山，就表示还会有人找到这里，但要去哪里呢？还有可以去的地方吗？无解的问题在我脑海中嗡嗡作响，我闭上了眼睛。

我打了会儿盹，醒来时察觉到一股异常的气流，只见阿玛拉咳嗽得很厉害。我还以为窗外只是雾气，但起身一看似乎是尘雾，这是粉尘剧增的信号。

“姐姐，我们快回去吧，这里很危险。”

我们藏身的阁楼里有为阿玛拉准备的密封装置，即使外部的粉尘浓度再高，她也可以坚持过去。虽然躲在海豚里也可以，但空间太小，阿玛拉难以休息。我还很担心那几个女人，她们都是完整的抗体人吗？如果她们也像阿玛拉一样呢？那在尘雾覆盖城内之前，应该尽快告诉她们躲起来。

但等我们回到新山巨蛋城入口时，觉察到一丝不对劲，一直显示高浓度数值的报警器停止了运作，报警器一侧连接的太阳能发电机也被人拔走了。

阿玛拉把海豚停靠在报警器前，我不安地望向寂静的街道。虽然巨蛋破裂已经不完整了，但似乎还具有挡风的效果，城里的雾气并不严重。

“姐姐，我去看看，你在这里等我。”

“不行，我们一起去。”

阿玛拉咳嗽得几乎无法正常走路，但她还是坚持不让我一个人去。我们屏住呼吸走在路上，四周弥漫着诡异的寂静，脚步声仿佛被放大了好几倍。我们经过留有篝火痕迹的空地，走进狭窄的小巷，就在快要接近我们藏身的房子时，举着枪的猎人突然冒了出来。

“看来那些抗体人没有说谎嘛。”

用防护服遮住脸的男人笑嘻嘻地说。

“她们说你们不到二十岁，看来能卖得更贵一些。”

阿玛拉看向我。瞬间，我的脑袋一片空白，但还是勉强地摸了摸口袋。我和阿玛拉同时掏出从研究所偷来的粉尘弹丢向他们，猎人破口大骂，朝我们追了过来。我和阿玛拉拼死跑过一条又一条小巷，扒倒沿路的垃圾桶，阻挡追上来的猎人。我们跑回广场，只见入口的红色尘雾正朝我们逼近。猎人看到尘雾停下了脚步，虽然三个人停了下来，但另一个身穿厚实防护服的猎人还是追了上来。阿玛拉又投了一颗粉尘弹，猎人愣在原地。我摸了摸口袋，已经没有粉尘弹了。

阿玛拉远程解锁海豚，但我经过她朝另一个方向跑了过去。

“娜奥米！你去哪里？”

我必须确认一件事。身后传来阿玛拉呼唤我赶快回来的声音。我跑到那几个女人藏身的、距离我们两条街的房子门口停了下来。我使出浑身力气推了一下门，但门竟然很容易就被推开了。只见里面躺着那几个女人的尸体，我立刻判断出发生了什么事。我想嘶吼，想发泄情绪，但眼下只能忍住。我捡起史黛西掉在地上的外衣。

就在我走出小巷的瞬间，一个猎人追了上来。他比其他人穿着更厚实的防护服，虽然动作很迟缓，但足以抓住我。在他几乎快要抓住我的瞬间，我把史黛西的衣服蒙在了他的脸上，我趁他看不到前方而挣扎的时候，用小刀划破了他的防护服。猎人发出惨叫声，大骂“你这个疯女人”，并粗鲁地伸出手来抓我，结果又被我的刀刺中了手掌。他摸着胸口想要拔枪，但发现防护服破裂时大惊失色。可怕的尘雾越来越浓，此时我只希望粉尘能要了这个垃圾的性命。

“娜奥米！”

阿玛拉呼喊着我。猎人咳嗽着栽倒在地时，用胳膊压住了我。我被他压倒在地，肋骨感受到了快要断裂的疼痛。我拼死地挣脱出他的手臂，用刀子刺向他的眼睛和出现裂痕的头盔，但刀子在他的头盔上打了滑，他大叫一声，在虚空中向我挥舞起拳头。我再次刺向他的眼睛，但这次也被他躲闪开了。我骑到他身上，又朝他的眼睛刺下去，这次他终于发出痛不欲生的惨叫声。

“好了，赶快过来！”

听到阿玛拉的叫声，我这才清醒过来。我用刀胡乱去砍猎人的防护服不是为了逃走，而是为了泄愤。猎人出现了急性中毒症状，只见头盔里充斥着红色的哈气，他浑身颤抖着，开始吐血。我起身踢了他一脚，穿过弥漫着红色尘雾的广场，朝阿玛拉走了过去。

阿玛拉发动海豚，我抓住她的手腕说：

“阿玛拉，我来开。”

“你去后面坐，拜托你冷静一下。”

“那些王八蛋说谎！那几个女人没有出卖我们，我差点信了他们的话。她们是我们遇到的唯一的好人，我差点误会了她们！”

“你不是已经杀死那个猎人了吗？”

“他还没死，我只干掉一个人，但他还没有咽气。”

“娜奥米，你先闭嘴上车。”

“你要是能等我，我就能把他们都干掉。”

阿玛拉没有讲话，而是很生气地瞪着我，所以我只好闭嘴。我不理解阿玛拉为什么可以那么冷静。

但当海豚驶出废墟时，阿玛拉握着操纵装置哭了出来。我沉默了，我回想着那些死去的人的脸，想要记住她们，还有她们对我们讲的那些话。不要相信任何人，要一直逃亡下去。当你想在一个地方住下来的时候，就真的会死掉。我最后在心底默念着她们的名字，塔缇亚娜、毛、史黛西和……我摇了摇头。那些都是我终会忘掉的名字。

*

离开新山后，阿玛拉的状态明显恶化了。每次抵达新的废墟时，我们先找到一处简陋的房子，然后用管道胶带把所有的缝隙都封死，在那里住几天后必须马上离开。逗留太久的话，必会暴露人迹。但现在我们已经不知道该去哪里了。我很后悔，在那几个女人遇袭之前，应该拜托她们帮阿玛拉检查一下身体状况。每当冒出这种想法时，我就会觉得很自责。

从兰卡威逃出来时，我和阿玛拉原本打算到马六甲附近寻找妈妈。降尘灾难暴发时，我们一起逃到了位于马六甲的避难所。我们急于求生，如今已经找寻不到任何的行踪和线索了。我们也想过返回故乡埃塞俄比亚，因为我们无法放弃亲戚们也许还活着的希望。但就现实情况来看，这辆小型的飞天车不可能飞到那么远的地方，而且我们的故乡也不可能躲过这场浩劫。

海豚偶尔会收到电波，这时我们可以收听到巨蛋城的广播，但传出的只有死讯而已。比如，老挝的巨蛋城因内部纷争毁于一旦，或是外部的野蛮人进攻巨蛋城……有一天，记者播报了坍塌的避难所的死者名单。

——据推测，该避难所在几个月前丧失了效能，知情人士透露，无人幸免……

我希望阿玛拉没有听到那个避难所的遇难名单，但坐在我身旁的她瞪大眼睛，竖着耳朵在听广播。我们没有哭，也许是因为从一开始我们就有所预感。我们需要的只有目的地而已，但如今连目的地也消失了。

我害怕阿玛拉会离开我。在这个可怕的世界，如果连她也失去的话，恐怕我也活不下去了。阿玛拉却觉得自己是我的累赘，有一天凌晨，她背着小背囊悄悄地准备离开，被我发现了。

"你去哪里？"

阿玛拉没有回答，而是呆呆地看着我。

"你现在走的话，就等于抛弃我、背叛我。"

我瞪了她半天，她这才又回到床上，闭上了眼睛，但从她粗重的呼吸声可以知道，她直到天亮也没有睡。

海豚的状态也越来越糟糕了，行驶两个小时后，就要利用一整天的时间才能充满电。无奈之下，我们只好缩短移动的距离。如果能找到更好的电池才可以行驶得更远，但以阿玛拉的状态来看，我们不可能去翻找废铁堆。

悲惨的旅程持续了一个月左右时，有一天阿玛拉连我给她的胶囊都没有吃，她一脸疲惫地说：

"人们说的那个地方。"

"什么地方？"

"那个避难所。"

我知道阿玛拉想说什么，但我无法相信她会讲这种话。

"我们去找那个地方吧。抗体人生活的地方……"

我能理解阿玛拉的心情，但我不愿意接受现实，因为这表示她的身体已经恶化到想相信那种传闻的地步了。即使传闻中的森林村真的存在，也不会持续多久，因为无论是巨蛋城还是巨蛋村，所有的共同体都在走向毁灭。这世上根本没有安全和存在希望的地方。我明知道真相，却也只能说：

“嗯，姐姐，我们去那里吧。”

获取避难所的信息并不容易，这一点我们早有预想，因为假如真的有那种避难所，那里的人肯定不会轻易把信息泄露出去。我们为了躲避猎人不停地移动于一个又一个废墟之间，遇到抗体人时，便会用身上的物资与他们交换信息，但大部分都是没有用的信息。

有一次，我们找到了一处和人们形容的避难所相似的地方。那是在梅尔巴遇到的抗体人拿走我们一个月的营养胶囊后，告诉我们的场所。那些抗体人称，在吉隆坡的甲洞，沿西北方向走到城外可以看到一片森林，那里有十年前曾是森林研究所的建筑和村庄。我们徘徊很久，才找到那些人口中的村庄。研究所空荡荡的，附近的建筑都已倒塌，四周一片废墟。研究所门前虽有一间三角屋顶的温室，但里外都被干枯的野草覆盖住了。在进入森林以前，为了做好心理准备，我们决定在破旧不堪的温室度过一晚。

经过多方打探，我们终于见到了知道真正坐标的抗体人，为了换取坐标，不得不交出了海豚。那时如果阿玛拉稍作迟疑，我也会改变主意，但她非常坚定果断。我觉得这是因为她放弃了希望。

我没有拆穿她，而是搀扶她走出废墟，驾驶交换来的四轮旧式汽车朝坐标的方向驶去了。旧式的汽车车体非常大，我们的脚都碰触不到地面，所以驾驶起来非常吃力。但即使如此，我们中途也没有停下来，坐在后面的阿玛拉难受得翻来覆去，有时还会咳嗽。

就这样，我们经过了之前拒绝收留我们的巨蛋城，还经过了卖给我们假药的巨蛋村，又在寸草不生的荒野上行驶了很久，然后进入一片满是枯树的森林。

开车驶向坐标的途中，我也不相信真的存在那样的避难所。即使不相信，但还是朝森林驶去，因为我预感到这可能是我和阿玛拉共同度过的最后一段时间了。

那些人告诉我们的地方曾经是国立公园，之前常有登山客出入，但现在彻底成了人迹灭绝的地方。虽然坡度不陡，但密密麻麻的树木挡住了视线，根本看不到森林里面。我和阿玛拉走进森林时，感受到一股怪异的气氛，我们看到部分腐烂的猩猩尸体和看似还在生长的奇异植物。夜幕降临后，当我们彻底放弃希望时，我发现了一处带有温暖黄色的光源。光线从密林的最高处直射而下。

我们发现希望了。

但这种想法没过多久便破灭了，几个持有武器的怪人团团包围了我们，我尖叫呼喊着阿玛拉，死亡就在眼前，至少当时的感觉是这样的。

*

黑暗，我眼前一片黑暗。我眨了眨眼，这才意识到有什么东西紧紧遮住了眼睛。那不是黑暗，而是黑布，或者是类似黑布的东西。

“你叫什么名字？”

我猜说话的是个女人。她发出低沉的声音。

“快回答。”

“娜奥米。娜奥米·珍妮特。”

“你们从哪里打探到这个地方的？”

她想从我们身上获得什么呢？

“快说！”

冰冷的金属顶在我的额头上，我吓了一跳。

“对不起。是其他抗体人告诉我们的，在废墟遇到的抗体人。请救救阿玛拉吧。我……我有很强的抗体，我可以给你们血，两天抽一次也可以，需要多少都可以。”

“我们要你的血做什么？”

“因为抗体人的血带有粉尘抗体……输血的话……”

“搞什么？这都是什么无稽之谈？看来外面那些白痴连这种蠢事也做。”

“我姐姐阿玛拉在哪里？”

“小家伙，那些抗体人还说什么了？”

“姐……”

“快回答！”

“我们听传闻说，在马六甲……在兰卡威的研究所也听过这个传闻，听说有一个抗体人聚集在一起生活的避难所。坐标是最近遇到的抗体人给我们的，但并不准确，坐标只显示在国立公园……我们找了好久。”

我语无伦次，都不知道自己在说什么。每次停顿下来时，都可以感受到难以忍受的寂静。是谁在听我讲话呢？现在这里有几个人？我干呕起来，仿佛有人碰我一下就会吐出来一样。

“兰卡威研究所？”

女人好像很不高兴，嘟囔了一句研究所的名字。

“小家伙，对不起，我们不能收留你们。这是这里的规定，但放你们走……怕你们又会把这里的坐标告诉别人，就像那些人收取代价跟你们交换情报，你们也会把我们的坐标卖给别人吧？这可怎么办？拔掉你的舌头就不能说出去了吧？但看你这么精明肯定会写字。这可真是让人为难啊！也没办法删除你的记忆。”

我很害怕女人当场拔掉我的舌头，或扣下顶在我额头上的枪的扳机，但我还是要最后拜托他们一件事。我干咽了一下口水，问道：

“这里有医生吗？”

“……”

“你们怎么处置我都没有关系，但请帮我确认一下阿玛拉的状态吧。她在研究所遭受了很残忍的实验……之后身体出现了问题。我不知道是怎么一回事，也不知道用什么药能救她。我只想知道她有没有事。”

“我们为什么要帮你？”

“我有很强的抗体，你们可以用我做实验，我很有用的。只要不是惨绝人寰的实验，我都可以忍受。兰卡威的研究员也说像我这种带有完整抗体的人很少见，所以请帮我检查一下阿玛拉吧。求求你们了……”

“哈哈，瞧这小家伙。”

女人咂了咂嘴。我身后传来另一个人的声音，但那个人讲的不是英语，而是我听不懂的另一种语言，有气无力的脚步声渐渐逼近我。

他们为我松了绑，但我眼前仍旧漆黑一片，我感到浑身无力，动弹不得。有人扒开我的嘴，倒进了热乎乎的液体。那是什么呢？我连味道也没搞清楚。他们没有做任何解释，只是扶我倚墙坐了下来，然后便走开了。就这样，我倒在地上昏睡了过去。

我晕厥般睡着时，感觉有人把我抱到了床上。睡梦中，我觉得一切都结束了。那些人会杀了我们，再不然干脆把我们赶出森林。虽然赶出森林可以保住性命，但那跟死没什么差别，因为我们为了寻找这个避难所已经赌上了一切……我们已经一无所有了。

也许阿玛拉已经死了。想到这种可能，我感到如同被人攥住心脏般地疼痛。曾经有人告诉我们，避难所不过是一个陷阱，不要相信那些胡言乱语。我们应该相信那些人的忠告。

但当我睁开眼睛时，却看到了出乎意料的风景。

我看到由圆形原木搭建的、高高的三角形天花板，我置身于打扫得干净整洁的木屋之中。我蜷缩着感受到凉意的身体，环视了一圈，我身上只有内衣，不知道外衣去哪儿了。

我看到床头柜上放着一张字条。

浴室里有新衣服，换好衣服在屋里等我。

我很怀疑自己的眼睛，但再次确认那是阿玛拉的笔迹。

耳边传来雨滴击打屋顶的声音。虽然阿玛拉让我在屋里等，但我按捺不住好奇心，很想知道外面有什么，自己身在何处。我走进浴室，把放在木板上的衣服穿在身上，那是一件质感柔软的连身衣。我系好绑在腰间的绳子，但没看到鞋子。我赤脚走出浴室，站到门口，深吸一口气后推了一下门。伴随着嘎吱的声响，门开了。

我最先感受到的是充满水分的空气，然后是嘈杂的雨声和森林湿润清爽的空气以及泥土的气息。

在略显阴沉的天空下，我看到山坡上一排排的木屋。木柱支撑着那些木屋，使其与地面保持着一定的距离。雨水沿着木柱哗哗流淌而下，高大的椰子树的长叶子垂搭在三角形的屋顶之上。我往前迈了一步，随即脚底的木板发出嘎吱的声响。我又迈出几步，握住木栏杆，整个身体被清新凉爽的森林空气浸湿了。我好像突然闯进了另一个世界。

“怎么样？这里就是你们要找的地方。”

我转过头来。我记得这个声音，是我被蒙住眼睛时听到的声音之一。只见身材魁梧的女人站在走廊处，她双手抱胸，视线投在下着雨的风景上。

“我们叫这里森林村。是不是比你想象的朴素很多？这里不过就是一个小村庄而已。”

森林村，我们在新山遇到的女人们也提过这个名字。如果是这样，这里岂不就是我和阿玛拉四处寻找的避难所？我朝栏杆下望去，沿着坡路流淌的雨水，从长长的椰子树叶滚落而下的雨滴，站在水坑旁欣赏雨景的女人，还有头顶洋铁桶奔跑的人们。

即使刮风下雨，在这里也不意味着死亡，粉尘没有摧毁这座村庄。这里……好似彻底适应了粉尘的世界，不光人们，就连风景里的一切亦是如此。

我觉得像是被欺骗了，没有高兴和喜悦之情，而是突然觉得很生气。我们竟然不知道存在着这种地方，这太奇怪了。

我亲眼看到了不该存在的村庄，直视着粉尘时代不可能存在的风景。

“怎么会有这种地方呢？”

女人没有回答。

“我以为都死了，我以为所有在巨蛋外面的人都死了。”

我没有住口，继续追问道：

“为什么这里的人安然无恙？为什么只有这里？这是什么骗术？外面的人都快死光了，可怎么只有这里……”

女人转过头凝视着我，短暂的沉默过后，她把视线转向前方，说：

“是啊，所有的一切都毁灭了，但唯独这片森林存活下来了，真是太奇怪了。”

我坐在屋子里，听着雨声等待着阿玛拉。一个身材矮小的女人叫我在屋子里等，还说村里人对我们的去留尚未做出决定，阿玛拉和村长谈完话就会回来。女人介绍自己叫琴嘉，还给了我一块拳头大的面包和来历不明的饮料。

“面包剩下没关系，但饮料最好全喝掉。”

琴嘉态度平淡地说完便离开了。

我盯着篮子里的面包和饮料，感受到难以忍受的饥饿感，眼前不是营养胶囊，而是食物。我以为面包会很硬，但一口咬下去却比想象中软很多。我几口便吃完了面包，饮料的味道很奇怪，像是草药和水果混合的味道。那女人嘱咐我一定要喝光饮料，我不禁怀疑这不是毒药就是安眠药，但最后还是都喝了下去。

填饱肚子以后，我这才想起阿玛拉。她也吃东西了吗？我应该留点给她的，可她去哪里了？那些人为什么只带走了阿玛拉呢？这里到底是怎样的一个地方呢？

琴嘉说，村里人还没有做出是否会收留我们的决定。因为我们是没有用处的小女孩，所以被赶走的可能性很大，但如果这里有我们能做的事情，无论任何事，我们都可以……

我望着空篮子心想，说不定这是最后一次填饱肚子，早知道就该拜托琴嘉再多给我一点吃的。

过了良久，听到阿玛拉推门而入的声音，我打起精神。

“阿玛拉！”

起初，看到阿玛拉阴沉的表情，我的心咯噔了一下。待她默默地坐下来以后，表情才渐渐发生变化。

“娜奥米，这里真是一个惊人的地方。”

阿玛拉一脸兴奋。

“这里的人，有人有抗体，也有没有抗体的。总之，他们成功了。我是说，在巨蛋之外求生这件事。虽然不知道这到底是怎么一回事，但不管怎样，你出去看看就知道了……”

“姐，我根本听不懂你在讲什么。你冷静一下，慢慢说。”

阿玛拉深吸一口气，看到她这样，我稍微放松了些。

“村里人讨论之后决定收留我们了。”

“那不是讨论，是拷问，他们蒙住我们的眼睛，吓唬我们。”

我没好气地说。阿玛拉轻轻耸了一下肩。

“说的也是。听这里的人讲，他们已经有半年没有收留过外部人了，加上他们严格禁止泄露这里的情报，所以我们闻讯而来，甚至握有坐标，对他们而言无疑成了一种威胁。”

“为什么他们最终同意让我们留下了？”

“我答应会协助他们。村里人希望阻止情报外泄，所以要我们讲出从哪里获得的情报，他们应该是想知道……我们的整个旅程。对了，另外还有一个条件。我们再也不能离开这里了，因为他们不希望离开的人向外界透露情报。”

“如果他们说谎怎么办？如果他们获得情报以后直接杀人灭口呢？”

“我也想过这个问题。是啊，他们的确有可能这么做。”

阿玛拉冷静地说：

“但我们没有选择权。就算是那样，我们也没有办法。”

阿玛拉的话音刚落，我的表情就僵住了，但片刻过后，我点了点头。阿玛拉说得没错，就算他们说收留我们是谎言，我们也没有选择的余地。既然已经知道存在这种地方，便无法再在外面活下去，与其被赶出去，还不如死掉算了。我从阿玛拉的眼神中看到了这样的决心。

“娜奥米，你相信吗？我在这里可以舒服地呼吸，感觉这里的粉尘浓度维持得很低，而且这里还生长着农作物。村里的山坡上有一个大型温室，那里……虽然他们没有告诉我名字，但据说那里住着一位植物学家，她不会到村里来，只待在温室里研究可以抵抗粉尘的植物。”

“是那些植物养活着这座村庄？”

“准确地说，是植物学家提供种子，然后村里人进行栽培来维持村庄。至于是怎么形成这种关系的，我也不清楚。告诉我这件事的人里，感觉有些女人很崇拜那个植物学家……但如果他们讲的都是真的，也的确很值得崇拜。竟然有可以抵抗粉尘的植物！但她为什么独自一人在这种地方搞研究呢？那些巨蛋城里的人应该会把她带走才是。”

阿玛拉一口气讲了太多信息，搞得我头很痛。看来我们在森林里徘徊时看到的那道黄光应该就是从温室照射出来的。

“协助他们，但不能完全相信他们，我只答应把信息提供给村长知秀和丹尼，其他人还不太了解。”

“明白。”

“我们必须证明自己是有用之人。”

阿玛拉找到希望的同时也显得十分急切，我仅凭刚才看到的雨中风景便可以理解她为什么会这样了。这座村庄是毁灭的世界上唯一的避难所，这里不是惨不忍睹的避难所，更不是把我们当作实验对象的研究所，而是人们安居乐业的、巨蛋城之外的世界。我还是觉得这是一场梦，但滴落在屋顶的雨声又把我拉回了现实。我必须打起精神，无论如何都要留在这里，活下去。

隔天一早，我们来到会馆。我和阿玛拉都很紧张，本以为这个封闭式的村庄会举行隆重的欢迎仪式，但并没有。村庄沿着森林的坡路而建，会馆位于山腰处，可以俯瞰溪谷。带领我们到会馆的人是我在木屋前见过的女人，她介绍自己名叫丹尼，主要负责协调村里的各项工作。在会馆里做事的人们纷纷看向我和阿玛拉，从大家对丹尼的态度来看，她在村里似乎很有权力，地位很高。无论是她脸上深深的疤痕，还是魁梧的身材，都让人感受到压迫感。

我环视了一圈会馆室内，虽然凌晨雨停了，但还是弥漫着雨水浸湿的森林气息，略显潮湿的地上有序地排列着木制桌椅。三四个女人把篮子放在入口处的桌子上，开始为走进会馆的村民分发食物，她们分发的正是昨天琴嘉给我的面包和饮料，那些接过食物的人都会瞟一眼我和阿玛拉。我看到一群与我年纪相仿的孩子围聚在会馆最里面，他们正把蔬菜切成小块装进篮子或清洗食材，那些蔬菜就跟刚采摘来的一样，看起来非常新鲜。

各种国籍的人聚集于此，很难猜测每个人来自哪里。从坐标上看，会聚各国人的吉隆坡距离森林最近，所以我推测这里的大部分人可能来自吉隆坡。这里女人居多，但也有很多难以用外貌判断性别的人，大多数人都讲英语，但也有使用马来语、印度语和中文的人。我看到很多人都和丹尼一样，耳朵上佩戴着翻译器。

“事发突然，我和村长讨论后决定收留这两个新来的孩子，今后不会再发生这种事了，等开会时我再向大家讲明详情。”

大家听到丹尼的话，点了点头。

“正如我们昨天讲的，阿玛拉负责种植农作物，从今天开始学习起来。”

阿玛拉连连点头，然后加入了会馆角落处正在整理农活工具的一群女人。

“你叫娜奥米吧？你会负责其他的工作，正好有一个孩子很适合跟你一组。我让她早点过来……怎么这么晚还没来？哈鲁，到这边来。”

刚推门走进会馆的孩子比我高一点，她长着黑头发和象牙色的皮肤，虽然眼睛又大又圆，很是可爱，却一脸不高兴的样子。

“干吗突然找我过来？我正在巡逻边界，很忙的。”

“我不是说不允许你去森林边界吗？”

听到丹尼这样问，那个叫哈鲁的孩子噘着嘴，没有作声。

“你应该也听说了，她就是村里新来的孩子。今后你就和娜奥米一起巡逻，万一遇到意外情况，两个人也好互相有个照应。你也给娜奥米介绍一下村庄。”

我能看出哈鲁不喜欢我，但因为丹尼的关系，她没有表现出来。丹尼朝其他人走去后，我和哈鲁之间流淌起寂静。哈鲁一脸不悦地瞪着我，我好久没遇到像她这样初次见面就充满敌意的同龄人，所以感到十分困惑。

“你干什么磨磨蹭蹭的，还不快点跟上来。”

我根本没有磨磨蹭蹭，觉得很委屈，但还是默默地跟在哈鲁身后。

哈鲁走在前面，与我保持几步间隔，她用气呼呼的语调为我介绍了村庄。会馆附近平地上的建筑是办公室、餐厅和医务室，沿山坡保持一定间距的房子都是住家。大部分的公用设施都是用砖头搭建的，住家则是用木头，而所有的建筑四周都长有高大的树木。最初我是被蒙着眼睛带到这里来的，所以还不清楚目前处在森林的哪个位置，但感觉这里是相当深且地势很高的地方。村庄比想象中更大，虽然人数不多，但以住家来看至少也生活着几十人。

哈鲁朝山坡走了一会儿后，停在了一栋会馆大小的建筑前。从外观看很难推测是什么地方，前面有一处像是运动场的空地，但没有看到跑来跑去的孩子。

“这里是学校和图书馆。未满十六岁的孩子每三天要来上一次课，来上课的时候可以不用工作，所以最好按时来上课，如果旷课跑去玩，只会被分配更多的工作。”

“你说的工作是刚才丹尼说的……巡逻森林吗？”

“除了巡逻森林还有很多工作，但我现在不能都向你说明。”

我心想，竟然遇到这么不亲切的伙伴，看来只能从阿玛拉那里了解关于村庄的详情了。

哈鲁朝站在家门口的人们挥手问好，大家看到我先是一惊，然后和身旁的人窃窃私语后才向我挥了挥手。来了新人的消息很快传遍了整个村庄，有的人操作无人机，有的人把工作机器人摆在一旁。我很好奇他们是怎么把那些机器人带进森林里来的，从能够使用电灯和小型电子设备来看，这里似乎可以使用电。

哈鲁没告诉我所有人的名字，只说了几个人名，对建筑的说明也是如此。总之一句话，她没什么诚意。如果她能稍微亲切点的话，我也能很容易地把这些信息装进脑袋里，但她就跟不得已而为之似的。尽管如此，站在被动立场的我也只能默不作声地跟在她身后，也许我这样惹得她更不高兴了。

夜幕降临后，哈鲁一屁股坐在木椅上，我不知道可不可以坐在她旁边，只好站在一旁。哈鲁盯着我问道：

“我说你，你到底是怎么拉拢丹尼的？”

“拉拢？”

“巡逻可是很重要的工作，是机密，不是随便就能交给任何人做的工作。都不知道你会做出什么事，她就把这么重要的工作交给你这种外部人了！”

我原本以为哈鲁只是跟同龄的孩子一样摆摆臭架子而已，她的眼神却非常严肃。我不禁心想，丹尼不像是会把这种重要的工作交给还未成年的孩子的人，但也许真的有人出卖过村庄的情报。如果真是这样，那哈鲁充满敌意的态度也就可以理解了。我看着哈鲁，心灰意冷地说：

“你好像误会我了，我没有拉拢丹尼，反倒遭受了丹尼的拷问。”

“少说谎，丹尼为什么要拷问你？”

“我怎么知道？她绑住我的手，蒙住我的眼睛，甚至一开始还要杀死我，用枪指着我……我和阿玛拉可是受到了很大的威胁呢。至于丹尼为什么把巡逻的工作交给我，我也不知道。这反而是我想问的问题。”

听到我稍稍有些夸张的描述，哈鲁似乎吓了一跳，但她思考片刻后，很快理解了状况，然后抱胸说道：

“那算什么拷问！这里的规定非常严格，要想守住村庄我们也没有办法。”

哈鲁快速转变态度的样子有些令人讨厌，但不知为何感觉有点像不懂事的小妹妹。我冷静地回答说：

“好吧，既然这里收留了我们，我们会努力做事的。”

听到我的回答，哈鲁一脸意外。我从她身上移开目光，说：

“你不喜欢我，我也没办法。与其赶我们走，还不如让我们死掉算了。”

像哈鲁这样闹脾气的孩子根本不会激怒我，因为无论如何，我都要想方设法留下来，但我也知道没必要过于坦率地说出自己的想法，惹她不高兴。见我沉默不语，哈鲁似乎也失去了继续挖苦我的兴致。她开口问道：

“你和阿玛拉是怎么找到这里的？之前住在哪里？”

我平静地回答说：

“这是……机密。”

哈鲁一时没听懂似的看着我，随即扑哧笑了出来。

“你以为我是在开玩笑？”

“不是，这真的是机密。我们答应只告诉几个大人，他们很想知道我们是从哪里获得关于这个村庄的信息，以及如何找到这里来的。”

哈鲁听我讲话时，仍把双臂抱在胸前。

“好吧……但你最好记住一件事，丹尼知道的事，我也会知道。我们之间没有任何秘密。”

丹尼和哈鲁是什么关系呢？她们长得一点也不像，不可能是一家人。我正好奇，哈鲁突然转身说：

“走吧，我带你去看看这里最美的地方。”

我和哈鲁踩着像楼梯一样的扁木板走上了山坡，刚越过山坡，眼前便出现惊人的场景。只见沿着平缓的山坡坐落着一片田地，虽然哈鲁把那里称为菜园，面积却相当宽广。

究竟是如何砍掉那么多树木，打造出这么一大片田地的呢？田地的一头可以看到并排而设的塑料大棚，里面种植着芋头、地瓜、香蕉、薏米、山药和香草。降尘灾难暴发之后，我们在巨蛋城之外的地方从未见过生长的植物。我觉得眼前的一切毫无现实感，感觉十分奇妙，就像看到资料照片或古老的风景画一般。

“不能靠近，万一不小心碰到作物可是会出大事的。”

哈鲁小声警告我，但置身田地间工作的琴嘉在招手叫我过去。

“娜奥米，可以过来看一看。”

我瞄了一眼哈鲁的眼色，小心翼翼地走下山坡。

我站在田间的沟坎之中，欣赏着高过腰间的作物，这些在粉尘时代存活下来且茁壮成长的植物。怎么可能发生这种事呢？我还看到正在用耙子除野草的人们。跟在我后面走下山坡的哈鲁不以为然地说：

“这些全都是瑞秋在温室研究出来的，从温室送来的植物即使在有粉尘的地方也能长得很好。”

“研究出来的？这些植物都是吗？”

“我也不知道是怎么回事，也很好奇。村里人大多没见过瑞秋，我也是在巡逻时隔着温室的玻璃看到过几次而已。瑞秋总是待在温室里做实验。我知道的就只有这些。知秀说这些植物都是出自瑞秋之手，所以我们也只能这么相信。”

哈鲁耸了耸肩。

“到了耕种时节，知秀会推着手推车去温室取来植物的幼苗，因为现在四季不明显了，所以管理园林和田地的大人会根据气温来判断什么时候该种什么作物。具体我也不太清楚。知秀送来分装在十几个盒子里的幼苗后，大家就把它们种在地里。要种的作物很多，不过因为粉尘的关系，地里几乎没有虫子，所以相对来说很容易管理，而且杂草也没有抗尘性，不会长出来太多。等到了收获的时节，村里人都会来帮忙收割，然后把该储存的储存起来，也会一起煮饭来吃。”

“那在这里就不需要吃那种味道可怕的营养胶囊喽？”

我的话音刚落，哈鲁哈哈大笑起来。

“我们也主要吃营养胶囊啦。现在很难找到香辛料和油之类的东西，所以还很难靠栽培出来的食材为生。不过作物的收获量在逐渐增加，而且大人们也打算扩大菜园的规模，他们好像还准备修复温室旁边的研究所，把那里改建成栽培室。这样一来，说不定在不久的将来我们就可以不依赖营养胶囊了。”

哈鲁静静地观察着我的表情，她好像有点得意，像是在等我发出感叹，但我略感悲伤地说：

“我……我在外面，只能靠那种小胶囊为生。太饿时都恨不得吃土和砖头，要是有野生的动物、虫子或路边的野草，只要是活着的东西恨不得都吃掉，但连那些也都死掉了……”

村庄与外面不同，这里生长着植物，而且人们不穿防护服也可以自由地移动。外面弥漫的是死亡，这座村庄充盈的却是无法理解的、奇异的魔法。

哈鲁瞥了我一眼，转过头说：

“我在外面的时候也和你一样。”

*

我和哈鲁一周会巡逻四次，虽然哈鲁说我们的工作非常重要，相当于处理村庄的机密，但我觉得这就跟跑腿的一样。我们的“巡逻”工作包括把大人们交给我们的东西从村庄的这一边送到另一边，到水沟或溪边捡回因没电而掉下来的无人机，向大人们报告小溪的水量，以及确认山坡对面的发电站是否正常运转等琐碎小事。真正危险的事情，则是由知秀管理的巡逻无人机来做。

但无人机也有无法完成的任务。比如，行走在森林里观察植物的变化。哈鲁经常会收到知秀提供的确认清单。据说，森林里的特定区域生长着起到坐标作用的树木，大部分都是因粉尘而枯死的树木，但也有出现复苏迹象的树木。在粉尘中存活下来的植物对整个森林产生着影响，偶尔会看到停止生长的植物突然发芽或生枝。这些迹象使得森林形成了非常独特的风景，与大部分因粉尘干枯的森林相比，这里的树叶非但没有全部变黑、脱落，反而树与草变成了深绿色，即使没有在生长，但也没有彻底枯萎，只是处于静止的状态。最重要的是，这里还可以看到像是青苔、腐烂的原木般的微生物。有时，即使无风也能看到沙沙作响的落叶，或是挂在树枝上的蜘蛛网。

不巡逻的日子，我和哈鲁会帮忙发放分解剂给大家。刚到这里时，琴嘉送来的饮料正是这种可以分解体内粉尘的分解剂。虽然我很难分辨效果，但可以明显地看出阿玛拉自从服用这种分解剂以后健康多了。分解剂是维持这座村庄的魔法之一，只有极少数人知道分解剂的制造方法，因此外泄出去自然成了禁忌。

我无意中提到，那些在森林外面奄奄一息的人也需要分解剂时，哈鲁觉得我什么都不懂似的数落起了我。

“要是把分解剂给他们，他们会放过我们和村庄吗？只有这里生长着制造分解剂的植物。”

大人们每三天会聚集在会馆，把分解剂分装在小水桶里，我和哈鲁会运送分解剂到住得离会馆较远，或需要一大早出门工作的人家。当丹尼知道我带有完整抗体时，便告诉我可以不用再喝分解剂了。

村里人很少会全员聚在一起，除了每个月召开的两次全村会议，大家就只是忙于各自的工作。不过丹尼会经常召集大家一起吃晚饭，即使无法像灾难暴发前那样准备丰富的食物，但很多人都会很热情地利用现有的食材做料理。

瑞秋改造的作物中，除了生长在马来西亚的作物，还有很多其他种类的作物，我们在这里可以看到生长在世界各地的食材。当然，主要栽培的作物都是固定的，像黑豆、红扁豆、可制成粉末的谷物和土豆等用以作为主食的作物。大家会到废墟寻找香辛料和食用油，有时也会因食用了过期的食用油闹肚子。食材由村里共同严格管理，从废墟找来的营养胶囊依然是我们的营养供给源，运气不好时，就只能靠营养胶囊和水来充饥，但在丰收时，也能吃上点缀着香草的新鲜食物。

孩子们每三天去一次学校。阿玛拉已经年满十六岁了，但比起菜园的工作，她更喜欢去学校，所以总是会坐在教室的最后面跟我们一起上课。学校是之前村里的幼儿园改建的，图书馆里有用非常简单的马来语和英语写成的书籍。大人们会轮流准备自己熟悉的领域给我们上课，曾经做过护士的夏燕教给我们受伤时应急的方法，琴嘉讲解了关于森林中药草的知识，以及十种利用土豆做料理的食谱等在现实生活中有用的知识。但也有大人准备了像马来附近国家的历史，或基础微积分学等看似毫无用处的课程。下课后，哈鲁总是嘟嘟囔囔地说：

“世界都快毁灭了，可大人们还总是想着教我们那些没用的东西。”

听到哈鲁这样讲，我不禁思考了一下大人们为什么非要在这个快要毁灭的世界创办学校不可。上课时，我和所有的孩子都在打哈欠，但站在黑板前的大人们却总是热情饱满。我觉得，这或许是大人们为数不多的乐趣之一吧。也许创办这所学校不是为了让孩子们学到什么，而是大人们需要靠传授知识这种行为找到乐趣而已。

我第一次见到知秀是在学校上课的时候。听阿玛拉说，她和大人们一起工作的时候见过几次知秀，但我过了两个月之久都没见过她本人。知秀来给我们上课的当天，推着手推车带来了保管在地下仓库里的无人机和机器人零部件。知秀的课很受欢迎，她还允许大家触摸那些机器。我在巡逻的时候，已经看够了无人机，但其他的孩子非常感兴趣，左看右看，爱不释手。

“怎么这些无人机上没有武器呢？”

“这是非致命性无人机，地下仓库里还有很多致命性机器人。”

从回答孩子问题的知秀的表情中，我同时看到了自信与失落。我对流露出矛盾感情的她产生了好奇。知秀似乎不太喜欢与人接触，这样的她是怎么成为这座村庄的领导者的呢？她不常来村里，整日待在山坡上的小屋子里，她都在做什么呢？

大家都称呼她“知秀”。听孩子们说，因为同为韩国人的哈鲁这样叫她，所以全村人也跟着叫开了。无论从哪个角度看，知秀都是一个非常神秘的人。身为维修工的她不允许任何人接近那个温室，自己却经常进进出出，而且她的过去就像蒙了一层面纱。有人说她是巨蛋城里的逃兵，也有人说她是被通缉的杀人犯，但没有人知道这些传闻的真相。从远处看着知秀冰冷的表情，我不禁心想，就算她过去杀过几个人也不足为奇。

在学校遇到的孩子们各自讲述了自己的故事。哈鲁出生在韩国，跟随做贸易的父亲辗转于多个国家，之后在马来西亚生活了好几年。米勒来自中国山西，马勒迪来自雅加达，雪莉从小生活在距离森林村不远的吉隆坡城郊，但她从未听说过这座村庄。平时这些孩子也很少和家人生活在一起，他们跟随家人一路逃到这里，但在途中只剩下自己了。

我讲述了降尘灾难暴发后，跟随父亲躲进地下避难所，然后在某一天被送进兰卡威研究所的经过，以及后来趁外部入侵者攻进研究所才逃了出来。大家说，虽然知道有抗体的孩子会被抓进研究所，但还是第一次见到从研究所逃出来的人，于是都瞪大了眼睛，频频点头。当时多亏了从外面进攻兰卡威的入侵者，我们才有了逃跑的机会，似乎因为这段插曲，使得故事听起来更加紧张刺激了。

雪莉小时候因声带受伤，发不出声音。与人沟通时，她可以利用笔谈，平时则会使用马来式手语，并掺杂在家里与家人用的手势。我和哈鲁、雪莉学习了手语，巡逻时我们也会使用手语。其实，森林里并不危险，因为野生动物都因粉尘濒临灭绝了，但我们觉得万一发现入侵者的话，手语会很有用。

我渐渐喜欢上了和哈鲁一起巡逻的工作。虽然哈鲁没有表现出来，但我觉得她似乎也渐渐地接受了我。当她有了重大发现，招手叫我过去时，我会立刻跑过去。每当这时，我都会觉得我们真的在执行重大的机密任务。虽然“重大的发现”不过是那些作为森林坐标的树木出现了略微异常的迹象，或是树下长出了蘑菇等小事情，但在这座村庄之外的地方，从来没有人教过我这样的任务。我再也不用被抽血，也不用每晚战战兢兢地入睡了，但比起这些，我更开心的是，有了可以负责的工作，这让我觉得这座村庄很需要我。

偶尔阿玛拉在睡前会低声对我说：

“娜奥米，就算死，我们也一起死在这里吧。我们不要离开这里。”

我总觉得我们早晚有一天会离开这里，但内心深处也能理解阿玛拉。

*

“娜奥米，你看那里，那棵树上。”

起初我什么也没看到，于是哈鲁伸手指了指椰子树的树叶，稍后我才搞清楚她在叫我看什么。只见树上长出了嫩绿色的椰子果实，几天前我们从这里经过时还什么也没有呢。哈鲁看着我说：

“丹尼说，如果在森林里发现了果实就带回去。”

虽不知丹尼的意思是不是连那么高的树上的果实也要我们亲自摘下来带回去，但显然哈鲁干劲十足。我和她捡起地上的石头，瞄准果实想把它打下来，也找来长木棍摇晃了树枝，还操作巡逻无人机尝试摘下果实，但结果都失败了。哈鲁估算了一下从地面距离果实的高度，然后看着我说：

“我爬上去试试？你在下面帮我，应该很容易能摘下来。”

“不行，丹尼的意思是让我们把掉在地上的果实带回去，可没说让我们冒险爬树去摘果实。”

“唉，你还真是个胆小鬼。只站在树下张嘴等着果实掉下来，岂不是早就饿死了？只有爬上树摘下果实的人才能在这个凶险的世界活下来。”

听着哈鲁没头没脑的人生说教，我皱起了眉头。

“总之……我反对，太高了。”

哈鲁耸了耸肩，不顾我的劝阻，坚持要一个人爬上去摘果实。见她这样一意孤行，我也不能袖手旁观，只好在落叶堆上撒下网，准备接住稍后她丢下来的果实。我胆战心惊地望着爬上树的哈鲁，令人惊讶的是，这个貌似在城市里长大的孩子竟然很会爬树。

哈鲁终于爬到顶端，以非常安稳的姿势朝我咧嘴一笑，我这才稍稍放心了。正当她伸手去摘挂在树梢的果实时，脚踩的树枝突然断了。

瞬间，哈鲁从树上掉了下来。我尖叫着跑向她，心脏扑通沉了下去。万幸的是，她没有掉在坚硬的地面上，而是掉在松软的落叶堆上。但她好像摔断了腿，不停地发出呻吟声，怎么也站不起来了。

我连口气都没来得及喘，立刻跑回村里找人，大人们看到气喘吁吁的我，露出惊讶的表情。“哈鲁，请帮帮哈鲁……”我有气无力的话音刚落，村里便乱成了一团。

带着急救箱赶来的夏燕一脸严肃地帮哈鲁检查完，说她的腿骨上出现很大的裂痕，还吓唬她未来一个月都别想出门了。丹尼得知哈鲁受伤的原因后，大发雷霆：

“你明知道这里没有医生，竟然还做出这种蠢事！爬到那么高的地方，怎么可能安然无恙？这件事是你的错。”

哈鲁看到丹尼一点也不为自己担心，还没好气地说出这种话，更加生气了。我听阿玛拉说，自从发生意外之后，住在一起的哈鲁和丹尼在家一直冷战，谁也不肯先讲话。

“丹尼也真是的，平时处理问题跟领袖似的，在这件事上却一点也不像个大人。哈鲁做出那么鲁莽的事，还不都是为了得到她的认可吗？”

听了我的话，阿玛拉说：

“娜奥米，不如你去照顾一下哈鲁吧？”

没办法，我只好同意了。我觉得哈鲁不会欢迎我，但看到她这几天肿着腿，失魂落魄地坐在家门口，心里也很不是滋味。

隔天，我来到哈鲁家门口，莫名觉得有点紧张。我迟疑了一下，敲了敲门。片刻过后，哈鲁从打开的门缝探出头来，一脸诧异地看着我：

“咦……你怎么在这里？”

“阿玛拉让我把这个交给你。”

我递上装着零食的篮子，哈鲁看了看我，又看了看篮子，接了过去。短暂的沉默过后，哈鲁说：

“谢谢你给我送来。那，你慢走。”

“等一下。”

“……”

“我可以进去吗？”

哈鲁不知为何叹了口气说：

“好吧，进来吧。”

哈鲁和丹尼住的木屋附带一个小客厅、两个房间和一个厕所，客厅一角摆着一张床，一个房间的门口被白胶带封住了。感觉可以很容易撕下那条胶带，但我没有那种想法。

“那是丹尼的房间，她不允许任何人进去。里面堆满了画和美术用品，所以之前她都睡在客厅，但跟我生气以后就回房间睡觉了。”

哈鲁的房间比我和阿玛拉的房间小很多，里面只有一张床和一个随手乱放衣服的篮子，床和墙之间几乎没有剩余的空间。哈鲁让我坐在床上，于是我愣愣地坐在了床边。哈鲁坐在地上的草席上，解开腿上的绷带检查了一下伤口，然后呻吟着又把绷带绑了回去。我不确定她是否想和我讲话，只好静静地坐在那里。哈鲁盯着我看了一会儿，紧绷的表情舒展了不少。她问道：

“那个果实怎么样了？”

“你摘的那个掉下来摔得粉碎，巡逻无人机上去重新摘了一个，但打开一看里面都是烂的。不过可以肯定的是，那是最近长出来的果实。大人们说，这是之前从没有过的现象，所以会做进一步的分析。”

“那……丹尼还在生我的气吗？”

我呆呆地看着哈鲁。每当这时，我都会觉得她就是一个不懂事的小妹妹。

“丹尼什么也没说，她本来就不跟我们说你的事，更何况她也不是那种在背后讲人闲话的人。至于她还生不生气，那我就不知道了。”

“丹尼总是过度保护我。一开始她还反对我去巡逻，说怕我遇到野生动物或入侵者。这多可笑啊，那别人去巡逻的话，就不危险了吗？”

“丹尼那是担心你啦。阿玛拉也会这样对我，她明明心里很担心，但讲话的时候总是气呼呼的。”

听了我的话，哈鲁安静下来。我很好奇不是一家人的两个人怎么会关系这么复杂，于是问她是怎么认识丹尼的。哈鲁意气消沉地说：

“我住在吉隆坡的时候，很想演音乐剧，所以天天跑去剧院，就这样认识了丹尼。那时候，我觉得她是一个很可怕的人。”

丹尼在哈鲁经常进出的剧院负责舞台管理工作，有时也会和剧团的人一起设计舞台，用赚来的钱绘制自己的作品。哈鲁很向往那些在吉隆坡巡演的音乐剧演员，也参加过几次儿童演员的面试，但因为国籍的关系很难加入剧团。即使如此，哈鲁只要有空也还是会跑去剧院，演员和工作人员都很喜欢她。丹尼看到哈鲁也会笑脸相迎，但因为她身材魁梧，长相凶恶，所以哈鲁很怕她。

哈鲁从工作人员那里听说，丹尼很快会举办个人画展，但就在哈鲁迟疑要不要去看展时，降尘灾难暴发了。转眼间，音乐剧和画展全部取消了，逃亡的人们的惨叫声取代了吉隆坡街头的热闹喧嚣，留下的只有死一般的寂静。

降尘灾难暴发后，当传出军人挨家挨户抓人进行抗体实验时，哈鲁的母亲带着她逃到了剧院。在关了门的剧院，熄了灯的休息室里，聚集了无处可去的演员和躲避抗体实验的女人们。

“因为剧院不是搜查对象，所以大家闻讯而来，但没能坚持多久，军人便破门而入了。当时，军人抓走了丹尼的妹妹。丹尼一把抓住因陷入恐慌而僵在原地的我逃了出去，我们逃出吉隆坡，之后又遇到了其他的抗体人。”

哈鲁、丹尼、琴嘉、米利尔和其他人流浪在巨蛋城之外，之后找到了废弃的研究所村庄。我原以为哈鲁和丹尼的关系是基于长期的相处建立起来的，其实她们共同度过了一个最为痛苦的时期。

当我想到她们之间某种复杂且不为人知的感情时，自己对于阿玛拉的矛盾感情也随之浮现了出来。我对阿玛拉充满了歉意与感激，但有时也会讨厌她。也许在丹尼和哈鲁之间也沉淀下了这种感情吧。

“你知道吗？从不久前开始，巡逻无人机经常发现森林边界有外部人出没。我也很想知道发生了什么事，但大人们不肯说详情，丹尼也总是含糊其词的，所以我才想爬上树一看究竟。”

“那你看到什么了吗？”

“没有，只看到飞来飞去的无人机。”

“白爬到那么高的地方了，最后果实也是无人机摘下来的。”

听我这么说，哈鲁噘起嘴问道：

“你会爬树吗？”

“不会。为了摘果实要爬树，这种事我想都没想过。”

“你过去的人生真是对森林生活一点帮助也没有啊。”

“你不是也从树上掉下来了……”

哈鲁瞥了我一眼，扑哧笑出来。她可真是一个善变的孩子，但我并不讨厌这样的哈鲁。

哈鲁的心情似乎变好了，我的心也舒坦了一些。但就在她拿出装在圆桶里的饼干递给我时，我想起了在新山遇到的那四个女人，心咯噔一下又沉了下去。

哈鲁说自己笨手笨脚，根本不会做针线活，于是我用针线帮她缝补好丢在一旁的破裤子和 T 恤。不过这也不奇怪，因为降尘灾难暴发以前，这种简单的针线活都可以交给机器人来做。哈鲁接过缝补好的衣服感叹不已，但看到我咧嘴一笑时，她又立刻板起了脸。

离开前，我瞄了一眼丹尼那间装满画和美术用品的房间，虽然房间有一扇窗户，但因为挂着窗帘，看不到里面。哈鲁耸了耸肩说：

“如果有人看了她的画，她会非常生气。她只给我一个人看过那些画。”

我见过丹尼在会馆门前画画的样子，当时还以为她在画示意图准备给大家分配工作。哈鲁说，丹尼经常会用从废墟找来的美术用品画下村庄的风景和村里人的面孔。

“等粉尘消失以后，丹尼会举办特别画展。从历史角度来看，那都是非常有价值的作品，那些画会告诉后人在这个时代并不是只有不幸的事情，我们也有日常，也过着平凡的生活。”

哈鲁就像看过画展的人一样，面带憧憬地说。

*

哈鲁养好腿需要一个月的时间。因为我很喜欢巡逻，所以希望这段时间一个人行动，但大人们劝阻了我，说担心我一个人行动会像哈鲁一样发生意外。不能巡逻的这段时间，我只做了一些跑腿的琐事。大人们分组观察森林的变化，并加设了一台巡逻无人机。眼下无法自由自在地穿梭在森林里，让我觉得很遗憾，但丹尼答应我，等哈鲁痊愈后会允许我们再去巡逻。

我一个人走在村里，突然对之前从未去过的山坡尽头产生了好奇。瑞秋的温室就在那座山坡上，我从没走近过那间温室。大人们说温室周围的植物会散发毒气，靠近的人会中毒身亡。哈鲁也对此深信不疑，所以很害怕温室。

我却一直心存质疑，加上我知道自己带有很强的抗体，所以比起恐惧，更多的还是好奇。听说那里有各种奇怪的植物和机器装置，那都是做什么用的呢？整日待在温室里的瑞秋在做什么呢？为什么管理那些带有剧毒植物的瑞秋一点事也没有？瑞秋究竟是什么人？

独自行动两周左右，有天当我沿着山坡往温室走去时，发现了一台掉下来的无人机，但它与我和哈鲁巡逻时经常捡到的无人机不同。我轻轻碰了一下，电源亮了，但随即啪的一声熄灭了。难道这是从外部飞来的无人机？

我把无人机拿给哈鲁看，她不以为然地摇了摇头。

“这里不是画了两个三角形吗？这个标志表示这是我们村庄的无人机。如果不是出了故障的话，只要放回原地就可以了，这种无人机会靠太阳光自动充电。”

“一定要放回原来的位置吗？”

“嗯，略有不同也没关系，但最好还是放回原来的位置，这样才不会偏离设定好的巡逻路线。如果不记得准确的位置，可以直接拿给知秀。”

听到知秀的名字，我突然好奇，她用这些无人机做什么呢？但我没有勇气去见她，所以决定按照哈鲁说的把无人机放回原处。

隔天一早，我带着无人机来到山坡，但因为记不清准确的位置徘徊了半天，最后发现自己走到一个很奇怪的地方。只见高大的树丛中，反射着阳光的温室出现在眼前。这是一间在银色的框架上用巨大的玻璃建造的温室。高高的天花板上装有喷水器、照明和通风装置。我停下脚步，看到玻璃屋顶下满地的植物。巨大的花盆沿着墙边摆放开来，各种各样的果实、香草和插在土里的白色名牌，灰色的茎延伸到天花板与橡胶树缠绕在一起的紫色藤蔓，以及一人高的、树叶像张开的手掌似的不知名植物。

我一下子打起精神，发现自己竟然已经走近温室，再靠近说不定会挨骂的。我下意识地往后退了一步，突然感觉碰到了什么东西，低头一看，一台小机器在地上滚来滚去。我捡起那台小狗模样的机器。

“你怎么会在这里呢？”

虽然是一只机器狗，但踢到它还是让我觉得有点抱歉。仔细一瞧，机器狗的一条腿掉在了地上，它一直挣扎似乎是想去哪里，却只能原地打转。

“是受伤了吗？”

我查看了一下机器狗的腿，然后把它插入原有的位置稍稍用力一按，咔嗒一声便连接上了。

机器狗刚被我放在地上便立刻跑开了，我紧跟着它，来到之前和哈鲁巡逻时总是会绕开的、与温室相连的通道。机器狗来到一间破旧的小屋前，然后走进了小屋。

我从敞开的木门看到了屋里的知秀，戴着护目镜的她站在工作台前，双手拿着工具，好像正在修理无人机。

知秀转过头，依次看了看机器狗、我和我手中的无人机，然后再次看向我。

“你好，娜奥米，我们还是第一次在这里见面。”

我正要打招呼，看到知秀此刻陌生的样子突然张口结舌。知秀呵呵一笑。

“把那台无人机拿过来好吗？”

我走进小屋，随即闻到一股浓浓的汽油味。架子上堆满了机器的零部件，一台圆筒形机器人在原地打转，到处都是不知用途的机器。工作台上和地上随处可见锤子、钳子、螺丝、钉子和铁丝等工具。挂在墙上的收音机发出吱吱作响的噪声，时而还会断断续续地传出听不懂的马来语。

“怎么，喜欢这里吗？”

知秀用饶有兴味的表情看着我，屋内的风景的确吸引了我，这里被施展了一种与森林截然不同的魔法。如果说森林是瑞秋的实验室，那么这间小屋就是知秀的实验室。

那天晚上，我兴奋地把去过知秀小屋的事喋喋不休地讲给了阿玛拉听。

“听知秀说，那里有通往村子地下仓库的通道，里面还有很多我从来没见过的无人机……”

我提到了知秀的机器狗，还自豪地说知秀称赞了我修理机器狗的手艺。知秀还说，日后巡逻时可以随时来玩，但也警告我不能乱碰那些机器，不然有可能会被割断手。

阿玛拉一边咀嚼着我从知秀那里带回来的、从没见过的果实，一边说道：

“我们栽培小组经常会去那里见知秀，但她从来没让我们进去过，也不喜欢让我们看到她在做什么。”

“真的吗？但她直接让我进去了。”

“那是因为你还小。知秀对待大人和对待小孩很不同，她经常和丹尼吵架，特别是在温室设备无法正常运转时，整个人会变得非常敏感。丹尼说，很难读懂知秀内心的想法，她看似憨厚、和蔼可亲，但在做出重大决定时却又过于冷酷无情。”

对于今天丝毫没有感受到那种敏感和冷酷的我而言，阿玛拉的这番话再一次刺激了我的好奇心。阿玛拉对一脸怀疑的我说：

“她对孩子这么亲切，可见是一个心思缜密的人。”

“你的口气怎么变得跟大人一样？”

“我和你不一样，我可是大人了。娜奥米，知秀之所以让你进屋，是因为你还没有长大。”

说着，阿玛拉耸了耸肩。虽然阿玛拉只比我大三岁，但十七岁的她已经和村里的大人们一起工作了。也许是因为这样，所以感觉她在短短几个月间突然就长大了，而且看起来比之前在外面流浪的时候更健康了。看到这样的阿玛拉，既让我觉得安心，又略感陌生。阿玛拉是我唯一的姐姐，同时也是村里勤奋、竭尽所能地做事、深受大人宠爱的人。我在阿玛拉身上看到她从未展露过的一面。

我只是个子不高，从不觉得自己是个孩子，不过如果能去知秀的小屋是孩子的特权，那暂时把我当成孩子看待也没有关系，因为那间小屋真的太酷了。

自那天之后，我开始经常进出知秀的小屋。我很想每天都去，但担心会惹知秀心烦，所以决定一周只去两次。每次去知秀的小屋，她通常都在工作，但有时也会看到她呆坐在椅子上陷入沉思。无论她在做什么，只要看到我她便会向我招手。知秀会跟我打探村里人的近况，或向我展示从废墟中找来的零部件组装的机器，有时还会让我讲一些有趣的故事给她听，每当这时她就会一边打磨金属表面，一边聆听我在过去一周里经历的琐事。过了一段时间后，知秀会拜托我从架子上取各种零件给她，还会派我去捡坠落在森林里的无人机。我很开心，觉得自己突然变成了知秀的特别助手。

有一天，我跟随知秀来到温室。在她穿戴防护服为进入温室做准备时，我在玻璃墙前看到正在给植物浇水的瑞秋。我吓了一跳，但瑞秋只是呆呆地看着我，然后移开视线。因为之前听说瑞秋是植物学家，我还以为她会身穿白袍，眼前的瑞秋却穿着暗色的长袍，而且从头到脚都遮了起来，只露出眼睛。奇怪的是，我始终忘不掉瑞秋那双眨眼时会发出奥妙微光的浅褐色瞳孔。

知秀听到我说看到瑞秋吓了一跳时，扑哧笑了出来。

“那家伙有点奇怪吧？初次见面时，我也吓了一跳。”

知秀用“那家伙”来称呼瑞秋也让我很惊讶。知秀和瑞秋到底是什么关系呢？他们为什么会建设这个村庄呢？是谁先抵达这里的呢？为什么决定维持这样的村庄呢？我非常好奇，但另一方面也觉得随便问连村里人也不知道的事情很没有礼貌。

知秀和村里人讲的一样，她也说进入温室非常危险。

“温室里的粉尘浓度过高，即使是带有抗体的人也无法承受。现在只能尽量不让里面的粉尘外泄出来……但谁知道呢？最好还是不要进去。”

我觉得自己带有完整的抗体应该没事，但还是点了点头，答应绝对不会进去。因为我在兰卡威的时候已经充分认知到，即使带有抗体，最好也不要暴露于高浓度的粉尘之下。难道说整日待在那么危险的地方的瑞秋带有超级抗体吗？

我觉得瑞秋应该和我一样，也被抓到研究所做过实验，然后逃了出来，之后也四处躲避追杀抗体人的猎人。我有太多好奇的事想问瑞秋，但瑞秋只待在温室里，我又不能进去，所以始终没有交谈的机会。每当我问起关于瑞秋的事时，知秀好像都在回避。我觉得温室里面的世界与外部的世界彻底隔绝了，那是一个拥有自己规则的地方。

知秀常常和村里人结伴前往森林附近的废墟，村里的巡逻无人机都是用他们从废墟捡来的坏掉的机器人和机器改造而成的。

“有用的东西早都被人抢先一步拣走了，所以我们会把目标锁定在废品堆，毕竟不能让人察觉到森林村的存在。走在废墟的感觉很奇怪，会觉得我们在靠挖掘他人的坟墓来维持现在的生活，降尘灾难之后的世界似乎充斥着比之前更多的矛盾。”

我点了点头，立刻明白了知秀在讲什么。那是某种生与死共存的奇妙感觉，也许森林村也是这样的场所。之前每当发现灾难暴发前居住在废墟的人们留下的旧衣物或家当时，我也会猜想他们都去了哪里，现在是否还活着。

哈鲁差不多痊愈了，可以出门散步的时候，知秀久违地来到会馆。她从篮子里取出什么东西，大家围上前去发出了感叹声。我探头一看，原来是咖啡豆。夏燕兴奋不已地说：

“哇，这是从哪里搞到的啊？”

“瑞秋在温室里栽培的。我说想喝新鲜的咖啡，差点没跪下来求瑞秋。”

大家看着咖啡豆赞叹不已，阿玛拉取来不锈钢水壶和豁口的杯子，要给大家展示一下煮咖啡。小时候在家乡，每次家里招待客人的时候都会煮上几个小时的咖啡，然后把爆米花等零食装在碗里一起端给客人。虽然现在没有爆米花也没有陶壶，但阿玛拉还是按照埃塞俄比亚煮咖啡的方式，先炒好咖啡豆，煮好咖啡端给大家。看着眼前的场景，我不禁想起往事，心里很不是滋味。

不幸的是，咖啡真的很难喝，但这应该跟阿玛拉煮咖啡的实力没有关系，问题应该出在咖啡豆的品种或栽培地点上。大人们都很感激喝到的不是速溶，而是新鲜的咖啡，所以没有一个人吐露不满。我也如视珍宝般地小口啜着咖啡，同时再次对瑞秋产生了好奇。在这种情况下，这位植物学家竟然可以满足知秀想喝新鲜咖啡的荒唐要求？瑞秋到底是怎样一个人呢？

*

一大清早，村里的气氛很是异常。凌晨时分，巡逻无人机在森林附近发现了可疑人物，幸好烟幕弹及时引爆，赶走了那些外部人。但外部人找到这么隐秘的地方来，着实让村里人不安。哈鲁说，之前也有几个四处打探村庄消息找上门的猎人，但之后很长一段时间再没发现外部人，大家才安心了，可没想到现在又出现了。

“丹尼说，现在绝对不能再去森林边界了，她会派巡逻无人机到那边巡逻。”

哈鲁说着耸了一下肩。

“但无人机懂什么呢？这可是守护村庄的机会，从今天开始我们更要打起精神巡查边界。”

“你擅自行动，小心腿又断掉。”

“你果真很胆小。”

哈鲁嘴上这样讲，却难掩紧张的神色。

村里的气氛让人心慌意乱。虽然眼下没有立刻发生什么事，但我听到大人们讨论如果村庄附近出现入侵者，应该如何应对、部署战斗武器，所以也跟着不安起来。我并没有期待这里成为完美的避难所，但也没有想到危险会来得这么突然。

自从和哈鲁重新开始巡逻以后，我一有空就会跑去知秀的小屋。很神奇的是，只要走进小屋，那种在村里感受到的不安便会消失。我隐约明白了为什么不怎么合群、只对机器感兴趣的知秀会成为这座村庄的领袖，因为她是能给人安全感的人，那种即使出现问题也会想方设法来解决问题的安全感。

知秀通常从早上开始工作，偶尔也有很晚才来小屋的时候。遇到这种情况，我就会在小屋附近散步，眺望山坡上的温室。即使是白天，温室也会开着灯。有时在我观赏沿着温室墙壁生长的奇异植物时，也会隔着玻璃看到瑞秋，但无论何时，我看到的只有那双眼睛。

“瑞秋，你最近好吗？”

我隔着玻璃墙问候瑞秋。我之前看到知秀站在装有扬声器的温室门口和瑞秋讲话，即使扬声器没有打开，透过最外层的薄玻璃也可以听到声音。瑞秋简短地回了一句：“你好。”那声音低沉且坚定。第一次听到瑞秋的声音，我吓了一跳，因为觉得发出那种声音的瑞秋不像是这个世界的人，而是属于另一个世界的、如同魔法一般的存在。瑞秋和我呼吸着同样的空气，声音可以透过空气传来，这让我觉得十分神奇。

有一次，我让进出温室小门的机器狗叼着我写的小字条传给瑞秋，上面写着“不久前在菜园种的香草味道棒极了”。我后来得知，那原本是知秀从废墟捡来的玩具狗，经由改造才变成了机器狗。因为进出温室需要更换防护服，注意事项也特别多，而机器狗每次进出温室只须通过两次风淋室，所以为了减少麻烦，知秀和瑞秋会借助机器狗互传一些简单的信息。

知秀看到我经常抚摸从风淋室出来的机器狗光滑的背部，于是对我说，如果喜欢，可以给机器狗取一个名字。我看着它磨损成黄铜色的鼻子，为它取了“草莓”这个名字。我很好奇机器狗是否也能听懂自己的名字，起初叫过它几次都没有反应，但有一天我叫了一声“莓”，它便在草地上快速移动银色的小短腿跑到我的面前。

我走近温室时，还听到过知秀和瑞秋的对话，如果是不能让别人听到的话，那她们应该也不会这样公开地进行谈论。但不知为何，我总觉得有种偷听的感觉。知秀和瑞秋会针对食用作物展开激烈的学术讨论，还会提到必须点检恒温器和冷却器，但突然气氛一转变得就像被泼了冷水一样尴尬。我觉得在两个人之间存在着某种不均衡，瑞秋对待知秀的态度与知秀对待瑞秋的态度存在明显差异，因为知秀离开温室时，瑞秋会用一种不明意义的眼神一直望着她的背影。我感觉自己好像目睹了不该看到的场面。

“你是怎么认识瑞秋的？”

走在从温室通往村里的下坡路上，我开口问道。知秀略显惊慌，反问了一句：“嗯……你为什么好奇呢？”看样子她很想转移话题，但我没有放弃追问。知秀又拿出了平时对待孩子的那种态度。

“我们是偶然遇到的。嗯，就算我想多讲，但除了偶然之外，真的很难说什么。那家伙给人的第一印象很糟糕，感觉脾气很臭。虽然现在也没有什么改变。”

“那你们现在是朋友吗？”

“某种程度上可以这样说。怎么了？”

“我很好奇你们是不是朋友。”

“你是看出哪里怪怪的了？”

我没有否认。知秀陷入沉思，她的表情变得越来越复杂，就在我打算转移话题的时候，她开口说道：

“嗯。我和瑞秋……怎么说好呢？我们之间存在问题，也许从一开始就有了，或者是从某一个时间点变得更复杂了。这应该是我的失误，但现在已经无法挽回了，就只能负责到底了。”

看到我的表情发愣，知秀笑了。

“这是我个人的问题，与村子无关。瑞秋和我是朋友，但也是一种契约关系。有什么办法呢？瑞秋负责研究植物，我作为维修工兼仲裁者必须提供帮助，我们只能各尽所职。这样就可以了。”

说完，知秀伸手拨乱了我的卷发，她向我投来的亲切目光是在她与瑞秋交谈时从未显现过的。每次知秀看向瑞秋时，既像是被什么迷住了一样，但又流露出不安和混乱，就像恨不得立刻逃离那个地方似的。

看着知秀的表情，我茫然地觉得对我而言是好人的人，可能对别人不尽然。知秀对我和瑞秋而言，也许就是这样的人。

*

那天下了一上午的雨，我和哈鲁原本打算去森林确认坐标，但夏燕劝阻我们说，现在过去只会被雨淋湿，搞得一身泥水，于是我们只好坐在会馆的遮阳板下面观赏雨景，看作物小组的人为了修补漏雨的塑料大棚忙得不可开交。

粉尘导致气候变化异常，这片森林原本是热带雨林，并不适合栽种作物，但粉尘引发的干燥使得天气和土壤发生了变化。大家因为变化无常的气候吃了不少苦头，到废墟探查回来的人说，外部地区的气候异常现象更为严重。

我想起了在兰卡威研究所偷听到的事，当时研究员说国际磋商组织正在研究降低粉尘浓度的方法，全世界的精英们也正为拯救世界研究对策，应该很快就可以找到解决方案。那些方案研究得怎么样了？全都失败了吗？还是他们忙于维持巨蛋城里的生活而掉转了研究方向呢？

天空阴森森的，如同黑夜一般，雨水就像子弹一样倾泻而下。我感到一丝寒意，蜷缩起身体，坐在我身边的哈鲁却靠在椅背上睡着了。我看着就像在温暖的阳光下睡午觉的哈鲁，不禁笑了出来，她睡得很香，根本不在乎下不下雨。

到了下午，天空渐渐放晴后，我和哈鲁才从椅子上站起来。

地面很潮湿，每走一步鞋底都会带起泥土。就在我们快要抵达坐标时，哈鲁突然伸手拦下我。

“看那里，有脚印。”

从脚印的大小来看，应该是小动物，但自从巡逻以来我们从没在森林里见过动物。最初找到这里时，看到的也只有动物的尸体而已，动物的尸体不可能留下脚印。也就是说，一定是活着的动物留下的脚印。难道是因为这里的粉尘浓度很低，所以又有动物出没了？

哈鲁发出“嘘”的一声，俯下身子，随后某处传出沙沙作响的声音，我屏息凝气也像哈鲁一样俯下了身子。哈鲁指了指一连串脚印的方向，只见脚印朝着森林下方的边界而去。丹尼不允许我们靠近边界的警告从我脑海中一闪而过，但我和哈鲁因为太想搞清楚脚印的真相，就沿着脚印追了过去。我们在脚印消失的地方停下来，我躲到树后，然后把哈鲁也拽了过来。

我看到一只很像狐獴的动物。

哈鲁用雪莉教的手语问我：“活捉带回去？”我点了点头。现在回去找大人或呼叫无人机的话，那只狐獴肯定会逃走。哈鲁小心翼翼地从背包里取出一张网，那只狐獴正抓着长满苔藓的岩石。

就在哈鲁靠近狐獴的瞬间，我看到它眼里闪现的异光。我急忙喊道：

“等一下！小心它……”

哈鲁发出惨叫声，栽倒在地，我缓过神来扑向狐獴的同时也滑倒了。我以为抓住了狐獴，但胳膊突然感到一阵剧痛，狐獴竖起爪子抓伤我，然后逃走了。我瞬间意识到那不是活物。

哈鲁沿着狐獴逃走的方向追了过去，我捂着血流不止的胳膊跟在哈鲁身后。我们渐渐接近森林边界了，就在这时狐獴突然消失得无影无踪了。我环顾四周。

我在多年废墟生活中磨炼出来的直觉被唤醒了。这是陷阱。我听到某处传来旧型汽车的引擎声，声音传来的方向应该是森林边界的另一头，也就是村庄所在的森林与另一头的森林之间的道路。我再次拽住哈鲁的胳膊，躲到树的后面。

附近有人，除了我们还有其他人。

两个身穿防护服的陌生人正朝边界的方向移动着，他们都戴着呼吸面罩，所以看不到脸。究竟是从哪里来的人呢？是猎人吗？如果不是的话……

我从口袋里掏出圆形的雾气弹，朝那两个人的方向滚过去，接着按下无线对讲机的呼叫键，此时必须呼叫无人机。拜托，快点过来，现在立刻……

雾气弹炸开的瞬间，大雾弥漫开来，那两个人一边呼喊，一边开始移动。我听到脚步声，心里祈求着不要被他们发现，但不幸的是，我在大雾中近距离地看到了面罩里面的眼睛，我们视线相对。那一瞬间，我抓住哈鲁的胳膊像发了疯似的朝山坡跑去，入侵者讲着我们听不懂的语言紧追上来。

雾越来越浓，眼前什么也看不见了。我撞到树后，直接栽倒在地，从头到脚沾满了落叶和泥土，视野彻底被遮住了。就在这时，耳边响起了嗒嗒嗒嗒的枪声，因为是从四面八方传来的，所以很难辨别方向，紧接着是无人机的射击声。

我抓着哈鲁躲进树丛，当听到雾气中传来脚步声时，我们尽量地俯身以免被人发现。突然，我看到一只小动物从我身边一闪而过，正是那只假狐獴。

在我伸手要去抓它的瞬间，哈鲁试图抓住我的手腕。

“不行！”

我奋不顾身地抓住了它，双手触摸到光滑的金属质感。狐獴锋利的爪子刺向我，我尖叫着跌倒在地，被抓破的肩膀疼痛不已。大雾中的枪声和激光武器的声音混杂在一起传入耳中，感觉就像在做噩梦一样。

我眼前出现了重叠的画面，砸破研究室玻璃逃跑的当天和攻入巨蛋城肆无忌惮开枪的人们……

我不知道眼前越来越模糊是因为雾气，还是因为在失去知觉。

湿漉漉的手摇晃着我的肩膀，我吃力地睁开眼睛，震动地表的晃动和枪声停止了，可怕又漫长的时间结束了，弥漫的雾气也消散了。

“娜奥米！娜奥米！”

摇晃我肩膀的人是阿玛拉，越过阿玛拉的肩膀我看到了知秀。知秀一脸戒备地举着枪，警惕地环顾四周。

阿玛拉尖叫着用双手捧起我的脸，我紧紧抱着那只假狐獴叫了一声知秀。

“知秀！”

知秀惊讶地朝我走来。

“这个，是跟那些人一起来的。”

我的胳膊被假狐獴的利爪抓得血肉模糊，阿玛拉看到我的胳膊发出尖叫声，但我连呻吟的力气也没有了。可能是因为被我一直压住的关系，狐獴一动也不动了。知秀看到受伤的我吓了一跳，她接过狐獴，快速地用绳子把它捆绑起来，然后扶起我。

入侵者都被无人机击毙了。防护服的胸口上满是弹痕，由于窒息而死，他们的皮肤已经变成紫色。知秀考虑了一下应该如何处理尸体，她担心入侵者体内植有追踪器，于是决定把尸体丢到森林下方的河里。夏燕将尸体毁容后，还摘掉了防护服上的名签。

哈鲁很担心丹尼又因为自己做了鲁莽的事而生气，但丹尼没有生气，反倒称赞我们很勇敢。

“不过以后不许再去边界附近了，我会另外安排巡逻组的。”

正如预料的那样，狐獴是一台间谍机器人。知秀取出它体内的芯片后，彻底关闭了电源。村里人很惊讶我一眼便识破了那只狐獴的真实身份，这其实多亏了我经常观察知秀的那只机器狗，所以才能分辨出真假动物。

“娜奥米，你真了不起。多亏了你，我们才掌握了入侵者的真实身份，也知道了他们来自哪里和他们的目的。”

知秀直视着我的眼睛说：

“但是比起这些，我更庆幸的是你还活着。这件事就结果而言，应该说你做出了很明智的判断，其实我也不是很确定。那只狐獴的利爪磨损了，所以你侥幸逃过了一劫。但如果它再锋利一点的话，你肯定会丧命的。万一那是装了炸弹的机器人呢？娜奥米，下次再遇到这种情况，一定要逃走，知道吗？虽然这次你拯救了村庄……”

我无法分辨知秀是不是在称赞我，但她说这些话时，看着我的表情是那么亲切且悲伤，所以我的心情并没有很糟糕。更重要的是，我很开心帮助了村庄和知秀。

大人们没有详细告诉我们入侵者的事，在村会议上，丹尼也只是说那些人是碰巧闯入森林的，他们并不知道这个地方的存在。但很多人都觉得丹尼在说谎，认为她在隐瞒什么，就连孩子们也不相信她说的话。

“丹尼不会说谎的，她为什么要对我们隐瞒实情呢？”

“不，她是不想给村庄制造混乱。如果村里人因为恐慌而离开，就没有人来栽培作物了。再说了，调查入侵者的人是知秀，搞不好丹尼也不知道实情呢。”

“那你的意思是知秀对我们说谎吗？”

“为什么知秀说什么我们都要相信呢？”

孩子们的争执持续了很长一段时间，我觉得这很像大人们在反复争论的问题。

听哈鲁说，最初人们在这个村庄落脚时，猎人从抗体人那里偷听到消息，入侵过村庄。当时只是短暂的交战，但很多人在那场突袭中丧了命，丹尼脸上那道很明显的伤疤也是在那次交战中留下的。哈鲁耸了耸肩说：

“当时，丹尼把我关在了家里，但下次我绝对不会乖乖就范，我也要去参战。”

村里的气氛再也不如从前了。有人开始指责起那些去探查废墟的人，认为是他们疏忽大意暴露了村庄，如果不是这样，根本不会有人知道这里。然而，探查组每次都会换人，聚在会馆为查明孰是孰非的大人最后大吵起来，直到丹尼出现才平息了局面。

有一天，阿玛拉哭得眼睛都红肿了，回到了家。琴嘉和夏燕针对“是夜晚也灯火通明的温室给村庄招致灾难”展开争论时，夏燕问阿玛拉：“你们姐妹在森林里徘徊时，是不是看到温室的光找到这里来的？”站在一旁的阿玛拉不会说谎，所以承认了，但没想到琴嘉莫名其妙地对阿玛拉发起了火。

“说到底，你不是也多亏了那个温室才活下来的！你是什么立场？该不会现在支持关灯吧？”

至今为止，我一直以为村里人把那个温室当成了神殿，但事实并非如此，人们敬仰温室的同时也很忌讳它。

哈鲁还给我讲了之前发生的事。在我和阿玛拉来这里的几个月前，有一次连下了四天的大暴雨，当时不仅种植的作物被雨水冲走了，有的房子屋顶也坍塌了，但最大的问题是发电所无法正常运作。虽然探查组在废墟找到了修理的零部件，但修复工作进展得很缓慢，所以大家只能在停电的状态下坚持度日。不要说夜里不能开灯，就连食材也全都腐烂了。由于抽水机也无法使用，所以每次都要到河边去打水。

在这种连洗漱都成问题的情况下，抱怨温室每天夜里灯火通明的人越来越多了。有人质疑，难道植物比人还重要吗？是不是搞错了先后顺序呢？面对人们的不满，知秀果断反驳道，这是村庄和温室签订合约的条件。温室从来没有断过电，即使是在村里人饿着肚子入睡的夜晚，温室也总是灯火通明。温室给村庄带来了希望，所以村庄要为此付出代价，但并不是所有人都能欣然接受这种交易。

自从出现入侵者，我觉得森林村不再是一个安全的地方了。更让我痛苦的是，细小的裂痕给村庄制造的不安雾气。虽然哈鲁像大人一样安慰我说：“没事啦，之前也发生过这种事情。”但我还是很担心这种裂痕会给森林村留下无法愈合的伤口，最终摧毁这个地方。

每当心里难过时，我就会去知秀的小屋。即使不安感在森林村如狂风肆虐，但知秀的小屋和温室始终让我觉得像是远离村庄的另一个世界。可是这个世界的气氛也发生了改变。小屋里堆积起越来越多的武器，工作台上也出现了形态可怕、具有杀伤性的无人机，知秀利用收音机接收外部的信号收听着巨蛋城和巨蛋村里私人电台提供的资讯。有一天，广播的杂音非常大，我什么也没听清，但知秀听到一半，突然脸色大变，从座位上站起身对我说：

“娜奥米，赶快去会馆！现在、立刻！”

聚集在会馆的人们表情严肃地听着知秀的说明。据悉，一股超强粉尘风暴正朝森林村的方向袭来。风暴只会越来越强，而我们能做出应对的时间最长只有十天而已。

“我计算过路径，风暴一定会经过这片森林，从现在开始所有人放下手中的工作，一起为应对风暴做准备。”

粉尘风暴是局部地区饱和的粉尘改变气流而形成的一种移动现象。如此异常强大的粉尘风暴与风力和风雨无关，它会横扫路过的所有有机体。粉尘风暴就是导致众多巨蛋城毁于一旦的原因。我从未经历过粉尘风暴，但从村里压抑紧张的气氛可以猜测到，这将是一场无法阻挡的、运载着死亡的灾难。

恐惧与不安在村里蔓延开来。至今为止，森林村都没有被粉尘摧毁，这里有抗粉尘的植物、分解剂和抗体人，却没有人知道这座村庄是否可以承受更加强大的粉尘风暴，以及这些如同魔法般的植物是以何种原理在抵抗粉尘。森林村是一个奇迹，但所谓的奇迹意味着无人知晓答案。这里是建在不稳定基础上的避难所。

村里人停止了一切工作，为应对风暴做起准备，大家用橡胶封住窗户和门的缝隙，村里整日弥漫着橡胶烧焦的味道。有人提出，原本作为避难所而建的地下仓库很安全，大家可以躲到那里。但也有人指出，万一外部空气流入的话，大家都会丧命。在很难得出结论的情况下，大家把还没有熟透的果实都摘下来，然后在作物上罩了一层薄薄的防护膜，但这看上去根本起不到任何保护作用。大家为了克服恐惧做着力所能及的事，但这种迫切感反倒加重了不安感。

我受知秀之托收回了一批无人机，正准备送去小屋时，听到山坡上传来争吵声。只见知秀正站在温室的玻璃门前冲着瑞秋大发脾气，虽然听不清她说了什么，但那个情景让人觉得很不自在。于是我把无人机送到小屋后，急急忙忙地跑下了山。

两天后，知秀送来一推车从未见过的藤蔓植物。从表面上看这些植物没有任何特别之处，就只是长着耙子模样的叶子、小刺和细长的根。推车一旁还放有一篮子手套。

“现在叫我们种这个？做应急准备的时间都不够，真不知道她到底在想什么！”

夏燕一脸难以置信地抱怨道。大家也赞同她的说法，但在知秀和丹尼一番激烈的争论过后，大家还是决定来种植这些植物了。

“这就是‘抓住最后一根稻草的心情’，瞧瞧这植物长得还真像稻草。”

哈鲁用戴着手套的手拿起藤蔓，一脸疑惑地说。知秀告诉大家，直接用手碰这种植物很危险，所以必须戴上手套。

最初大家在村子周围种下这种植物，之后扩展到了整片森林。全村的人都出动了，连孩子们也推着小推车走遍了森林。

我戴着手套推着藤蔓往森林走时，看到夏燕正和知秀争吵。

“我们也得知道些什么再做决定吧！为什么要我们服从瑞秋说的话呢？是瑞秋雇用我们的吗？就凭你和瑞秋说这种植物能守护村庄，我们就得相信吗？”

“我没说它能守护村庄，只是说会起到帮助作用。”

知秀冷冷地反驳道。

“夏燕，我也跟你一样不知道瑞秋在想什么，我也想搞清楚瑞秋的想法。瑞秋没有命令我们种植这种植物，这都是我要求的。这是一种很可怕的植物，它会靠吸取死掉的生物养分迅速生长，瞬间覆盖整片森林。现在村庄很危险，所以只能依靠这种植物。我们还有其他的办法吗？有的话，你倒是说说看啊！”

我还是第一次看到知秀这么冷静地谈论森林村。由此可见，她也对眼前的植物不太确信。

“如果你判断错误呢？到时候怎么办？”

知秀没有回答夏燕的问题。夏燕瞪着知秀，说自己宁可把精力用在应对灾难的准备工作上，于是放下手推车走回村里。几个大人观察着知秀的眼色，也跟着夏燕走了。剩下的人则留下来，和知秀一起把植物种进土里，我跟在大人身后往土里注入催化剂。阿玛拉告诉我，种植在森林村的所有植物都必须注入瑞秋制作的特殊催化剂，否则不会生根发芽。

在知秀和丹尼的指挥下，我们用了整整三天时间在森林的各个地方种下藤蔓植物、注入催化剂。有别于在菜园种植作物，这项工作仿佛是为了让藤蔓植物覆盖住整片森林。植物以惊人的速度生长起来，第一天种下的植物没过多久便攀爬到了树上。

“我感受到了异常的气流，风暴应该很快就要来了。”

阿玛拉站在山顶望着远方说。阿玛拉可以闻到空气中粉尘变浓时携带的金属气味。

仅仅几天时间，藤蔓植物便以惊人的生长速度覆盖了森林，但这并没有让人们感到安心，反倒加重了人们的不安感。与即将袭来的风暴相比，这些植物显得太微不足道了。风暴逼近的速度比预想中更快，知秀指挥先把孩子们疏散到地下仓库，至于大人们，可自愿选择留在密封的家中或移动到地下仓库。

但是，温室怎么办？有人帮温室密封了吗？在走进地下仓库时，我望了一眼温室的方向。知秀对我说：

“瑞秋没事的。温室原本就是密封的，不用担心，里面不会有事的。”

大家按自己的选择解散后，我跟随阿玛拉走进地下仓库，当笨重的大铁门关闭时，仓库里的气氛立刻沉了下来。应急灯一直闪个不停，有人干脆把它关掉了。仓库里虽有一盏小煤油灯，但四下还是漆黑一片。我在角落处铺了一条毯子躺下来，阿玛拉靠墙坐在我身旁。地面散发着臭乎乎的霉味。

也许粉尘风暴对我不会造成伤害，因为在兰卡威被关进高浓度粉尘实验室时，我也安然无恙，但是想到阿玛拉、哈鲁和村里人……想到自己拥有的能力连最亲的人也保护不了，我感到很绝望。

站在通往地面的铁门前收听广播的米利尔说：

“暴风接近了。”

稍后，广播也彻底中断了，大铁门被风吹得哐啷直响。我睁着眼睛一夜没睡，因为根本睡不着。大人们穿着防护服，时不时往返于仓库与入口之间，我无能为力，什么忙也帮不上。有人见我在粗糙的毯子上翻来覆去，还送来了睡袋，但我浑身紧张，最后干脆坐了起来。我靠墙坐在地上，凝视着黑暗，身旁的阿玛拉发出不规律的呼吸声，每当她的呼吸停止时，我的心都会吓得咯噔一下。

粉尘风暴持续了一整夜，大铁门的哐啷声直到凌晨也没有停止。到了下午，风声才渐渐减弱，但没有人知道外面的情况。黑暗中，电灯一盏盏亮了，但所有人只是紧张地干咽着唾液，不停地看表，没有人讲话。我察觉不出地下仓库的粉尘浓度是否升高，所以也不知道阿玛拉的状态如何。看到阿玛拉没有醒过来，我急忙摇了摇她的肩膀，看到她睁开眼睛，我才忍不住哭了出来。阿玛拉吓得赶快起身，一把抱住我。

“娜奥米，别哭，我只是睡着了。我没事……”

阿玛拉轻轻地拍了拍抽泣的我，询问了当下的情况。我告诉她，为了应对突发状况，丹尼、夏燕和几个大人穿着防护服出去确认粉尘浓度了。仓库再次被寂静包围，此时无论谁说什么只会加重不安感。

大铁门打开时的轰隆声打破了难以忍受的寂静。

“没事了！大家都出来吧！”

不知道是谁的声音，但声音里充满了喜悦。

我和阿玛拉爬楼梯来到地面，只见村庄一片狼藉，到处都是落叶和尘土，但此时雾气已经消散，空气中散发着浓郁的青草香。让人觉得很奇怪的是，地面和屋顶等平坦的地方积满了一团团白灰。

虽然不知道发生了什么事，但有一点是可以肯定的，那就是村庄安然无恙，大家都活了下来。

太阳下山后，覆盖森林的藤蔓发出了荧荧亮光。家家户户密封的大门相继打开，尘土从屋顶掉了下来，大家用了一点时间才接受了风暴过后平安无事的事实。飘浮在空气中的蓝色灰尘暗示着某种奇迹。

走出地下仓库的米利尔捡起一片掉在地上的叶子，那是几天前大家种植的藤蔓的形似耙子的叶子。村里人的视线转向米利尔，大家亲眼见证了——逃过一劫的村庄与存活下来的植物之间的关联性。

米利尔举起藤蔓的叶子，蓝色的灰尘从叶子上飘落。

“是这植物……拯救了我们。”

*

人们说瑞秋拯救了村庄。准确地讲，是瑞秋研究出的藤蔓植物在粉尘风暴中守护了村庄。虽然没有人知道这些植物如何发挥作用、以何种方式运作，但眼前的现象足以证明一切，因此无须再做复杂的解释。通过粉尘风暴事件，人们产生了一种近似于信仰的情感，讨论的话题很快进入下一个阶段。

瑞秋正在做拯救世界的实验。

不知为何我听到大家这样讲时会心生不安，也许是因为想到每次知秀提到瑞秋时的冷漠表情吧。瑞秋真的在做拯救世界的实验吗？如果是这样，那瑞秋为什么只待在温室里呢？如果做的实验不是出于那种目的，而是另有其他目的……那知道实验真相的人就只有知秀一个人。

粉尘风暴之后，藤蔓的长势更加猛烈了，仅仅几天时间，它便以猛烈的长势彰显了存在感。令人们叹为观止的是，藤蔓不仅覆盖了村里的建筑和设备，就连森林里的树木上也爬满了这种植物。与菜园里的作物不同，这种藤蔓植物呈现出野生的面貌。虽然知秀在人们通行的山路和菜园附近喷洒了除草剂，但藤蔓并没有停止生长，而是持续地向四面八方延伸开来。

但有一点很奇怪，这种带有攻击性的植物也不会越过森林的边界。不光作物无法越过森林边界生长在其他地方，就连这种藤蔓也是如此。虽然它可以瞬间占领森林，却无法延伸过边界。它是一种既气势汹汹又谨慎小心的植物。

“这些植物为什么不能向外延伸呢？”

哈鲁回答了我的问题。

“因为只有这里是被祝福的森林。”

“那是谁赐福于这片森林的呢？”

奇怪的是，我话音刚落，便自己想到了答案——瑞秋。难道真的是瑞秋在这片森林里施展了什么魔法吗？

森林的景象变得更加奇特了。藤蔓攀爬到枯萎变黑的树上，把森林染成了一片奥妙的绿色。放眼望去一片深绿，仿佛掺杂了各种颜料，但并不污浊。枯萎的森林之上覆盖了新的植物。

太阳西下，夜幕降临后，令人疑惑的光亮笼罩在藤蔓的叶子和泥土之上，蓝色的灰尘飘浮在空中。我坐在知秀小屋门前的椅子上，欣赏着那些植物营造出的奇异风景。

这片森林一点也不像地球，感觉更像是外星的一座人工的模型园林。藤蔓植物就像要占领森林，把这里彻底变成自己的栖息地一样。

藤蔓占领森林期间，人们的意见分歧越来越频繁了。每次去跑腿或去会馆时，我都会听到人们的争论，提出应该把藤蔓带到外面去的人与认为没有用的人争执不下。

“应该和巨蛋城里的人协商，讨论全人类和世界重建的问题。如果他们亲眼看到这场奇迹的话，一定会相信的。”

“没错，巨蛋城大门紧锁，是因为里面的人没有看到外面的可能性。如果能向他们证明外面也有生存的可能性，他们也会改变态度的。”

丹尼特别赞同这种说法，她认为巨蛋城里一定有通情达理的人，他们一定会聆听我们的主张。

“那些人也在着急寻找方案，怎么可能拒绝我们呢？”

夏燕反驳道：

“但这些植物只能生长在这里，送到外面也活不了！再说了，拿给巨蛋城的那些家伙看，他们应该会反过来强占我们的森林吧？”

“你觉得被祝福的森林真的只是字面意思吗？那些植物只能生长在这里，肯定是有我们不知道的原因。即使我们搞不清楚原因，如果巨蛋城里的科学家参与研究的话，肯定能查出真相。”

“你还相信那些人会对外部人友好吗？他们之前只把我们当作实验的小白鼠！”

“我的意思是先进行协商。”

“协商也要跟能沟通的人进行，巨蛋城里的人都是怪物！那些人想活下来都想疯了！”

“巨蛋城里的人也不都是怪物。难道你打算一直关在这里等死吗？”

“怎么能说关在这里呢？森林村不是监狱，这里是我们创造的家园。”

“你真的相信这里会永远维持下去？”

我不知道哪种说法是正确的，但大家把世界说得如此简单让我觉得很奇怪。我无法接受必须拯救森林村外面的人类和应该考虑重建世界的说法，我们被世界遗弃了，是外面的那些人剥削、抛弃了我们。我无法忘记这一事实，但为什么要遭到遗弃的我们来重建这个世界呢？

每当风起时，都可以看到密密麻麻的树木之间闪亮的蓝光。每次看到这样的风景，我都会觉得像置身于水晶玻璃球之中。这里是如此美丽，但也岌岌可危。

*

知秀从温室取来了新的种子和秧苗，大人们把它们运到边界另一头的森林，种在了地里，孩子们也推着知秀分发的催化剂跟了过去。人们都说也许这次知秀送来的植物可以生长在森林村之外的地方，知秀也同样充满了期待。即使不把这些植物带到外面，至少也可以扩展森林村的范围。

但十多天过去后，种在另一头森林里的种子也没有发芽，过了一个月之后仍没有任何的变化。

我瞒着丹尼偷偷跑去边界，但看到的只有长势凶猛的藤蔓。

那天晚上我去了知秀的小屋，屋里亮着灯却不见她，只有她的机器狗在地上转圈圈。

“嘿，莓，最近过得好吗？”

我蹲下来摸了摸机器狗的头，只见它嘴里叼着一张纸条。它微微地张开嘴，纸条掉在了地上，我捡起那张纸条。

瑞秋，你到底想要什么？

还有一张纸条卷在里面。

回答我。

我看了一眼工作台，工具都整整齐齐地放回了原位，只有藤蔓散落在上面。

我走到外面，看到山坡上的知秀，她和瑞秋讲话的声音传了过来，虽然没听清全部的讲话内容，但感觉像是在控诉。

“瑞秋，你好好看着我。没有必要这样，真的，没有必要做到这种地步啊！难道你真的想永远留在这里吗？不然的话……”

我看到小屋门前堆满了被连根拔起的藤蔓。我记得知秀说不能用手直接去摸植物的根茎，但我还是伸出一根手指揉搓了一下根茎表面的细刺。虽然很扎手，但并不痛，可是当我把手翻过来时，看到指尖已经肿得通红了。

很快人们便知道了守护村庄的藤蔓并非一种祝福。藤蔓把菜园里的作物搞得一团糟，养了半年多的作物全都死掉了，负责栽培的人伤心不已。藤蔓把埋在土里的细根伸向作物，紧紧缠绕在作物的根部，直到形成一团令人厌恶的团块。塑料大棚里的作物虽躲过一劫，但由于藤蔓的根在土里不断延伸，塑料大棚的情况也岌岌可危。这情形害得阿玛拉一直神经紧绷。

菜园被毁后，为了寻找营养胶囊和食物，探查组出行也越发频繁了。然而，就连这件事也成了矛盾的起因。之前经常去的废墟已经被流浪的抗体人和巨蛋城里的猎人搜刮一空，再也找不到任何物资。夏燕提议应该去更远的地方，但被驳回几次之后，探查组最终还是去了更远的废墟，历时四天，但仍一无所获地回来了。有人抱怨冒着危险去更远的地方也无济于事，有人则提出应该尽快连根铲除那些藤蔓。

过了很长一段时间我才又见到知秀。那天帮丹尼办完事回到家，我看到知秀站在门口。

“啊，娜奥米，我在等你。”

“等我？”

知秀点了点头。我大吃一惊。因为至今为止都是我主动去找知秀，这段时间看她很忙且心烦意乱，为了不打扰她，才没去小屋，但没想到她会来找我。

“我有重要的事要跟你说。”

说完，知秀快步朝某处走去。她要说什么事呢？我可以感受到村里人都向我们投来疑惑的目光。

知秀带我去的地方竟然是温室一旁早已关闭的研究所。研究所的灯都关着，知秀打开大门一侧的开关，一盏小灯亮起来。研究所里一片狼藉，满地的碎瓷砖和泥土。知秀带着我穿过脏乱的走廊，停在一间实验室门前，实验室里收拾得干干净净，桌子上摆着玻璃烧瓶、烧杯和之前在菜园里见过的几种药用植物。

“娜奥米，从现在开始我要把制作分解剂的方法传授给你。”

这话突如其来，我彻底愣住了。我看了看知秀和实验桌，结结巴巴地问道：

“啊……那个分解剂，瑞秋制作的……可是，为什么传授给我呢？”

“为了应对意外情况，而且我觉得你最聪明，肯定一学就会。”

我脑海中浮现出很多疑问。我迟疑了一下，又问道：

“如果我能学会，那其他孩子肯定也能学会，把这么重要的事只告诉我一个人……”

“我也有不得已的原因。其实，这件事不能告诉任何人。”

我非常困惑。知秀看着我的表情，露出调皮的微笑。

“而且，这件事一旦传出去，可能会给村庄带来混乱。”

“那，嗯……告诉我没关系吗？”

我露出傻乎乎的表情，眨了眨眼睛。知秀扑哧地笑了出来。

“这件事说来话长，你听我说，分解剂是瑞秋和村庄之间的一种交易，正如你们想的那样，这并不是无条件提供给村里人的。也就是说，制造分解剂的方法只有瑞秋一个人知道。村里人本来就对温室不满，所以更没有必要把方法告诉大家了。但我的立场不同，假如瑞秋不再提供分解剂的话，会怎么样呢？或者，需要分解剂的人比现在更多的话要怎么办？我必须提前应对这些问题。”

我脑子一片混乱，但还是默默地继续听下去。

“但这件事不能公开，不然瑞秋会察觉出我要做什么。这件事要像炼丹师谨慎小心地把秘诀传授给弟子一样，现在这里就是古时候的炼丹房，你就是首席弟子。如果可能的话，还要传授给下一个弟子。”

我似懂非懂，出神地看着知秀的脸问道：

“是因为瑞秋不能再制造分解剂了吗？瑞秋生病了？”

“没有，娜奥米，瑞秋非常健康。”

“那瑞秋是要去巨蛋城吗？”

“不，瑞秋绝对不会去那里。瑞秋不会放弃这笔交易，也许这会成为问题，但也可能是我操之过急了。总之，暂时不会有事的。不过世事难料，所以我们最好提早做准备。”

虽然我还是不太明白，但知秀把视线转移到了实验台上，显然她没有继续解释下去的意思。因为我知道知秀是那种不愿意做不必要解释的性格，所以没有再追问下去。更何况，她现在要告诉我分解剂的制作方法，我更没有理由拒绝了。

“准确记录制造所需的材料、重量和过程是科学原则，但制造分解剂不同。现在时代的规则，是隐藏这些才能保住性命，原则只会成为你的弱点，而简单的方法会成为你的武器。直到这个悲惨的时代结束，这个制作方法也必须储存在你的脑袋里，绝对不能留下任何别人可以看到的记录，就算是值得信赖的人也不行。”

知秀这次的话也让我觉得似懂非懂，但我还是点了点头。我对背东西很有自信。

但真正开始学习制作方法后，我的这种自信消失得无影无踪。制作分解剂不光要记住使用量和步骤，还要从植物中提取所需成分，然后混合、加热、冷却并过滤。然而，整个过程只能靠我一个人亲手来做。制作分解剂是一件需要反复练习的事情。

知秀还教了我在没有计量工具时可以使用的计量方法。

“很难吧？要练习到你觉得可以毫不犹豫地喝下自己制作的分解

剂为止。”

有别于知秀制作的分解剂，我做出来的分解剂非常稀，而且颜色也很透明。不要说分解效果了，怕是喝下去会闹出人命。

我和知秀约好一周两次在关闭的实验室见面。这期间，森林村的矛盾愈演愈烈，无论走到哪里都会遇到紧张兮兮的人，所以去实验室成了我觉得最宁静的时间。我渐渐熟练掌握了制作方法，之后在没有任何提示的情况下也可以准确地制作了。我一边用棍子搅拌黏稠的液体，一边揣测着知秀教我制作分解剂和她不得已而为之的原因，她和瑞秋的关系为什么会出现危机，以及她对村庄出现裂痕的看法。

“大家说瑞秋在做的研究可以拯救我们，这是真的吗？”

听到我这样问，知秀笑了。

“大家都这么说？看来瑞秋在村里成了英雄啊。”

“不是所有人都这样。有的人会像信奉‘瑞秋教’一样崇拜瑞秋，但也有人觉得怎么不把这些了不起的植物送到外面，怀疑瑞秋心存其他意图。”

听了我的话，知秀思考了一下说：

“瑞秋只是在做自己想做的研究而已。她根本没有拯救世界的意图，也没有控制村里人的想法。瑞秋待在这里……可能只是因为觉得这里是最舒服的地方。”

每次提到瑞秋时，知秀总带着这样略显冷嘲热讽的态度，但还是让人觉得她与瑞秋的关系非比寻常。

“如果瑞秋想的话，也有可能成为人类的救世主。她既有资料又有能力，而且运气也不错，但这不是瑞秋想要的。”

“那瑞秋想要什么呢？”

“这也是至今我没有解开的谜团。瑞秋想要什么呢？到底给瑞秋什么才能换来我们想要的东西呢？”

知秀边说边把刚制作好的分解剂倒进烧杯，现在我制作的分解剂差不多和知秀制作的一样了，不过就目前来讲她做出来的还是更理想。

“瑞秋有时会帮助我们，但有时也会研究出一些让我们伤脑筋的东西。准确地讲，就是那些植物。所以问瑞秋是好人还是坏人都是没有意义的，我们和瑞秋只是契约关系，但这种关系不可能永远维持下去。因为这个合约的基本前提是……总有一天会结束。”

听到知秀这么说，我的心沉了下去。她说的结束是指这座村庄吗？看来知秀也知道大家都在讨论这件事，知道大家都在说这里已经走到了尽头，不可能持续下去。

“那你也认为这座村庄正在走向尽头吗？正因为这样，才教我制作分解剂，是这样吗？”

听到我这么问，知秀没有回答，而是稍稍弯下膝盖，看着我的眼睛反问道：

“大家都这么说吗？”

“藤蔓不断繁殖以后，越来越多的人这样讲了。大家意见不合，想法好像都不一样，我之前都没见过大家这么频繁地吵架。”

“是吗？那你能告诉我大家都说了什么吗？”

我把这段时间听到的事情归纳了一下。有人在亲眼见证到瑞秋的植物不仅能抵抗粉尘，还可以保护村庄以后，认为应该说服瑞秋把植物带到外面。大家觉得不管是用植物跟巨蛋城进行协商，还是交给巨蛋城里的科学家进行后续的研究和栽培，村庄都再也不能种植这种植物了。丹尼也一直强调说，森林村不过是暂时的避难所而已。但也有人认为，就像过去一样，森林村是最适合居住的地方。我还告诉知秀，最近哈鲁和丹尼因为意见不合，天天都会发生争执。

听完我说的话，知秀问道：

“娜奥米，那你的想法呢？”

“我的想法很明确，我们必须守护森林村。村庄外面的世界太可怕了。我亲眼见到巨蛋城里的人是如何对待彼此的，他们绝对不会收留弱者，让出空间和资源给我们的。他们根本没有拯救人类的想法。我们把抗尘植物拿给他们，他们只会当成是傥来之物，从我们手中抢走之后就杀人灭口。”

“没错，娜奥米，我也同意你的想法。”

知秀点头说道。

“巨蛋城里的人绝对不会为人类做任何事，因为只有不在乎别人生死的人才能在巨蛋城立足。对人类而言，最大的不幸就是只剩下了那种人。人类正在走向毁灭。即使巨蛋城里的那些人能生存到最后，但那种人创造的世界不用想也知道，一定不会长久的。”

我很高兴知秀同意我的想法，但她接下来的话让我感到很意外。

“即便如此，我们还是要带着植物走出去。”

“为什么？”

片刻的沉默过后，知秀才又说：

“我在抵达这里之前见过太多的共同体了，大家都是一样的模式。最初都以宏伟的价值观聚在一起，有的地方标榜乌托邦，有的地方以宗教为中心，也有猎人聚集的地方和主张和平共存的共同体。这些人在巨蛋城里都没有找到答案，所以才希望能在巨蛋城之外的地方找到另一种答案，结果都失败了。巨蛋城外面没有答案，那巨蛋城里面就有了吗？里面也没有。正如你所言，巨蛋城里更可怕，那些人封锁城门，为了争夺一点资源不惜杀害他人。那现在该怎么办呢？”

我呆呆地看着知秀。她与我对视，表情严肃地说：

“摧毁巨蛋，让所有人以不完整的状态暴露在外面生活。但这就是答案了吗？当然不是。相同的问题还会再次上演，但至少比什么都不做好。我们必须尝试做些什么。这世上没有所谓的维持现状，有的只是既定的结局，因此只有不断做出不可预知结果的尝试，我们才能去往相对更好的地方。”

我不理解知秀到底在说什么，我们要如何摧毁巨蛋，又要如何让所有人存活下来……

“但森林村不是没有被摧毁吗？这里也是一种答案。只要有瑞秋的植物，我们就一直是安全的。我们能够抵挡住来自外部的攻击，我也会和大家一起战斗的。”

听了我的话，知秀沉默了。我怀着迫切的心情接着说道：

“我喜欢这里。至今为止，我所到之处都没有这样的地方，以后也不会有的。之前待过的地方都惨不忍睹，只有这里不一样。”

知秀看向我的表情十分复杂。

“娜奥米，听你这样讲我很开心，但是……”

知秀欲言又止，她看着我，突然伸手弄乱了我的头发。

“是啊，你说得没错，如果我们能永远住在这里该有多好。一切都还没结束，现在就来想结局太不适合了。”

知秀突然转移了话题。

“你有信心制作分解剂吗？如果你有信心喝下自己制作的分解剂，

那就表示成功了。”

“嗯…… 我挑战一下。”

我把分解剂倒入杯中，表面上看还不错，但当我把杯子送到嘴边时还是迟疑了一下。

“算了，今天就到这里吧。”

知秀笑着从我手里拿走了杯子。

“下次再来挑战吧。届时会很完美的。”

*

即使用了除草剂也没能抑制住藤蔓的生长。藤蔓蚕食整片森林后，村庄进入了紧急状态。如今不光是菜园，就连塑料大棚里栽培的作物也被搞得一片狼藉。配粮缩减为两天一次，大家只能靠营养胶囊支撑下去。

战斗无人机整日发出报警音，不断出现入侵者，每天夜里都会有不明身份的尸体从溪谷间顺流漂走。在阻止入侵者的过程中，村里人也受了重伤。有些人觉得这样下去根本不是办法，在村会议上也有人小心翼翼地提出了这种观点，渐渐地这种观点深入人心。虽然孩子们没有参战，但都很敏感地察觉到了席卷村庄的不安与恐惧，如今再也没有开怀大笑的孩子了。

知秀和大人们每天用推车搬运武器，就连地下仓库里的飞天车也都取出来了，大家驾驶飞天车在森林边界埋下了地雷。夏燕低声警告大家：

“你们最好打消离开这里的念头，因为地雷可分不清入侵者和村里人。”

死亡之尘笼罩着全世界。到外面寻找物资的人回来说，人类可以生存的地区正在急剧缩减，他们亲眼看到巨蛋城里的人为了保住性命，不惜以更加残忍的方法虐杀入侵者，小村庄也被巨蛋村派出的机器人杀得尸横遍野，他们掠走了所有能拿走的物资。粉尘风暴越来越频繁，每当风暴来袭时，森林村里的人就不得不封锁村庄躲进地下仓库，起初是两三天，之后甚至要躲上五天之久。从森林俯瞰的外围地区持续弥漫着浓浓的红雾，之后渐渐地就像血海一般，几乎什么也看不见了。

若想在粉尘风暴中存活下来，就不得不依靠藤蔓植物，大家却又因为这种植物在挨饿。最初觉得美丽的蓝色灰尘，如今成了人们痛苦的根源。村里出现了让抗体弱的人主动离开村庄的声音，知秀得知后怒发冲冠，她警告大家，如果再听到有人这样讲绝对不会放过他。虽然知秀出面平息了争执，但这种不信任一旦萌芽便很难轻易消失。阿玛拉突然变得不爱讲话了。

村里人为了寻找发电机，分成小组前往废墟的当天，一辆从村里出发的飞天车彻底消失了。那辆飞天车上坐着琴嘉和米利尔。最初大家怀疑她们遭到了绑架或攻击，但根据无人机的记录，发现是琴嘉主动驾驶飞天车前往北边巨蛋城的，之后还发现仓库里保管的种子、植物幼苗和作物也都不见了。有人提出必须追上去杀死琴嘉和米利尔，但夏燕强烈反对，说怎么可以对一起生活了多年的同伴下此狠手。知秀对此事没做任何表态。据传闻称，琴嘉用种子进行交易，换取了巨蛋城的入住权，而且她的远房亲戚也住在那里。哈鲁听到这一消息，气得浑身发抖。

“她们竟然为了自己活命背叛我们。”

“但那些植物根本无法在森林之外的地方生长啊，真不知道琴嘉到底是怎么想的。”

“巨蛋城里的人肯定会想尽一切办法的。等他们知道那些植物不能生长，肯定会来占领这片森林。琴嘉不是拱手献出了植物，而是整片森林。”

逃亡者的消息加剧了村里人之间的矛盾。

“所以说应该拿着作物去跟巨蛋城里的人做交易。躲在这里就能解决问题了吗？我们到底要躲到什么时候？再说了，我们这样一直躲下去，外面的人就会轻易放过我们吗？”

丹尼和哈鲁吵架也更频繁了。每每经过会馆时，我总能看到她们冲着对方大呼小叫。

每天晚上，阿玛拉都会带着一脸倦容走进家门。看到她这样，我很难过。阿玛拉比任何人都渴望找到这里，比谁都希望能留下来。为什么我们找不到可以安定下来的地方？为什么没有永远安全的地方呢？

“姐姐，我记得你说过，就算死也要死在这里。”

阿玛拉用悲伤的眼神看着我，没有回一句话。

我反复思考着知秀的话，她在教我制作分解剂的时候，也提到应该把植物带到外面，但这与丹尼的想法应该不是一个意思。丹尼的意思是应该把植物送去巨蛋城，但知秀说的是摧毁巨蛋城。

如果把植物带出去就可以解决问题的话，那要带去哪里？如果不是巨蛋城，那到底要去哪里呢?

制造分解剂的课程中断了，因为知秀整日忙于防范突袭和维修机器。我迟疑了好久来到小屋，门却锁着。

我听到知秀的声音从山坡上传过来，只见她站在温室的门口，正怒气冲冲地对瑞秋大吼大叫。她好像在哭，又好像在哀求什么。

“我知道你为什么这样，也理解你的心情，但我们不能再待在这里了。我发誓，如果你愿意的话，我什么都……”

我看不到玻璃另一头的瑞秋是什么表情，也不知道究竟发生了什么事。最初我以为对这里、对世界有了些许的了解，现在却又一无所知了。

*

现在回想起来，在离别来临前，村里曾有过几日短暂的和平。可能是一周左右，或者就是十多天。虽然只是短暂的和平，但与之后村庄遭遇的事情相比，却是最令人难忘的日子。

那天，我和哈鲁坐在会馆门前平坦的岩石上欣赏晚霞。直到几天前，巡逻无人机的警笛和装载武器的无人机的轰炸声还震耳欲聋，但之后接连几日，入侵者突然神奇般地消失了。虽然藤蔓把菜园搞得一塌糊涂，但阿玛拉在森林某处发现了很多可以食用的果实。村里人久违地用新鲜的水果和蔬菜填饱了肚子。

闪烁着蓝光的灰尘在空中慢慢飘散开来，我看着那些把森林染成绿色的植物，心想，也许痛苦总是伴随着美丽吧。再不然，就是美丽总是与痛苦如影随形。这是同时给村庄带来生与死的植物告诉我的真相。无论是前者还是后者，我再也不能发自内心地感叹眼前美丽的风景了。

难得填饱了肚子，浑身变得懒洋洋的。微风凉爽适宜，森林的寂静让人觉得仿佛可以忘记之前发生过的战争和饥饿。就在我打算闭上眼睛睡一会儿时，哈鲁突然“啊、啊”地清了两下嗓子。

“你要干吗？”

哈鲁看着我咧嘴一笑，唱起了歌。

那是一首旋律陌生的歌曲。哈鲁自己也忘了词，中间时不时地哼唱，还乱改歌词。大家放下手中的工作，聆听起哈鲁的歌声。夜幕降临后，闪着蓝光的灰尘飘散开来，哈鲁的歌声横贯虚空。说实话，歌声没有那么惊人的好听，但还是安抚了大家的心，带来了久违的慰藉。一曲结束，大家边笑边鼓起了掌，哈鲁一脸欣慰地耸了耸肩，又坐回岩石上。

那一瞬间，我看到推着手推车从山坡下来的知秀愣在了原地，她略显惊讶地看着我们。我招手示意她过来，知秀推着车慢慢走到我们面前。

“你听到哈鲁的歌声了吗？很棒吧。看来她说参加过选秀不是骗人的。”

“就说是嘛，我在剧场就很看好哈鲁呢。”

当阿玛拉和丹尼兴高采烈地聊天时，我莫名觉得知秀的视线眺望着远方，仿佛置身于遥远的未来，思念着眼前的场景。虽然这不过是我的猜测而已，但还是很在意那样的知秀。

村里小路的路灯一盏接一盏地亮起来，知秀把满车的植物逐一摆在地上，把我们叫了过去。打有洞孔的托盘上摆满了秧苗和袋装的种子，以及各种已经长出根和茎的植物，其中最多的是藤蔓植物。

“如果你们离开这里的话，请把这些植物种在外面，特别是藤蔓植物。这样一来，没有巨蛋也可以挺一段时间。”

我仔细观察那些藤蔓植物，虽然表面上看与几个月前大家种在森林里的藤蔓相似，但根与茎看起来更为结实一些。一旁的哈鲁插话道：

“你为什么觉得我们会离开这里？”

哈鲁这么一问，知秀哑口无言，露出浅浅的笑容。我莫名觉得知秀从前身上散发的某种坚韧消失了，现在的她看上去既软弱又悲伤。

“我没有那样想，只是说如果。这些藤蔓植物是唯一可以把外面的环境变成跟这里相似的方法，假如我们再也无法守护这里，但只要有这些植物就可以创造另一个森林村。”

我隐约地明白了知秀为什么这样讲，为什么总是在假设离开这里，为什么把制造分解剂的方法传授给我。知秀面对眼前风景的同时，也总是想象着风景的尽头。

“但我觉得这里就足够了，我不想创造另一个森林村。如果不是这里，没有这里的人们，一切都没有意义。”

听完我的话，哈鲁点了点头。

“没错。我们是不会离开这里的，而且外面也没有被祝福的森林。”

听到我们这样讲，知秀有几分惊讶，随即欣慰地笑了。身旁的阿玛拉也表示赞同我和哈鲁的话。

其实，我也预感到森林村不会永远维持下去，但只有反复强调会留下来才能让大家安心。

知秀又找回了平时调皮的态度，问道：

“但大家还是会答应我种下这些植物吧？只要有这些植物，有可以生存的地方，即使不在这里，我们还是可以重逢。大家好好想一想吧。”

“好吧，我们想一想。”

虽然我笑嘻嘻地回答，却很想回避这样的约定。知秀没有继续追问，而是笑着摸了摸我的头。

*

最初找到森林村时，我根本没想过什么永远，我和阿玛拉只是需要一个可以撑过今天，活到明天的地方。我觉得只要活过每一天，这里也会一天天地维持下去，我们的避难所就不会毁灭。但森林外面的世界正在分分秒秒地走向毁灭，乌云般的死亡气息笼罩在头顶，越来越浓烈，只是我们没有抬头正视罢了。

几天后，丹尼离开了村庄。大家直到早上才发现丹尼的房间清空了，其他所有的画都被她带走了，唯独只留下一张哈鲁的肖像画。

哈鲁气得又蹦又跳，执意要撕掉那张画，阿玛拉好不容易阻止了她，把画卷起来丢在墙角。哈鲁一边痛哭流涕，一边痛骂丹尼，哭累了就倒在一旁歇一会儿，然后起来接着破口大骂。我只能守在一旁，看着阿玛拉安抚哈鲁。

“丹尼与我们的想法不同，她只是希望用自己的方法来守护这里。”

阿玛拉小心翼翼地说，哈鲁却毅然决然地说：

“我们谈了半天这个问题，但丹尼根本听不进去我的话，最后丢下我走了。她这个卑鄙的叛徒。”

哈鲁揉着哭红的眼睛接着说：

“我死也要留在这里。外面能有什么？巨蛋城里的人会收留我们吗？我们是怎么守护这座村庄和温室的……”

我觉得人们守护的不仅是村庄，还有温室。但即使是在有人受伤、死亡和离开村庄时，瑞秋也一次都没离开过温室。瑞秋真的像大家说的那样，在温室里研究如何拯救人类吗？还是像知秀讲的那样，只是在做“自己喜欢做的事”呢？我的耳边总是回荡着知秀的那句话：

“如果瑞秋想的话，也有可能成为人类的救世主。”

瑞秋想过成为救世主吗？

我仰望温室，它看上去依旧像一座神殿。但我现在得出的结论是，如果守护神殿的人们纷纷离去的话，那它也便失去了存在的意义。

所有故事落幕的那天，离别突然降临了。但我住在森林村的这段时间一直想象着那最后的一天。

那晚我睡得很浅，翻来覆去一直做着梦。我梦到有一天粉尘突然消失了，所有巨蛋城的城门打开了，但我们还是留在了森林村，突然不知从哪里攀爬而来的藤蔓紧紧地缠住了我。那一瞬间，我听到了咣咣的敲门声。

“娜奥米！”

阿玛拉摇醒了我。

“快出来！现在、立刻！”

我还没来得及穿好衣服就跑了出去。村子里弥漫着浓烟，一股热气迎面而来。我很想把这当成一场梦，却一直咳嗽不停。听着从远处传来的惨叫声便可以猜到发生了什么事。

试图占领村庄的入侵者在村里纵了火，又一个抵抗、惨死和歇斯底里的夜晚降临了。

我等待着阿玛拉对我说，至今为止是大人们的战斗，但现在我们也要一起抵抗入侵。抓着我手腕奔跑的阿玛拉却一语不发，直觉令我的心无比沉重，借助灯光，我看到阿玛拉的眼眶红了。

会馆门前停靠着保管在地下仓库的飞天车，人们聚集在空地上，大家没有分发武器，而是领到一个大袋子放进飞天车里。

“我不能走，我不要离开这里！”

哈鲁大喊着。夏燕强行把哈鲁推进飞天车。没有人举起武器，除了哈鲁，大家都在准备逃亡，每个人都想离开村庄，接下来这里将任由入侵者践踏和摧毁，之后再也不会留有人迹了。

我早已习惯了逃亡，也适应了离别，更知道为了活命必须远离轰炸声和惨叫声。但为什么偏偏是在这里？为什么这种剧情要再次上演？为什么偏偏是今天呢？

大家都没来得及互相道别，急急忙忙地驾驶着各自的飞天车朝不同方向出发了。眼下必须趁无人战斗机扰乱敌人视线时赶快离开，但因为弥漫的烟雾，根本看不清哪些人走了，哪些人还没出发。阿玛拉拽着我的手腕说：

“现在必须离开，我们的车停在那边。”

“姐姐，不行，等一下。”

我看到有人正朝这边跑来。阿玛拉又拽了我一下，但我一动也没动，我凝视着烟雾中的人影，是知秀。

“娜奥米！现在不走的话……”

阿玛拉心急如焚，但她看了我和知秀一眼后闭上了嘴。我的心咯噔一下沉了下去。

“怎么……怎么会突然这样？”

知秀面对眼泪夺眶而出的我露出了不知所措的表情。

“你不是也说不想离开这里吗？连道别的时间也不给我！”

“娜奥米。”

“我们最后一节课还没上呢……”

“娜奥米，你听我说。”

知秀像在小屋和实验室里那样稍稍弯下腰与我四目相对。

“这不是我们的最后一面。”

我擦干眼泪看着知秀。

“从现在开始我们要做试验。记住我教你的，还有在这里做过的事。我们所到之处都会成为森林村和温室，我们要改变的不是巨蛋城里面，而是外面的世界。尽可能去更远的地方，去那里创造一个森林村，听懂了吗？”

我这才醒悟飞天车上的袋子里都是什么。知秀让我无论去哪里都要种下瑞秋的植物，把种子撒在所到之处。知秀要我答应她。

“我无法保证会成功，也许情况会变得更糟糕。但娜奥米，如果你愿意的话……”

“到时候我们还能见面吗？如果创造了另一个森林村，到时候还能再见到你吗？”

我仰头看着知秀问道。她只是一脸悲伤地看着我，没有作答。她似乎有话想说，却欲言又止。通过片刻的沉默，我理解了知秀，她是因为尊重我，所以不想对我说谎。

“我会的。”

我又说道。

“我答应你，我会种下那些植物。”

浓重的烟雾遮住了视线，我看不清知秀的表情。但我知道她想说的真相是什么。眼泪再次夺眶而出，我很难再说什么了。我转身走向阿玛拉的瞬间，背后传来了声音：

“娜奥米。”

我猛地回头看向知秀。

“你制作的分解剂很完美。现在……”

瞬间，轰炸声和飞天车的噪声彻底淹没了知秀的声音，虽然没听清她的话，但我知道她最后的道别也许是想告诉我“要相信自己”。一股呛人的烟蹿进鼻孔，必须赶快离开了。

阿玛拉在旁边拽着我的胳膊。

“该走了！”

我被拽着往后退了几步，跟随阿玛拉上了车。飞天车的门关闭，车身浮起时，我最后回头看了一眼，只见知秀正站在原地目送我，随即渐渐变浓的烟雾彻底淹没了她的身影。

我缓缓地把身体靠在椅背上，眼泪止不住地流下来。

我把整颗心寄托给了森林村，它却无法永远维持下去。即使我早就知道会有这一天，但还是希望结局不要来。当时我就知道，哪怕是离开了森林村，我的心也会久久地留在那里，这一生也许都不会忘记那里。

第三部

地球尽头的温室

十五年后再次踏入的温流市已经发生了很大的变化，养老服务中心附近很多新房子拔地而起，曾是幽静住宅区的地段也开了很多间餐厅和服装店，只有流淌在新城区与老城区之间的小溪和重新涂过漆的老木桥，还保留着雅映记忆中的样子。有贡献的老人们居住的中心由于政治原因出现管理不善等问题，随着时间的流逝，很多人也搬到了其他城市。现在的温流市失去了往昔的幽静，变成了一座繁忙运转的繁华城市。

雅映没有时间感伤，她正急着四处奔走打探消息。在这座十二岁时短暂居住过的城市里，打探亲戚的消息都很困难，更不要说寻找一位住在附近的老人了。李喜寿的房子早就消失不见了，那里开了一间手工艺品店，但店也关门了，只挂着招牌。住在附近的人都刚搬来没多久，根本没听说过李喜寿这个名字。

雅映从一开始就对中心的老人没抱任何期待，因为就算有人还记得当年的事，他们也不可能知道李喜寿的下落。正如雅映所料，当她小心翼翼地跟老人搭话询问李喜寿时，听到的回答就只是冷冷的一句："我不认识那个人。"一些老人听到雅映说自己小时候曾经住在这里，会露出一脸笑意，但听到她说正在寻找李喜寿，很多人的态度立刻就会变得非常冷漠。

到了第三天，雅映暂时停止寻找李喜寿，早早地回到住处。哪怕只有一个人知道李喜寿的下落也好设定下一个目的地，可是竟然没有人知道，她觉得很茫然。她坐在床上，拿出手机，看到润才发来的信息。

你就该听我的，雇用私家侦探，虽说需要点钱和时间，但这么大点的地方总不至于连一个人也找不到吧？

早知如此，就应该听润才的话，但雇用私家侦探就能找到人吗？就算韩国不大，不是也有很多失踪人口……雅映想了想，最后出于争强好胜的性格还是回复道：

还有一天时间。再等等看。

雅映把再三推荐新品罗勒三明治的客服机器人打发走后，回到床上，倚靠在床头，三日来的疲倦席卷而来，她叹了口气，回顾了一遍过去一个月里发生的事。前往亚的斯亚贝巴参加了生态学研讨会，见到了鲁丹和娜奥米，从娜奥米那里听到了惊人的证词，并在回程的飞机上反复听了几遍录音内容。虽然娜奥米同意公开证词，雅映却苦恼起是否真的能把全部内容公开出来。反复读了几遍整理出来的证词全文后，她终于下定决心要把这件事公之于世。

娜奥米讲述的森林村的故事不只蕴含一个人的过去，虽然无法用具体的语言来解释，但很明显这还不是一个单纯的只与摩斯巴纳有关的故事。雅映最先把森林村的故事告诉了润才，她在电话里简单地概述了内容，当时润才只是默默地聆听，但在看到雅映传送的证词全文后也没有做出任何反应。雅映在凌晨发了信息，但也只是显示对方已读，没有收到回信。雅映给润才打了电话。

“润才姐，怎么样？这个故事会震惊学术界吧？它彻底推翻了粉尘生态学的基本前提。如果那些对粉尘存在抗体的植物不是因为适应自然，而是人为制造，还有如果那些困扰我们的杂草可以降低大气中的粉尘浓度……光是想象就很惊人了。”

润才沉默良久，回答：

“如果这都是真的，不要说学术界了，全世界都会震惊的。”

润才说得没错，只震惊学术界的说法太低估娜奥米的证词了。雅映希望这个针对抗尘物种的新假设能够受到人们的关注，于是把证词中能够引起好奇的部分整理出来，上传到生物学社群，最终这些内容引起了人们的极大关注。

灭亡之时代，以植物研究所为中心的共同体和在那里改良出的抗尘植物，人们不仅在那里种植该植物，还把它种到了世界各地。身为现今的植物学家，一定会被这样的故事吸引，即使没有被吸引也会产生兴趣。

娜奥米具体描述的诸多事件与雅映掌握的信息相互吻合，从很多证词和记录中也可以看到粉尘时代的地下避难所、大规模的巨蛋城和小规模的巨蛋村、在巨蛋城外部的人们身上施加的暴力、把带有粉尘抗体的人称为“抗体人”，以及对他们的榨取。雅映以娜奥米的证词为基础，推论出那个叫作“森林村（Forest Research Institute Malaysia，FRIM）”的温室共同体是一个位于过去吉隆坡西北部国立公园森林研究所的村庄，那里与娜奥米所描述的地理条件、热带雨林气候、研究所和居住地的独特结构一致。据雅映所知，该研究所原本位于距离市中心相对较近的复原林之中，之后在二十一世纪四十年代后期迁移到了更远的森林里。

但问题是，关于那个森林村，除了娜奥米提供的证词，再没有其他的证据了。正因如此，雅映整理的内容在受到关注没多久后，便引起了怀疑和指责。娜奥米提供的唯一一张温室的照片，也不过是在昏暗的森林里拍下的微弱的光晕。按照娜奥米所言，大家在灾难结束前便四离五散了。灾难结束后，人类为找回世界之前的面貌用了数十年的时间，所以这期间大家根本无法确认彼此的生死。雅映怀着一线希望联络了吉隆坡的研究员，但他们都表示从未听闻过那里有什么避难所。有的人积极地帮忙调查情况，但雅映提到的地方已经被规划进了吉隆坡重建区域，所以根本找不到从前的任何痕迹了。

雅映的私人邮箱收到很多邮件，有人催促她赶快讲一讲接下来的故事，也有人指责雅映，声称科学家应该用证据讲话。某位学者还发来很长的邮件批评雅映。

你公开的娜奥米的故事很有意思，就像听了一个很有趣的老故事一样。从中我们可以看到被我们遗忘的过去和不幸时代的人性缺失，以及人类不放弃希望、生存下来的意志。这个故事就像非常有魅力的传说。

…………

但是，从粉尘中拯救人类的不是那两个魔女的药草学，而是与粉尘对抗、忘我地研究、寻找解决方案并最终成功开发出反汇编器及大面积喷洒分解剂的科学家们的献身精神。正如我们知道的那样，重建世界并不是少数英雄所为，而是全人类的伟大合作。希望这个神奇的故事不要破坏了这一教训。

雅映看完邮件，虽然心情很糟，但想到在没有证据的情况下这样讲也很合理。娜奥米的证词不光是围绕名为摩斯巴纳的植物的故事，也包含了两个大胆的主张——也许是离开森林村的人们拯救了更多的人；从温室开始的抗尘植物扩散，遍布全世界。也许正因为这与人们所了解的真相大相径庭，所以娜奥米的故事才没有持续地受到人们的关注。雅映记忆中散发神奇蓝光的藤蔓植物、海月市出现的摩斯巴纳奇异繁殖现象和粉尘时代的森林村，把这些碎片拼凑在一起的确很吸引人，若不想只把这些当成故事的话，就必须找出合理的证据。

雅映之所以利用四天休假来到温流市，是因为她知道那里可以找到剩余的拼图碎片。森林村的村长、善于维修机器、难以看穿内心想法，且拥有复杂的性格的知秀，越是反复回想娜奥米的故事，雅映越是觉得故事中的知秀和自己脑海中的人物相互重叠。曾做过维修技师，轻蔑巨蛋城里的英雄，即使从粉尘时代幸存下来，余生却一直在寻找着什么的李喜寿。但令人感到遗憾的是，在李喜寿的院子里看到的藤蔓和听到的巨蛋城之外的冒险故事，以及特别受孩子们喜爱的仓库里的零部件等，因为都是儿时的记忆，所以现在回想起来已经十分模糊了。虽然李喜寿和知秀是同一个人只是心证，但那天娜奥米听完雅映描述的李喜寿后说：

“我明白你到这里来的理由，也知道我们最终会见面的原因了。我不相信命运，但我相信追逐同样目标的人终究会在同一条路上相遇。我们都被那神奇的蓝光吸引，并因为同一个人相连。如果你找到她的下落，请一定要联络我。”

但问题是，雅映来到温流市寻找李喜寿却没有任何收获，究竟去哪里能找到她呢？难道应该听润才的建议，雇用私家侦探或委托调查所？但如果李喜寿还活着的话，她肯定不喜欢有人用这种方法找到自己吧？雅映上传到生物学网络社群的内容已经传开了，她会不会也有听闻呢？再不然就像娜奥米小心翼翼推测的那样，她已经离开这个世界，变成我们再也见不到的人了……

雅映望着虚空叹了口气，她习惯性地登录“怪奇物语”网站，虽然上传的关于森林村的内容并不多，但也可以看到声称自己知道森林村或曾经住在森林村的内容。雅映觉得这些内容都是编造出来的，因为详细看过内容，便不难发现很多细节与娜奥米提供的证词相距甚远。

但其中也有一段文字引起了雅映的注意。那段文字不是公开上传的内容，而是在雅映之前上传的匿名内容下方回复的留言。

研究恶魔的植物的植物学家，娜奥米的故事是你上传的吧？我不是生物学家，也与你素未谋面，只是出于好奇在这里搜寻了一下，看到了这篇《邻居老奶奶的摩斯巴纳院子》的文章。这篇文章我反复读了好几遍，因为我也见过这样的场景。

请看一下附上的照片，那是我小时候的照片。想必你不会好奇我和我的家人的长相，所以我们的脸都用贴图遮住了。但请看看我们身后，看看抱着我的外婆的身后，看到被藤蔓覆盖的篱笆了吗？

因为我当时太小，所以不记得那时的事了，不看照片都不知道外婆长什么样。妈妈给我看那张照片，说外婆根本不打理院子，连杂草也不除。家里想请园林师，但外婆也不同意，而且那些藤蔓经常翻过篱笆爬到邻居家，所以邻居们动不动就来找我妈抱怨。

有一次，姨妈再也看不下去，偷偷找人把那些藤蔓都砍掉了，结果惹得外婆大发雷霆。但没过多久，那些藤蔓又覆盖了整个院子。我外婆也偶尔会坐在院子里，而且表情很奇怪，似笑非笑、似哭非哭。有一次，我妈去院子里找她，还以为撞到幽灵吓得跑开了，因为她看到了虚空中奇怪的蓝光。所有人都觉得我外婆是一个怪老太婆。

我们布置外婆的葬礼时，使用了那些藤蔓植物。我觉得这是为外婆开的一个有趣的玩笑。

我怎么没问大人们这样做的理由呢？

粉尘时代，外婆在全世界四处流浪，最后在德国定居，组建了家庭。每当我们问起巨蛋城时，她就只是淡淡一笑。

现在你应该知道我想说什么了吧。我是想告诉你，不止一个地方存在过拥有摩斯巴纳院子的奇怪老人。

希望你找到这个故事的真相。

因为我妈看完你的文章以后，每天都在以泪洗面。

有的学者会先提出假设，再进行试验，最后以结果为基础得出结论；抑或先通过观察积累数据，再通过准确分析、归纳，引导出一个理论。这都是普遍进行科学研究的方式。但发现某种奇特且美丽的现象，并且坚持不懈地找出这种现象的原因，或许也可以看成是一种有效的科学方法论。即使这样会失败，而且大部分人都失败了，但雅映还是觉得如果不去尝试，便无法在这条路上发现惊人的真相。

雅映心想，明天必须抓紧时间展开最后一次调查。她准备了保健品作为礼物送给中心的老人，这才好不容易获得一些消息。大约在七年前，李喜寿曾回到温流市，她因维护示威游行的队伍与中心的老人起了冲突，最后干脆卖掉房子离开了温流市。如果是这样，那接下来的目的地就应该是其他的地方，但雅映不知道那会是哪里。

看来今天也是一无所获的一天，就在雅映取出平板电脑时，看到了润才发来的长邮件，那是研究中心植物小组发给全员的参考邮件。

【海月市摩斯巴纳样品的全基因组测序结果】

结果及分析数据请参考附件。

首先，正如我们预想的那样，摩斯巴纳是降尘灾难暴发前不存在的物种。多个研究所同时确认出野生型基因，并查明该植物的基础源于生长在马来西亚的物种。之所以提到基础，是因为该植物经过了人工编辑。据分析，该植物混合编辑了马来西亚的野生植物钩叶青藓、深绿色叶子的金刚藤、归类为五加科植物的常春藤和归属于葎草属（Humulus）的一部分植物。将多种物种混合的嵌合体方法在二十一世纪五十年代也是常见的植物工程技术，但出乎意料的是，这种方法没有用于特定的作物品种，而是用在了这种杂草上。降尘灾难暴发后，大量物种和分类学数据消失了，所以没有人注意到这一点，直接被忽略掉了。

还有一点是，其间大家没有发现摩斯巴纳是编辑植物的原因，也是这个谜团中最有趣的一个地方。上次开会时我也提到过，在海月市发现的摩斯巴纳与野生型摩斯巴纳的基因组不同，而野生的摩斯巴纳并没有发现编辑过基因。相反地，该基因组呈现出野生型摩斯巴纳“之前”的形态。也就是说，现在遍布海月市的摩斯巴纳并不是分布在全世界，特别是东南亚地区，二十二世纪现有的摩斯巴纳。要想知道哪一边是最早出现的，则需要确认叶绿体基因组后才能得出结论，我们不妨先把海月市的摩斯巴纳称为“原种”好了。

摩斯巴纳在数十年间以惊人的速度遍及世界各地，经历了数次的遗传变异过程。野生型摩斯巴纳与原种相比存在更多种类的基因型，仅从表面的凹凸不平便能看出野生的摩斯巴纳经过了基因编辑。也就是说，不必要的 DNA 自然而然地融入其中。虽然还需要进一步观察，但从植物表面也可以看到很大的差异，而且海月市的摩斯巴纳原种所具有的是在自然突变之前的基因组。按照郑雅映研究员最近提出的有趣假设，从森林村的温室诞生的“最早的摩斯巴纳”应该就是现在遍布海月市的摩斯巴纳。

这起事件的原因究竟是怎么一回事呢？这样讲很对不起山林厅的人和当地居民，但这次的海月市摩斯巴纳事件真的非常有趣。我们下次开小组会议时再讨论吧。

邮件快读完时，雅映的个人设备又收到一则信息。这次也是润才传来的。

我说什么来着？找不到人就赶快回来，又不是只有一个解决方案。

雅映读完信息就扑哧笑了。润才说得没错，解决问题的方法有很多种，条条大道通罗马。但是，雅映不认为自己来温流市是为了寻找唯一的方法，来这里除了因为身为科学家的好奇心，还与她内心深处的情感有关。雅映此时此刻置身于此，是源于对那个拥有神秘过去且突然销声匿迹的人的憧憬、好奇和思念。寻找李喜寿并不是因为这是最好的方法，而是那颗心牵引着她来到这里。

看完邮件和全基因组测序结果分析表后，雅映又想起了李喜寿。如果覆盖海月市的藤蔓真的是从森林村诞生的“原种”，如果真的是推测的那样，森林村的知秀就是李喜寿的话，那这起事件是否与多年前消失的李喜寿有关呢？假如真的是这样……李喜寿就是这起事件的当事人？雅映知道这都是没有根据的推测。但就算李喜寿去了海月市，那她为什么要做这种近似于生物恐怖袭击的事呢？

雅映感到心跳加速，觉得或许找到了一丝线索。无论现在出现在海月市的人是谁，那个人肯定与森林村有着直接或间接的关系。摩斯巴纳的异常繁殖是最近发生的事，由此推断那个人说不定现在就住在海月市。

*

“我跟鲁丹和娜奥米约好一个月后在亚的斯亚贝巴见面。关于森林村的事，阿玛拉已经把能想到的都告诉我了，这次见面她会再给我讲一讲离开森林村之后发生的事。虽然有很多阿姆哈拉文关于‘兰加诺的魔女’的记录，但依赖翻译器还是有局限性，听当事人亲口叙述说不定能找到更多线索。”

“采访不能提前吗？去埃塞俄比亚采访算是出差，很容易批准下来，大家都很好奇之后的事呢。”

“听鲁丹说，阿玛拉的病情突然恶化，娜奥米正在护理她。希望阿玛拉赶快好起来……”

“唉，那就没办法了，我们只好等了。”

“听说很多媒体要采访她们，现在很是为难，都在一一拒绝呢。鲁丹现在暂时替她们接电话处理这些事情，但鲁丹的嘴巴不严，真让人发愁。”

面对接连不断的邀约采访电话，鲁丹一方面觉得很为难，但另一方面也很兴奋。虽然雅映再三叮嘱他最好不要在自己采访娜奥米和阿玛拉之前见任何记者，但亚的斯亚贝巴的多家媒体貌似已经把鲁丹的话刊登在了当地报纸上。更多的人知道娜奥米的故事当然是好事，但问题是这种关心并不都是善意的。已经有人针对鲁丹含糊其词的回答提出了疑问，雅映只希望娜奥米不要看到那些猛烈抨击她们的报道。

自从在亚的斯亚贝巴举办的研讨会结束以后，研究中心便忙得不可开交。秀彬为了准备提交给国立树木园的研讨会报告，整日像掉了魂似的对着全息图画面；朴素英组长也被山林厅提出的各种关于摩斯巴纳基因组的问题搞得晕头转向；润才也整日双手抱胸盯着满屏幕的基因组分析数据。雅映整理的关于森林村的文章传遍了整个学术界，润才在申请了与摩斯巴纳有关的当地数据后，各地区的学者连尚未发表的数据也收集、传送了过来，植物小组因此变得更加繁忙了。实验桌上摆满贴有标签的从各地区采集来的摩斯巴纳袋装样品，在研讨会上打过招呼的埃塞俄比亚的学者们也纷纷发来邮件。幸亏姜易贤所长对这次的摩斯巴纳繁殖事件和森林村背后的故事非常感兴趣，这段时间大家才能把精力彻底集中在这件事上。

但另一方面，在收到的大量邮件中也有像地雷一样对雅映大发脾气的内容。森林村的故事引发了超乎想象的轩然大波，针对降尘灾难的结束，流传起各种“替代假说”。比如，粉尘应对委员会和反汇编器大面积喷洒分解剂不过都是国际诈骗，地球为了拯救人类赐予了我们摩斯巴纳……虽然大部分内容可以不予理会，但雅映还是很在意那些关于灾难结束的真正原因的说法。

众所周知，始于二〇六四年的降尘灾难通过全球粉尘应对委员会的反汇编器大面积喷洒分解剂，最终在二〇七〇年五月结束了。通过无数次的重现实验和模拟测试，证实了反汇编器大面积喷洒分解剂消除了粉尘，所以现在的人们对此深信不疑。娜奥米也知道这种说法。既然如此，那娜奥米又是如何看待摩斯巴纳所扮演的角色呢？她到现在还相信是摩斯巴纳消除粉尘的吗？

雅映一边思考着这些令人伤脑筋的问题，一边确认邮件。就在刚刚，她收到一封来自海月市再生资源回收公司的回信。这是她一直等待的邮件。雅映叫了一声还在盯着基因组资料的润才。

“润才姐，看来我还得再去一趟海月市。”

“去那里做什么？摩斯巴纳的样品不是够用了吗？”

雅映把刚才收到的邮件拿给润才，润才先是歪着头看，随即瞪大了眼睛。她把设备还给雅映时说：

“发现有趣的事要马上告诉我。”

“当然了。”

这次雅映来到距离海月市复原现场稍远的街区，四周随处可见旧仓库和集装箱房。据说，之前开采事业如火如荼的时候，这附近聚集了很多家私人开采公司，规模大到相当于一个社区。但现在只剩下破旧的仓库，很多公司的大门上贴着“停业”，有的地方还围起了封条或用喷漆标出“X”。窗户被打碎的空楼也随处可见，有的地方干脆没有窗户或用壁纸遮挡着，所以看不到里面。即使阳光明媚，雅映还是觉得像走在毁灭后的村庄，她略显紧张地环顾四周，好不容易找到挂有“迷宫技术公司”小招牌的灰色建筑。雅映走到门口，发现连门铃也旧得发黄了。

“我是联系过您的郑雅映研究员。”

贴有黑色壁纸的拉门嘎的一声打开了，瞬间一股臭油味扑鼻而来。雅映跟随来应门的男人走进室内，边走边看到门口的搁板上摆放的机械设备、零件箱子、油漆桶和喷漆。这间仓库兼办公室的建筑并不大，但室内堆满了物品，感觉稍有不慎便会迷路。男人带雅映进入的是会客室，那里也和外面一样，沙发和桌子周围堆满了工具箱。

张老板过去曾是迷宫技术公司的老板，但现在是某开采公司的经理，他一脸难为情地向雅映介绍道：

“其实，这里已经停业了，只是还挂着牌子，从去年开始已经一点点清理仓库了……把您请到我现在工作的地方不太方便，所以才约在这里见面。说实话，这不是什么光明正大的事业，虽然算不上非法的事，但也不是完全合法的，只能说介于两者之间吧。您也知道，新规定严格禁止制造人形机器人，所以有这方面需求的人把目光转向了海月市的开采事业。我们的主要客户都不是实际使用机器人的人，而是收藏家和机器迷。”

最近随着组装机器人和收集零件的规定越来越严格，大部分私人开采公司都相继关门。直到几年前开采海月市废墟，私下组装贩卖机器人的事业还很盛行。虽然海月市除此之外也有很多有利可图的事业，但一半以上的私人再生资源回收公司都把精力集中在收集人形机器人的零件上。雅映联络过的公司中也有拥有大规模用地和设备的机器人组装厂，但这些公司都回复说不知情，很多业主也称不知道或只是听过传闻而已，也有人诚恳地写了回信，其中之一就是这位迷宫技术公司的张老板。

雅映想起之前在李喜寿家里见过的人形机器人，而且李喜寿经常外出几天，回来时还会带回很多机器零件，加上海月市是国内最大的机器人生产地，虽然之后这里变成了机器人的坟墓、废铁垃圾场……但也是众多再生资源回收公司开采机器人的场所，因此雅映推测过去李喜寿前往的地方就是海月市。

雅映打探到了两个消息：一是几年前有位老人经常出没在这一带。沉迷于人形机器人的收藏家经常出没是很常见的事，但像李喜寿这样的老人尤其引人注目，因为她总是在寻找特定型号的机器人零件。正因为这样，从业者都知道有这么一位老人。二是在摩斯巴纳异常繁殖事件发生之前，有一个奇怪的人推着手推车出现在废铁垃圾场。但因为当时相隔一段距离，而且只遇到过一次，所以很难确定那个人就是李喜寿。

张老板喝了口咖啡，接着说道：

“现在寻找过去机器人的大多都是收集古董的人，或是沉迷于遗失科技的人。虽然也有尝试组装机器人的人，但通常都很难恢复正常的运转。政府也不会严格管制出于兴趣爱好的搜集行为，况且我们以高价出售给他们也有利可图。我和其他人之所以记得那位老人，是因为她看起来和那些平凡的收藏家很不同。”

“哪里不同呢？”

“那位老人似乎不是出于单纯的兴趣在搜集。怎么说呢，她好像是为了重现和确认什么。不是有那种人吗？为了证明永动机而一直做着不可能的实验……那位老人就像那种人。当然，我不是说她疯了。相反，那位老人很幽默，而且彬彬有礼，对机器的知识也很渊博。”

听着张老板的话，雅映回想起李喜寿家里的各种机器、看起来有点吓人的人形机器人的外壳、笔记本上密密麻麻的数字和做过实验的痕迹。李喜寿做那些实验是想确认什么呢？

“您记得这件事吗？五年前发生的事。”

张老板接过雅映递上的平板电脑，看完新闻后点了点头。

“记得。当时我们从业者之间还讨论了这件事，毕竟很像怪谈，非常奇怪……但因为没有证据，所以大家很快就忘了。”

那是一篇关于在海月市发现的人形机器人的新闻。废品站的老板从再生资源回收公司低价购买了一台机器人，但不管怎么看都觉得是一台高价的机器人，所以更换了电池，结果没想到机器人突然醒过来后逃跑了。正如张老板所言，机器人下落不明，也没有留下照片为证，警察也只是进行了简短的调查，这件事很快就被人们遗忘了。

“啊，我想起来了，那位老人也问过我们这件事，但我们也不清楚，所以她也没再追问什么。那天之后没过多久，我们公司就不再接待一般客户了，而是改变运营方向，做起了政府的生意。也就是那段时间之后，再也没有见过那位老人了。”

雅映询问了老人的联系方式，但张老板拒绝告知，虽然过了很长时间，但也不能把客户的信息提供给任何人。雅映觉得即使要到了联系方式，说不定老人已经换了号码，而且她很理解张老板的原则，于是低头道了谢。

“真的太感谢您了。要找的这个人与我们的研究调查有关，而且对我也是非常重要的人。真是万幸，至少找到了一点线索。”

雅映再三表示感谢，正准备离开时，张老板叫住了她。

“等一下，我这里没有她家地址……只有一个偶尔寄送商品目录的地址。”

张老板迟疑片刻，写下地址递给了雅映。

走出迷宫技术公司的雅映驾驶飞天车返回了研究中心。张老板提供的地址是一家距离海月市不远的疗养院，虽然她很想直接过去，但觉得还是应该先打电话咨询一下，于是查了一下疗养院的电话号码。

李喜寿真的住在那里吗？真的还能再见到她吗？

“我是粉尘生态研究中心的郑雅映研究员，想询问一下您那里是否有一个叫李喜寿的人。如果没有的话，请以李知秀的名字……”

雅映焦急地等待着疗养院员工的回复。电话另一头传来了“没有这个人”的回答，以及周围询问什么事和“请稍等”的声音，接着又是一阵噪声。雅映茫然地等待着。

“您要找的人四年前还住在这里，但很遗憾的是，现在……”

听到对方的话，雅映的心咯噔沉了下去。疗养院是度过余生的地方，所以不用问也知道再也见不到李喜寿了，但紧接着员工说了让她意外的话。

“如果您认识李喜寿的话，可否来一趟疗养院呢？我们有东西想转交给您。”

雅映输入地址后，驾驶飞天车移动了一个小时左右。抵达的地方是位于郊外的一间大型疗养院。虽然设施看上去已有年头了，但幽静的景色还是给人留下了深刻的印象。穿过精心打理的院子走进大厅时，可以感受到室内温馨宜人的气氛。疗养院的很多老员工都还记得李喜寿，大家回忆她时都说她是一个和蔼可亲的老人，即使健康出了问题也还是每天坚持做着有规律的事情。大家也都知道李喜寿一直往返于海月市在寻找什么，在医生的劝说下，李喜寿在健康状况不好的时候住在疗养院，有所好转后可以外出一个星期。但渐渐地，随着身体衰弱，短暂的外出也变得困难，之后没过多久体力便急剧衰竭了。

“最后那段时间，她说有一个一定要去的地方，但遗憾的是，没有去成。看她整理的那些行李，感觉是想去一个很远的地方……”

雅映向员工解释了寻找李喜寿下落的原因，以及最后找到这里的契机，然后拜托大家，如今再也见不到她人了，希望可以多听听与她有关的事。一位员工迟疑片刻，然后走进仓库取来了保管已久的小芯片。

“这是多功能记忆芯片，主要用于帮助老人维持记忆，很多老人会用它来写生平回忆录。只要连接记录装置，即使不是语言或文字，也可以与神经意象联动储存下各种形态的记忆。这里储存了李喜寿长期以来写的回忆录。”

员工把芯片递到雅映面前，雅映在慌忙之中接了过来，但她觉得自己与李喜寿没有血缘关系，不知道收下芯片是否合适。

“我们通常会给家人，毕竟里面有非常隐私的内容……但李喜寿没有家人，而且她请我们暂时不要报废这些记录，如果遇到可以解锁密码的人就把芯片交给那个人。其实，这个芯片去年就过了保管期限，我们也打算报废的。但她既然都拜托我们了，我们觉得应该会有人来找她，所以特意又保管了一段时间。”

员工还告诉雅映疗养院提供租借输出记录的设备。

“但有一点，我们也没有关于密码的线索。为了以防万一，本来打算交给档案公司保管的，但因为无法破解密码不能永久保管，所以最后被退回来了。”

雅映拿着芯片走出疗养院，脑子一片混乱。自己真的可以读这些记录吗？李喜寿不可能为十几年前见过的小女孩留下什么，但她留下这些记录是希望被人看到……如果可以破解密码，那看了也没关系吗？可是万一连密码也无法破解呢？

雅映也不知道该如何是好，但想到员工说如果自己没来找李喜寿的话，这个芯片就会被报废，所以她才确信，李喜寿留下芯片是希望有人可以看到这些记录。

阅读记录需要时间，所以雅映从疗养院借了输出设备后，打算在附近找个地方留宿一天。

当晚在旅店，雅映把芯片插入输出设备。正如员工所言，需要输入文字密码。雅映把自己想到的单词全部输了一遍：森林村、降尘灾难、温室、植物、摩斯巴纳……最后还尝试了重组单词，改变字母顺序。

但连续几次密码错误后，输出设备进入自动锁定状态，所以没办法再尝试了。雅映想到的单词都没能破解密码。

在等待可以进行下一次解锁期间，雅映回想起娜奥米提到知秀最后为了寻找什么跑回山坡，小时候李喜寿对自己说过的话突然从脑海中一闪而过。

“植物就好比一台精心打造的机器。我以前也不了解植物，但有一个人用很长的时间让我明白了这一点。”

过了一会儿，锁定状态解除后，雅映输入了想到的人名，随即画面的输入窗消失了，一则提示弹了出来。

↘ 本机将通过感应设备输出记录内容，请确认 Output 端口。☞

雅映感到心跳加速，心情却异常平静。她用颤抖的手点了一下确认键，稍后戴在头上的耳机显示器显示出重组的记录画面，声音也从耳机里传了出来。

那把打开紧锁的记忆之门的钥匙正是“瑞秋”。

*

二〇五三年　夏

知秀初次见到瑞秋是在圣地亚哥的索拉里塔研究所。

在前往事先约好的场所途中，知秀看到四周贴满了“禁止出入”“注意呼吸”和“注意雾气”的警告标语。每隔几步便能看到大型的紧急按钮，还有发生紧急状况时的逃生路线图。这里到底在生产什么呢？经过看似普通的走廊时，知秀下意识地屏住呼吸。

索拉里塔研究所位于世界最大的智能颗粒生产科技园区。刚走进园区入口，便能看到研究所引以为傲的大型宣传展品，在众多展品和宣传语中，知秀注意到一句话。

索拉里塔引领拯救世界的绿色技术。

每天新闻都会播报绿色技术正致力于利用纳米颗粒将有机物快速转换为环保单位物质的消息，在气候危机下，所有人都把希望寄托在这项技术的报道多得都让人看腻了。虽不知道明确的原理，但知秀的客户中也有人利用这项技术将血液替换成了纳米溶液。

保安系统严格地监视着访客，确保他们没有离开允许的活动区域，天花板上随处可见监控摄像头，在走廊里来来回回的警卫也都佩带着武器。没必要特意在意这些，知秀只要处理好自己负责的事情就可以离开这里，她今天要帮一位研究员修理坏掉的机器手臂。虽然不知道对方是谁，但想必这个人一定是忙得都没时间离开园区。

知秀在露台观望了一下园区，随后走回休息室时，看到一个坐在椅子上的女人。一眼便可看出是机器的眼睛望向知秀，知秀凝视着眼前的女人，还以为她只有手臂是机器。好久没有见过这种全身替换成机器的人了，难道身体不会出现炎症吗？怎么做的免疫设置呢？难以置信，机器皮肤竟然也可以做出如此精密的面部表情。

或许是觉得知秀像在观察昂贵的新产品，女人稍稍皱起了眉头。下意识流露出好奇心的知秀也觉得很难为情，故意拿起平板电脑一边确认预约名单，一边问道：

“你是瑞秋吧？预约了今天修理手臂。”

瑞秋没出声，只点了点头。知秀把一张桌子拉到瑞秋面前，然后把设备摆在桌子上。知秀先查看了一下瑞秋的手臂，还没拆下便能看到关节处缠满了黏稠的细丝，想必内部一定更糟糕。

知秀利用简易扫描仪扫描了瑞秋全身，有机体比例为百分之三十一。维修有机体比例超过百分之三十的赛博格时，需要进行医疗手术，所以必须在备有医疗设备的医疗室进行。

“我不能在这里帮你进行维修。”

“那就记录成百分之二十九好了。”

“怎么记录？又不能更改扫描仪显示的数字！”

瑞秋拿过知秀手中的扫描仪，从自己的脖子开始重新扫描了一遍，她的动作很熟练，看来之前也这样做过。这次显示的数字为百分之二十九。原则上必须从头顶开始扫描……但有什么办法？既然对方要求这样做，总不好拒绝她。

瑞秋把扫描仪还给知秀的同时，生硬地说了一句：

“其实，我低于百分之二十九，你这台扫描仪无法识别纳米溶液。”

知秀觉得瑞秋是在暗指自己带来的是一台破机器，所以有点不高兴，但她没有表露出来，而是耸了耸肩。

“那就在这里维修好了。如果出现问题可不要怪我，是你的责任。”

知秀开始分解瑞秋的手臂，内部的情况果然更糟糕，手臂上的人工肌肉之间布满了带有黏性的高分子物质。乍看之下很像是植物的茎，但用镊子夹出来仔细一看并不是，知秀无从得知这种让人直起鸡皮疙瘩的凝聚体是怎么进入手臂内部的。

“你负责什么工作啊？这样下去这条手臂就废了。”

瑞秋仍旧一声不吭。知秀皱了下眉毛，仔细看了一眼缠在里面的物质。怎么可以随便乱用这么贵的机器！难道她不知道才这样的吗？

还是无须本人承担更换手臂的费用？

“虽然不知道你负责什么工作，但这项工作比起本人，最好还是交给其他的机器。虽说你的手臂也是机器，但毕竟与人体相连。再说了，维修机器手臂费用很贵，还很麻烦。与其这样，还不如让研究所买一台远程操作设备。你在搞研究工作吧？听说索拉里塔出售纳米机器人赚了不少钱，总不至于一台设备也不给你们买吧？”

“这是我必须亲自做的事，没办法交给其他机器来做。”

“你到底做什么事啊？”

“这是绝密事项，没什么可好奇的。”

听到瑞秋的话，知秀皱了下眉头。不能讲的话，明明客气点敷衍一下就可以……听到这种回答知秀有点不高兴，但毕竟自己是收钱做事的立场，所以只好忍下来。真不知道眼前这个女人是因为富有到能靠机器延长寿命，所以才这么目中无人，还是机器装置干扰了她的社交性。之前听说与机器结合的大脑，感情调节会变得越来越单纯，所以有必要另外添加调节感情模式的功能。机器脑不是知秀的专业领域，所以她也不是很清楚，只是觉得这种说法很合理罢了。

知秀用镊子逐一夹出高分子物质，但她觉得这样下去搞不好要熬两天夜。

“这么做不是办法，根本无法弄干净，得换个新的。趁这次的机会换一个吧，新型的比这个密封性更好，也不容易出故障。”

“别的维修师修得很好啊。”

“那你去找那个人修吧。距离上次申请维修应该没多久吧？如果不换新的，就只能这样，就算现在修好了最多也只能再用十天。”

瑞秋还是一声不吭，于是知秀只能尽其所能让手臂暂时恢复运转。维修结束后，知秀把带来的设备装进包里，然后拿起平板电脑点开标着高昂费用的收据递给瑞秋。瑞秋看着收据，平静地说：

“我换手臂。”

知秀尽量面带和蔼的微笑接过平板电脑。早知如此何必当初，反正都是研究所出钱。知秀把更换新手臂的费用写在收据下方递给瑞秋，瑞秋面无表情地看了一眼后，从口袋里取出终端机连接在平板电脑上签了名，然后把终端机放了回去。

下次见面约在了一个星期后。知秀再次访问索拉里塔研究所，在寻找上次那间休息室时，视线突然被玻璃窗内的风景吸引住了。玻璃窗上贴有“原子园林”的标牌，也许里面很危险，所以共安装了三重保护装置。内部隔开的空间生长着相互缠绕的植物，它们就像利用辐射能栽培出的植物一样，看上去十分怪异。难道瑞秋是因为做这种可怕的研究时受伤而变成赛博格的？不然就是研究所指派的比人类更坚固的赛博格研究员。无论怎么看，都不外乎这两种可能。

研究室内部的各个玻璃区都贴有数字标签，最小数字的玻璃区里弥漫着雾气，雾气的颜色很奇怪，既像红色又像墨绿色。

知秀隔着玻璃窗看到了瑞秋。瑞秋把机器手臂伸进玻璃区，从怪异的植物上提取着什么。看到瑞秋面对植物时全神贯注的表情，知秀瞬间感受到她对植物满满的爱意，这与初次见面时的印象完全不同，难道她的职业是植物学家？上次看到的那些高分子物质都是植物的一部分吗？但只是植物而已，怎么可能伤害机器手臂呢……

瑞秋察觉到动静，转过头来，两个人隔着玻璃窗四目相对，虽然声音不能穿透玻璃，知秀还是用嘴形说：

“我带来了你的新手臂。”

说着，知秀指了指身后的大背包。瑞秋看到大背包，拿着提取管站了起来。

走向休息室途中，知秀又回想了一下刚才的感觉，刚刚与瑞秋四目相对的瞬间让她感觉很奇怪，心怦怦直跳，仿佛被什么东西剐到了似的。知秀心想，这一定是因为机器眼的眼神没有动摇，所以才有那种感觉。

在替换新手臂的过程中，瑞秋一句话也没有讲，知秀也默默地卸下瑞秋的旧手臂，装上新的，又稍稍做了调整。知秀还以为瑞秋会询问些什么，但她似乎只关心自己的研究，除此之外对任何事都不感兴趣。知秀本想先开口为她讲解一下新手臂，最终还是没有开口。知秀觉得心情怪怪的，脑海中不断地浮现出刚才看到的研究室里的瑞秋，她那全神贯注的脸庞和与自己对视时的眼睛。

"有问题请联络公司。"

知秀客气地打了声招呼，走出研究所，当时她觉得那是与不善社交的赛博格的最后一次见面。

*

二〇五五年　秋

降尘灾难暴发时，知秀正在军队里当维修兵。看到军队为了管理不断增加的生化军人在招募人力，期望高收入和稳定生活的知秀报了名，但她万万没想到这是在自掘坟墓。知秀清楚地记得看到过失控的智能颗粒外泄始于圣地亚哥的新闻，但不到半个小时，所有的新闻都消失了。当时，知秀想起了瑞秋，以及那个聘用了大批赛博格研究员的研究所。

人们将不断增加的灰尘称为“粉尘”，急剧增加的粉尘蚕食着大气层，全世界的无人工厂开始建造起保护城市的大型巨蛋圆顶。很多未能及时建造巨蛋的城市相继毁于一旦，军人们毫不留情地残杀涌入巨蛋城的人们。巨蛋城不仅派出了生化军人，还使用了杀人机。当然，修理这些机器的工作全都落在了维修兵的身上。

测试结果显示知秀带有粉尘抗体，所以被污染的机器人几乎全都交给了她。所谓的污染，如果只是粉尘污染倒也罢了，很多机器上沾有人类的内脏和血肉。每天工作时，知秀的心情都很糟糕，她必须清理掉那些血迹和不知出处的红肉块。但即使如此，待遇也没有很好，一个星期有三四天就只能在充满血腥味的维修室里打一下瞌睡。当自己被出了故障的机器人刺伤肚子时，当看到机器人的刀刃上挂着不知是什么人的肠子时，知秀计算起了合约期限。距离合约到期还有很长一段时间，如果没有负伤，军队是不会放自己走的。知秀明知道离开军队会失去巨蛋城的居住权，但她还是打算逃离这个地方。反正在巨蛋城外面是死，留下来修理机器人被它们刺死也是死。

知秀还以为会有人来抓自己，但这种想法显然是杞人忧天。巨蛋城里的军人除了守卫城门和攻击存在掠夺价值的人，不会做任何徒劳无功的事。因为他们知道在巨蛋城外面，任何生命体都无法长期存活。知秀带有抗体，但似乎并不是很强的抗体。如果能搞到从新加坡空运来的呼吸器也许能活得更久一些，穿上全身防护服的话……但是，有必要这么努力生存下去吗？想想就觉得很麻烦，但眼下还是要尽快逃出这个充满血腥味的维修室。

驾驶飞天车逃离巨蛋城时，知秀打算死在一个相较于巨蛋城更好一些的地方。但经过长时间的旅行，她的想法改变了。令人出乎意料的是，巨蛋城外面发生了很多有趣的事，并不是所有的人都生活在环境恶劣的避难所，或管理十分严格的巨蛋城里，很多人因急性中毒死亡后，剩下的人建立起社区共同体。虽说都不是什么像样的避难所，但还是可以随处看到人们挖的地下洞穴，以及罩着品质低劣的巨蛋的村庄。

没有抗体的人早就死了，幸存下来的人即使抗体很弱也可以坚持几年，不过这些人建立的共同体都因内部纷争，没能撑过半年。从某种角度看，这都是理所当然的事情。世界分分秒秒在走向毁灭，不仅缺少粮食，而且没有像样的巨蛋保护他们，大家只能刨食文明的残骸苟延残喘。在变成废墟的巨蛋城里，这些人仅仅为了几盒营养胶囊发生争执，他们瞄准彼此的脖子，刺向对方的心脏。

知秀驾驶飞天车游遍了各种类型的“降尘灾难共同体”。这些地方看起来都很惨淡，但每个地方都致力于打造唯一的家园——最后的乌托邦。这些拥有各自规则的村庄，以各自的方式展现出可怕、怪异的一面。知秀看到有的村庄会把少年囚禁起来，给他们最好的待遇，再把他们分尸当作粮食，于是她只要了点水便立刻离开了。她在相对比较和平的宗教共同体逗留了一个星期，但当遇到要用村里人的小便制作的“圣水”给自己改宗的信徒时，她立刻匆匆地离开了。

因为知秀一无所有，所以没有成为人们掠夺的对象，她凭借维修技术艰难地生活着。她在一个地方最多只逗留一个月，虽然人们很好奇她接下来的目的地和目标，但连她自己也不知道，她只是觉得在一个地方待久了很麻烦。其实，知秀之前逗留过的很多村庄都消失不见了，她也很好奇那些人的生死，但这样的事情反复发生一年多以后，便也不以为意了。她猜测那些人肯定死了，只剩尸首横陈于地面。

知秀在马来西亚的一个共同体里遇到了瑞秋。知秀在那里靠帮人修理旧式台式电脑和平板电脑为生。有一天，一个态度生硬的女人突然出现，询问知秀能否帮她修理一下机器手臂。虽然她用宽大的卫衣帽子遮住了脸，但知秀看到机器手臂的瞬间便认出她就是几年前那个少言寡语、很没礼貌的赛博格研究员。她现在的机器手臂较当时又升了一个等级，但故障原因依旧是相同的，手臂内部布满了令人作呕的、不明来历的高分子物质。

"你能修吗？"

"嗯……多付点钱的话……"

瑞秋表示只要知秀开个价就可以。即使知秀开了一个当地货币外加通用货币高得荒唐的价格，但瑞秋还是点头同意了。看样子，她没有认出知秀。她真的不记得了？知秀既惊讶又有点生气。

"那家伙是谁啊？"

"身份不明。她对自己的身世只字不提，整天只把自己关在山里某处做什么实验。偶尔有需要时才会下山，用有药效的香草跟我们换东西，有时还会用味道很奇怪的饮料做交换。她说那饮料有分解粉尘的功效，所以大家就收下了。真不知道她从哪里弄来的。"

知秀在那个村庄停留了两个多月。离开巨蛋城之后，她还是第一次在一个地方住了这么久。比起之前住过的地方，知秀很满意这里，但更重要的是，她对瑞秋产生了好奇心。

没过多久，瑞秋又来修理了另一只手臂，但之后过了很长一段时间也没有她的消息了。

降尘风暴过境之后，共同体一半以上的人不幸罹难，幸存下来的人们之间出现意见分歧，有人提出应该去巨蛋城，请求那些人收留他们，但也有人说应该躲进地下避难所，还有人坚持说与其那样，还不如死在外面……至今为止，知秀目睹过无数次同样的情景，所以她很清楚这个共同体将会迎来怎样的结局。也许接下来会有几个人死去；几个人跑去巨蛋城，然后被拒之门外；几个人会支付一大笔钱躲进避难所；觉得遭受背叛的人们会互相检举、互相残害。与其他地方一样，这里也会迎来一个意料之中的结局。无论这些共同体最初喊出多么洪亮、美好的口号，最后的结局都是一样的。

当知秀打算离开这里时，突然想起隐于山中做实验的瑞秋。

知秀驾驶飞天车来到一片早已失去生命的森林，刚走进入口，便闻到一股臭乎乎的味道。降尘灾难暴发以前，络绎不绝的登山客走出了条条山路，眼下却连一只虫子也看不到，四下只有死一般的寂静。瑞秋到底在这里做什么呢？

知秀沿着山路朝山顶走了很久，眼前突然出现绝妙的景观：一间菱形屋顶的大型玻璃温室出现在眼前，热带植物依附在玻璃墙上，藤蔓缠绕在高大的树木之间。温室和旁边的研究所似乎都断了电，大部分设施因无人管理而一片狼藉。

知秀在门口喊了几声瑞秋，但没有任何动静。知秀本想砸碎玻璃，但用力推了一下门时，门竟然一下子开了。温室由三重玻璃构成，最外面种有普通的植物，越往隔离层里面越是奇形怪状的植物。知秀之前也见过这种结构，在索拉里塔的原子园林。

瑞秋一直没有放弃自己的研究吗？从圣地亚哥到这里？

就在这时，知秀口袋里的粉尘浓度测量器接连发出警告音，惊慌失措的知秀急忙绑紧带有过滤器的防护面罩。瑞秋究竟在这里搞什么研究，怎么粉尘会……

温室的最里面充斥着不祥的红雾，在那里不要说植物了，任何生物都无法存活，但知秀在那里发现了自己要找的人。

看到眼前的瑞秋，知秀一下子愣住了。

“她这是……死了吗？”

觉得很荒唐的知秀望着倚靠在玻璃墙边的瑞秋，她闭着眼睛，胸口的切割线处可以看到体内的机器零件。她手里握着电源按钮，看样子是自己按下按钮的。

*

“为什么弄醒我？”

瑞秋一脸不悦。知秀看到她的表情，稍稍感叹了一下。最后一次见面时，她的有机体还是百分之三十，但这次分析的结果显示有机体已经缩减到百分之二十以下，血液也全部替换成了索拉里塔的纳米溶液。如今不把瑞秋看成人类也无妨了，即便如此，她还是可以明确地表达感情。虽不知这是出自谁人之手，但她的面部肌肉非常生动，很好地与机器脑相连。尖端生化领域的研究已经取得惊人的发展，不过由于知秀只负责修理机器的四肢，所以这还是她第一次观察别人的机器脑。

知秀帮瑞秋开了两次电源，但她在没有彻底醒过来的状态下又试图自杀，知秀干脆找来绳子绑住了她的胳膊。

“问我为什么弄醒你？因为我很好奇啊。瑞秋，你布置了这么漂亮的温室，为什么寻死呢？”

“我没有自杀。你怎么知道我的名字？”

“谁都能看出你是想自杀的赛博格。不过话说回来，你不记得我吗？真的不记得了？”

瑞秋沉默许久。知秀双手抱胸，俯视着她，心想，看你怎么回答。瑞秋用很微妙的眼神仰视知秀，说：

“我不是自杀，只是想睡觉，然后几年后再醒过来。”

“那你为什么要这么做？”

瑞秋没有回答。知秀很苦恼要怎么才能让这个固执的赛博格开口，但想来想去也想不出任何方法。

“瑞秋，我看了一下这里，太惊人了。我在索拉里塔见过你，现在终于搞清楚你在研究什么了。这些植物即使暴露在粉尘中也不会死，而且这片森林里还有很多活着的植物。”

“我只是救下我的植物而已。”

瑞秋平静地说。

“索拉里塔研究所的干部们为了毁灭证据，要杀了我，还要烧毁我的植物。我不能让他们这么做。”

“那这次的降尘灾难真的是索拉里塔研究所制造的？你应该知道是怎么一回事吧？”

“他们做了缩小自我复制纳米机器人的粒子的实验，认为这样一来就可以在分子单位上控制一切，并且重新组合。当时明明有人警告过他们，却没有人理睬。”

瑞秋淡淡地说道。

“但极度缩小的粒子脱离了控制，之后发生了复制错误，那些逃跑的员工也没有遵守规定封闭实验室，最后让粒子都跑出去了。”

片刻过后，知秀才开口：

“这么说来，你就是那个毁灭世界的研究所的员工了。”

“那不是我做的研究……但我不会否认这一点。”

“但你也应该知道挽救的方法吧。”

“你为什么觉得我会知道？”

“这是索拉里塔研究所闯的祸，你是那里的研究员，你该不会想说祸是别人闯的，自己一无所知，所以跟这件事无关吧？”

“……虽然不是这样，但我做的研究的确与粉尘增加无关，所以不知道挽回的方法。”

瑞秋面无表情，根本看不出她在想什么。知秀耸了一下肩说：

“就算你这么说，但这也太可疑了吧？眼看世界就要毁灭了，你还不远万里越过大海、躲进森林里做实验。为什么选择这里？你是怎么找到这个温室的？那些植物又有什么价值？应该不是普通的植物吧？既然发现了有趣的事，那就分享一下再死吧！”

“我不知道。就算我知道，为什么要告诉你？”

知秀仔细观察着瑞秋，她明知道什么，但显然没有想说出来的意思。瑞秋似乎只关心她的植物，那是演技还是真心呢？她从圣地亚哥来到这里，关在这个温室里一直做实验，而且听村庄的人说她还知道制作分解粉尘药物的方法。也许她还知道更多的事，她却只在乎自己的植物，对其他的一切置之不理。

知秀皱着眉头说：

“你们闯出的祸快要害死全人类了，我没有叫你做拯救人类的救世主，但你至少应该负最低限度的责任吧。你说呢？”

*

当然，瑞秋对拯救人类丝毫没有兴趣，更没有对此事负上一点责任的想法。这是几日来知秀待在她身边通过观察得出的结论。

瑞秋在乎的就只有她的植物而已。知秀对她试图自杀的原因刨根问底，听到的却是荒唐无稽的答复。瑞秋希望自己的植物可以覆盖人类消失后的地球，她打算几年后醒来，可以亲眼见证这一切。虽然这是很荒谬的想法，但以知秀对瑞秋的观察，她的确是一个会对此付诸行动的不可理喻的人。

但是，知秀无法彻底相信她的话，因为她不能忽略关闭电源等于永远死亡这一事实。即使瑞秋关闭了自己的电源，但并不表示她的身体会完好无损地保留下来，因为她的身体还存在尚未机械化的有机体，而且机器的部分放置几年也会被粉尘和湿气腐蚀。她的植物也是如此，供电的小型发电所不久前停止了运作，温室断电后一部分植物也枯萎了。如果想维持这些植物，那么瑞秋必须醒着。难道她自己不清楚这一点吗？

其实，知秀并没有期待瑞秋对此次灾难负责，就算她供职于索拉里塔研究所，但这件事也不是仅凭一名研究员的意志就能发生的。是那些把希望寄托于用简单的方法来解决气候问题的人，促使了索拉里塔研究所进行毫无对策的研究。知秀也没有拯救人类的兴趣，游走于巨蛋城内外之后，她得出一个结论——人类不是必须保留下来的有价值的物种。

但是，知秀想要瑞秋的植物，她需要那些在粉尘中仍能生长的惊人植物，以及瑞秋制作的分解剂。知秀已经受够了流浪的生活，只要拥有那些抗粉尘的植物和分解剂就可以在这里多停留一段时间了。

“你的身体需要维修，但自己做不到，所以你也需要我的帮忙。”

知秀向瑞秋提出交易，她可以维修瑞秋赛博格的身体，因此希望瑞秋也能为帮她维持有机体的自己提供帮助。这笔交易对任何一方都没有损失，瑞秋希望待在温室做自己的研究，知秀希望结束流浪的生活，留下来休息一段时间。就这样，她们的利害关系刚好吻合了。

知秀提出这种交易还有一个原因，那就是她对瑞秋的好奇心。知秀想了解这个独自逃到封闭的温室研究植物，并打算沉睡多年的赛博格的内心，她还想多观察一下瑞秋面对植物时变化的表情。就像对不停运转的机器的构造产生好奇一样，知秀也对瑞秋产生了同样的好奇心。

*

没过多久，二十多个女人为了躲避发生在吉隆坡的大屠杀逃到了温室。虽然大多数人都带有抗体，但也有几个人穿着多层防护服。一个名叫丹尼的人像是她们的领队，丹尼解释说一群抗体人在巨蛋城内建立了避难所，大家在那里生活了一段时间后逃出了巨蛋城。这些人逃到知秀之前停留的村庄后，听闻山里有人在种植香草，于是找到了温室。这些人嘴上说是期待种有香草的地方会比其他地方的粉尘浓度低，其实内心期待的是住在山坡下的那些空房子里。

曾经在研究所附近建立的观光村盖有可供几十人居住的房子，反正知秀也不需要那些房子，所以欣然让给了那些人。但在没有达成任何协议的情况下，让一群人住在温室附近怕是会发生让人劳心伤神的事，于是知秀打算和那些人做一笔交易。刚好知秀也认为只靠自己和瑞秋很难长期居住在这里。

“瑞秋，不如我们跟那些人做一笔交易吧。这样一来，你就不必下山用分解剂交换物资了，直接跟住在山坡下面的那些人交易岂不是更方便？你制作分解剂给她们，她们可以帮助我们维持温室，让她们管理发电所，还可以去找维修设施所需的零件。而且，她们还可以帮忙栽培你的那些植物，如果能栽培作物的话，还能自给自足做饭吃。”

瑞秋面无表情地瞥了知秀一眼，说：

“我不需要吃东西。”

“我饿死的话，谁给你修理手臂？”

瑞秋呆呆地看着自己的手臂，点了点头。那天晚上，知秀从瑞秋那里拿到了装有分解剂的水袋。

交易一拍即成。没过多久，女人们便自觉拟定了村规，还修理了房子。村规中还包括，除了知秀，任何人都不允许靠近瑞秋的温室。瑞秋制作分解剂和改良的可食用的作物种子送到村里，从小菜园开始种植的作物逐渐扩大面积，村庄很快变得生机勃勃。

几个月后，又有十几个女人来到村庄。知秀从她们那里得知，她们离开的丰盛港彻底变成了废墟，于是计划和村里人带上武器前往丰盛港。考虑到猎人得知丰盛港变成废墟的消息后也会前往，知秀故意选在粉尘浓度最高的一天出发，大家绕开满城的尸体，找到了可以使用的物资。就这样，村里的地下仓库渐渐堆满了武器、无人机、机器的零件和家用电器。知秀派出巡逻无人机防范入侵者，她还教大家使用武器，从丰盛港来的女人里也有军人，所以全村人很快便学会了使用武器。大家还改造了一间房屋，专门用作储存公用食品的仓库。虽然发电所的电力并不充足，但也足以供应村里必须用电的设备。

在扩张、管理和维持村庄的过程中，大家满怀热情。这里与知秀早前停留过的任何一个地方都不同，巨蛋城之外的任何一个共同体都不是这样的。知秀遇到的巨蛋城外面的人都被不切实际的信念束缚着，他们信奉宗教或宗教赋予的价值，仿佛只有这样才能熬过这个充满绝望的世界。但这里的人没有任何信念，她们只相信明天，而且不会去想这个村庄的尽头，大家若无其事地讨论修理仓库的事和明年的作物栽培计划。瑞秋的温室给了人们希望和远离死亡的距离感，即使这只是一种没有保障的交易。

*

二〇五六年　冬

附近的巨蛋城接连面临危机，很快便传来了关丹、麻坡和文冬地区沦为废墟的消息，随着越来越多的幸存者逃到森林村，偶尔也有男人和携家带眷来避难的人。知秀收留了他们，但结局都很糟糕。这些人先是讨好村里人，从中获取私利后便逃走了，也有无法忍受严格的村规而离开的人。之后再有人找来森林村时，知秀会先暂留他们观察一段时间，但也有深思熟虑后直接拒绝的情况。有人遭到拒绝时会突然性情大变，也有人在默默离开时看到村里的作物后起了歹念。最糟糕的情况是，为了避免后患必须杀人灭口。知秀本想安静地处理这种事，但为了警告村民，也会故意把尸首高高地挂在树上。

当村庄的规模扩大到一定程度后，知秀决定利用假粉尘来保护森林。这样一来，当入侵者接近森林时，弥漫的假粉尘便可以起到障眼法的作用，好让入侵者相信这片森林正处在粉尘饱和的状态。即使是带有抗体的人，也不会轻举妄动闯入充满死亡气息的森林。利用假粉尘保护森林后，村里便不再接收新的居民，并对入侵者实施了残酷的报复，闻讯而来的人也渐渐减少了。

但很多人与知秀持不同意见，她们认为即使是冒险也应该继续扩大村庄的规模。特别是丹尼，她主张应该积极地让外部人知道这里，好让更多的抗体人加入进来。但这绝不是出于对人类的同情和爱，而是单纯为了村庄的利益而提出的不同方向的意见罢了。即使如此，知秀也无法理解丹尼的立场，因为她觉得人越多问题也会越多。眼下瑞秋为村里人制作分解剂已经很耗时了，但大家还是主动修理了剩余的空房，希望能接收更多外部的人，种植新的作物来做料理，甚至还建起了学校教育孩子。

为什么要这样做呢？反正世界正在走向毁灭，这一切不过是在推迟死亡的时间罢了。为什么大家还要大张旗鼓地扩建村庄呢？

最初知秀觉得自己与村里人只是单纯的交易关系。准确地讲，知秀只是帮温室与村庄进行交易的人，她为自己定义的角色是仲裁者，既为村里人提供作为维持温室代价的种子和分解剂，也要阻止村里人越过村庄与温室的界线……但从某一瞬间开始，村里人开始亲切地称呼她知秀，甚至视她为领导人，但凡大大小小的事情都会来找她商议。虽然知秀觉得这与自己最初的想法很不同，但还是欣然地接受了。

随着时间的推移，知秀与森林村的人走得越来越近，她们一起去探查废墟，管理森林、村庄和菜园。经过长期的相处，知秀发现，在她们眼中温室与村庄是一个整体。如今她记得村里人的长相和名字，也知道她们来自何处，为人如何，以及彼此是怎样的关系。她不得不承认，自己在与他人保持距离上是失败的，也更加清楚地了解到彼此之间并不只是单纯的交易关系。她觉得村里人的某种活力渐渐感染了自己，那种活力来自她们没有把希望寄托在遥远的未来上，而是只憧憬着明天，并且相信明天一定会到来。

这些聚集在森林村里的人大都是被世界遗弃的人，这里成了唯一收留她们的世界，因此她们希望扩展自己的世界。虽然知秀不同意这样做，但至少理解了她们的那种心情。

特别是知秀从孩子们的眼中看到了某种信任。孩子们不会去想遥不可及的未来，所以都不觉得自己身处的小世界会毁灭。孩子们觉得即使地球上所有的地方都在走向毁灭，这座村庄也还是会保留下来，直到自己长大成人，森林村会一直存在。

但是，知秀知道这是不可能的。总有一天，这座村庄也会和那些共同体一样走向既定的结局。不过如果可以的话，她希望尽可能延迟最后一刻的到来。

*

二〇五七年　春

令知秀觉得很不可思议的是，村里人都很敬畏整天在温室埋头做实验的瑞秋。这真是可笑。大家只知道温室里有一个叫瑞秋的植物学家，并不知道她的真实身份。正因如此，村里传开了关于瑞秋的怪异传闻，好奇心旺盛的孩子们偷偷跑去温室后被严厉训斥的事也时有发生。有些人坚信，瑞秋是为了拯救人类才把自己关在充斥着毒性物质的温室做实验的。

但知秀了解的瑞秋截然不同，她除了植物，不关心任何事情，有时对知秀也不闻不问，这多少让她心里不是滋味。好像瑞秋研究抗尘植物并不是要用它来达到什么目的，而仅仅是因为这种植物激发了她的兴致。如今瑞秋的抗尘植物已经遍布村庄，不仅占据了菜园，甚至已经蔓延到整片森林。下一步，她想怎样呢？

知秀很难揣测瑞秋的想法。最初决定收留那些人时，知秀还认为这笔交易或许对瑞秋而言不太公平，因为当初瑞秋选择了结束自己的生命，而不是维持温室，她亲口告诉知秀要长眠于此，所以那时维持温室和发电所对她一点意义也没有。但现在瑞秋似乎比任何人都需要这间温室和森林了。是什么改变了她的想法呢？是什么动力促使她整日面对那些植物的呢？是什么能让对所有事都漠不关心的她整日待在温室里呢？

知秀喜欢观察面对植物时的瑞秋，她始终很好奇难以揣测的瑞秋的思绪、内心和情感。即使瑞秋对知秀不闻不问，但只要她还活着就始终离不开知秀。这一事实给知秀带来微妙的满足感。随着时间的推移，瑞秋身体中的有机体和机器的相互影响变得越来越复杂了。如果是普通的维修工可能会没有头绪，不知道该从何处下手，但知秀已经对瑞秋的身体构造熟悉到闭上眼也可以修理的程度了。整座村庄依赖的瑞秋是一个只依赖于知秀的赛博格。虽然瑞秋不归属于知秀，但她永远都无法离开知秀。只要瑞秋想维持植物、温室和自己的身体，她就一直需要知秀。

除了机器运转的声音，温室里充斥的就只有沉默。隔着玻璃窗注视屏息凝神地观察镊子末端和长时间专注于一个小标本的瑞秋时，知秀也会下意识地屏住呼吸。每当瑞秋与自己四目相对时，知秀都会觉得自己脑海中的秘密想法和那颗执着的好奇心都被看穿了。

“拿去吧，这是下周的分解剂。”

只见瑞秋递上水袋的手臂溅满不明来历的液体。为以防万一，知秀帮她检查了手臂内部。果不其然，里面布满了如同橡胶般黏稠的东西。起初知秀还以为那都是植物的组织，但后来得知那是粉尘和有机物混合而形成的高分子物质。有的植物似乎会散发出化合物诱发粉尘凝结。虽然瑞秋不会详细地讲解自己在做的研究，但如果知秀刨根问底，她也会回答。知秀一边帮瑞秋更换小零件，一边说：

“拜托，你省着点用手臂。我也知道这很麻烦，但你还是套上防护膜工作吧。现在去废弃的工厂也很难找到零件了。”

“找不到的话，那就只用剩下的手臂好了。”

“你这样下去，两只手臂都会废掉的。我这么积极地帮你维修，你可要知道感恩啊。”

知秀轻轻敲了两下瑞秋的手臂，拿起水袋站了起来。瑞秋转头看向知秀，奇怪的是，走出温室的知秀觉得瑞秋的视线一直跟随着自己的后脑勺。

*

二〇五八年　春

时隔很久，村里又接收了两个从兰卡威研究所逃出来的孩子。虽然姐妹俩胆战心惊的表情让人心里很不是滋味，但知秀并没有打算让她们住下来。丹尼再三说服知秀，不能再抛弃已经被抛弃过的孩子，而且最重要的是，既然两个孩子找到了这里，就表示她们已经走投无路了。知秀决定先听听她们怎么说，而且有必要掌握村庄的坐标在外面传开的途径。知秀与阿玛拉长谈之后改变了想法，并明确告诉丹尼，只有这一次例外，以后必须按照原则办事。

最近瑞秋正在研究新的植物，这是在评估改良植物抗尘性的过程中的新发现。有的植物不仅可以抵抗粉尘，还可以缩减大气中的粉尘总量。虽然不是彻底消除，但可以看到箱内测量器的数值明显降低了。

“还不知道它的运作方式，我会继续研究的，但你不要抱太大的希望。”

看到知秀对这种植物很感兴趣，瑞秋似乎觉得很意外。如果是从前看到某种植物会缩减粉尘总量，知秀不会觉得这是什么重大的发现。考虑到粉尘持续增加的特性，不是彻底消除的话根本没有意义，充其量只能稍稍延长村庄的命运罢了。但现在知秀的想法不同了，因为村里有抗体很弱的人，缩减粉尘浓度的植物可以帮助这些人，而且如果这种植物能够发挥作用的话，不仅是村庄，还会对森林村以外的地方起到帮助。

但问题出在瑞秋身上。最近瑞秋的情绪变得十分不稳定，每天都会因为无关紧要的小事和知秀发生争执，时而暴怒，时而郁郁寡欢。知秀之前从没见过这么爱闹情绪的瑞秋。

瑞秋的身体也常常出现功能性的问题，进而引发短路，维修瑞秋的身体对知秀来说也变得越来越吃力了。每次去废墟，知秀都会到书店或图书馆翻找与维修赛博格有关的书籍，然后花时间研究，但书中的知识都无法直接套用在注入了纳米溶液的合成体的瑞秋身上。虽然瑞秋拥有机器人的身体，但持续待在高浓度粉尘的温室里只会损害她的身体。

瑞秋的有机体比知秀初次在索拉里塔见到她时明显减少了，虽然主要的内脏器官在降尘灾难暴发前就已经替换成了机械器官，纳米溶液也阻止了身体的炎症和腐蚀，但还是有很多事情需要知秀来管理。为了补充自我增殖型的纳米溶液，必须注入催化剂和母体，而且除了机械四肢，其他部位也需要定期维修。其中最辛苦的就是摘除损伤的有机体，这是一项让人很不舒服的工作。对于因为厌恶血与肉而从巨蛋城逃出来的知秀而言，这无疑是一份残酷的工作。

“我又不是医生，真搞不懂为什么要面对人类的肉。我的人生明明没有这种计划。”

“放着不管也没关系，腐烂后肯定会消失吧。”

“损伤的有机体放着不管不但不会消失，而且会连累你体内昂贵的机械装置，致使其出故障，到时候受苦的人还是我。有句谚语称‘既然要挨打，晚挨打不如早挨打’。”

“这句谚语还真够暴力的。”

最近瑞秋出现的情绪不稳定似乎与连接机器脑的有机体有关。分析出原因后，知秀判断应该尽早摘除无法正常运作的残余有机体，并植入存储芯片。起初想到要摘除仍像人类一样的大脑时，知秀感到非常紧张，但看到维修赛博格的说明书中提到摘除有机体大脑的手术并不罕见，而且比想象中简单，只要让从废墟中找到的芯片与注入脑中的纳米溶液能够互换，并且手术过程中不出现失误的话就可以了。知秀要做的就只是摘除部分妨碍机器脑的有机体，然后植入芯片，最后等待纳米溶液自动运转。

但无论手术多简单，这次要维修的都是关系到控制心智的大脑。一旦失手，会对瑞秋造成无可挽回的伤害。在准备手术的过程中，知秀感到沉重的责任感。

“瑞秋，这件事交给我真的没关系吗？”

虽然知秀开玩笑似的问瑞秋，其实她很担心。之前自己负责的工作只是修理已经成为赛博格的人的四肢，从没尝试过把一个人变得更接近于机器人。近来总是很烦躁的瑞秋一脸不耐烦地说：

“无所谓……你就看着办吧。”

知秀深吸一口气。等瑞秋入睡后，开始做手术摘除附着在机器脑中最后一部分有机体。

知秀动刀前按照在脑海中做过数百次的模拟实验，按部就班地切开表皮，检查过机器脑与有机体连接的部位后，慎重地摘除了有机体。最后小心地在不碰触到尚存功能的神经组织下，将存储芯片插入机器脑的辅助插口。

但在下一秒，知秀萌生了模拟实验中没有过的想法。如果开启机器脑的模式稳定化功能会怎样呢？虽然这个功能在说明书上看到过很多次，但从未想过使用。只要按下机器脑的辅助插口旁边的微小调节按钮便可启动该功能。开启这一功能后，不光感情状态会朝预想的方向稳定下来，也会起到调整性格和态度的效果。如果用人类的大脑来比喻的话，可以看作控制精神的药物。

知秀把戴着手套的手指伸向按钮时，犹豫了一下，这样做无疑有助于瑞秋稳定情绪。虽然这是一项需要机器脑专家协助调整的功能，但现在自己对瑞秋的身体已经了如指掌，即使出现什么问题，也可以应对自如。

但知秀想要开启这项功能不只是因为这个，她还希望从瑞秋身上诱导出某种善意，希望彼此建立起不是以单纯的交易为基础，而是以友善的感情为基础的关系。这项功能可以让用户从遇到的对象身上获得积极的情感反馈，然而在瑞秋的小世界里只存在知秀和植物，所以她的善意只会表达给一个人。

短暂的瞬间，知秀想这难道不是欺骗瑞秋的行为吗？因为她没有征得瑞秋的同意。但瑞秋正处在情绪不稳定的状态，也说了让自己看着办，所以知秀判断这是最佳的方案……

她按下小按钮，重新缝合了表皮。

手术结束后，一切看起来都很正常。很快，植入瑞秋脑中的芯片被激活，几天后，短路的状况也消失了。起初令知秀感到很惊讶的是，瑞秋一点变化也没有，所以根本不知道是否启动了模式稳定化的功能。她依然不关心村里的人，也对知秀很冷漠，只把精力倾注在自己的植物上，但有时知秀可以感受到她的视线会停留在自己身上很久。

几个星期后，瑞秋再次短路。虽然时间很短，也没有后遗症，但知秀还是不安起来。

一个月后，知秀看到瑞秋蹲在花盆前哭泣，长有巨大叶子的观叶植物遮挡住她的半边脸。瑞秋抬头看向知秀，表情很奇妙，虽然没有眼泪流下来，但为了哭泣动用了脸部所有的肌肉，看起来十分不自然。那分明就是一张还记得自己在变成赛博格前会哭泣的脸。

“帮帮我，我好混乱，感觉脑袋快爆炸了……”

知秀的心咯噔沉了下来。哪里出了问题呢？

再次打开瑞秋的机器脑后，知秀发现了问题出在哪里。

镊子的末端夹出了没有彻底摘除干净的有机体，分不清是安心还是内疚的感情涌上知秀心头，很明显这是在上次摘除手术中的失误，残留的组织妨碍了存储芯片和机器脑的接触，由于输送的信号电压不稳定，瑞秋又出现了情绪不稳定和短路的现象。想到因为自己犯下的小失误害得瑞秋如此痛苦，知秀很愧疚。这次她仔仔细细地摘除了残留的有机体组织。瑞秋的大脑成了完美的机器脑。

在进行第二次摘除手术的过程中，知秀犹豫了一下要不要关闭调节按钮。虽然后来得知这与瑞秋情绪不稳定无关，但想到这是一种不当行为，她对瑞秋总会有种罪恶感。

当时，知秀想起了瑞秋蕴含某种感情的视线，每次维修结束后，都会跟随在自己身后的、不明意义的、执着的视线。知秀也不知道自己想要什么，不知道为什么偏偏那时想起了她的视线。瑞秋的视线总是浮现在知秀脑海中，但视线的变化是从按下按钮以后开始的吗？之前没有过吗？知秀一直观察的只是瑞秋的身体，而不是瑞秋的感情，所以她无从得知那种视线始于何时。即使如此，她还是希望瑞秋的视线可以多停留在自己身上。

知秀最终没有关闭按钮，结束了第二次手术。

瑞秋醒来后进行了测试，她不再混乱，痛症也消失了。只是她呆呆地注视知秀的眼神出现了些许异常的动摇，面对这样的瑞秋，知秀感到胸口一阵微妙的惊悸。

*

“以后没有重要的事情不要进温室，我会提高内部粉尘的浓度，因为要在高浓度下测试植物的抗尘性。”

瑞秋的口气莫名带有防御性。当然，每次进温室都要严密地穿戴好防护服，勒紧防护面罩，这的确很麻烦。可是，知秀还是觉得瑞秋的态度比之前更冷淡了。令她感到失望的是，原本期待调节情绪功能能让瑞秋变得温柔一些，可是非但没有效果，反而让人觉得她更疏远了。

翌日，村里人去废墟探查时，知秀在一户人家发现了一只机器狗。知秀捡起那只机器狗时，大家都投来诧异的目光，丹尼用感到意外的口吻问道：

“你对这东西也有兴趣？我还以为你只喜欢那些可怕的杀人机器

人呢！”

“谁说不是呢？知秀，这也太让人意外了吧。”

“不如去哪里找一只活的小狗来养吧？”

大家有说有笑开起了知秀的玩笑，知秀耸了耸肩膀说：

“我当然更喜欢杀人机器人，但杀人机器人不能当信差。”

知秀把机器狗带回小屋稍稍改造了一下，就这样那只机器狗成了进出温室传递简单信息的信差。知秀向瑞秋展示小巧可爱的机器狗时，瑞秋露出了特有的难以解读的表情。

“怎么样？”

“不错。”

“你能这么评价，那就说明非常成功了。”

瑞秋一脸疑惑地看着机器狗，没有再多说什么。

*

——你为什么来马来西亚？

——没想到你改造机器狗是为了问这种没用的问题。

——就是为了问这种问题改造的。

——为了不让索拉里塔的干部找到我，所以能走多远就走多远。之前我以植物学家的身份和这里的研究所合作过，所以记得这里有尖端基因组改良设备。我带出来一些研究所的种子和模板设备，这样就可以进入研究所内部的资料库，什么都可以研究了。

——没用的问题干吗回答得这么详细。

——别再问了，我很忙。

*

二〇五九年　夏

森林村的人渐渐感到疲惫了，曾经干劲十足想要扩张村庄的人也意识到了局限性。随着多处巨蛋城相继走向毁灭，争抢物资的战争愈演愈烈。虽然不断调整前往废墟的探查组人员，但受伤的人越来越多，表示不想加入探查组的人也多了起来。村里传出有人向巨蛋城泄露了关于森林村和瑞秋的植物的情报，大家不得不做起应对大规模偷袭的防御准备，搞不好会死伤无数的不祥预感笼罩了森林村。

因为从外部来的入侵者，娜奥米和哈鲁险些遭遇危险，这件事成了不安的导火线。虽然之前也出现过入侵者，但这次因为是在沉寂了很长一段时间之后出现的，所以村里的气氛变得更加紧张了。根据间谍机器人的分析结果可以肯定，的确有人出卖了森林村的情报，但这是村里人所为，还是在废墟遇到的外部人所为就不得而知了。村里人围绕温室产生的矛盾也进一步加深了。知秀走在村里，听到有人看到温室亮着灯而大发雷霆，她们认为是温室的灯光暴露了森林村。几个女人甚至打算在凌晨偷偷驾驶飞天车离开村庄，但最后还是被丹尼劝阻下来。

如果是以前，知秀会赶走她们。不要说飞天车了，就连粮食也不会给她们，但现在她不能这么做，因为她无法看着不安与矛盾在村里蔓延下去而置之不理。知秀觉得自己和大家产生了感情，她们都是与自己并肩作战而活下来的朋友。还有那些孩子，虽然历经坎坷的孩子们失去了童真，但她们仍坚信只有住在村庄自己才能长大成人。知秀不希望村庄轻易被解散。

与此同时，知秀也意识到森林与森林村的局限性。最终她也不得不承认森林村也是维系在死亡残骸之上的共同体，如果外面的世界不改变，那么这里的生活也无法永远维持下去。外部的威胁时时刻刻都让人透不过气，大气中的粉尘浓度也在逐渐升高。从广播里得知，如果不尽快找出缩减浓度的方法，粉尘的浓度很快便会达到引爆点。到时候，无论使用任何方法都再也无法挽回了。

真的应该像有人提出的那样，带着瑞秋的植物到外面去吗？这真的可行吗？

知秀得知瑞秋正在研究的植物带有消除粉尘的功能。准确地讲，这些植物可以起到诱发粉尘凝结的作用。在瑞秋手臂里发现的黏糊糊的高分子物质正是凝结的粉尘，也就是没有致命性的粉尘残留物。自从知秀知道这件事，就开始关注这种带有凝结作用的植物，但瑞秋似乎只想在温室研究这种植物，没有在外面栽种的意思。

知秀觉得也许瑞秋真的可以成为拯救人类的救世主，她不但有可以抵抗粉尘的植物，还有改良和赋予植物其他功能的能力。但瑞秋并没有这样的想法，对她而言，森林外面的世界毫无意义，有意义的只有自己的实验室、温室和这片森林。

知秀很诧异的是，瑞秋的那些植物只能生长在这片森林。当她问瑞秋为什么那些植物无法越过森林边界生长时，瑞秋不以为然地说：

“从一开始温室的植物就离不开这片森林。”

她的话既暧昧又坚决，显然并不想立刻解决这个问题，所以知秀不得不出面说服她：

“瑞秋，你听我说，我不知道你是抱着什么想法在研究这些植物，也许就和我看到机器会觉得很开心一样吧。你给予这座村庄太多太多，说不定已经超出了交易的条件，所以我们才能在这里过上超乎想象的生活。至少到目前为止是这样的。”

瑞秋面无表情地摆弄着植物样本。知秀接着说道：

“但这一切最终都会结束。终有一天，我们在外面再也找不到营养胶囊和药物，还有你需要的零件。因此从根本来看，如果不重建外面的世界，这里也会不复存在的。我反对大家提出去找巨蛋城的人进行协商，因为我们还有其他的选择，我们有必要分散危险，用不像现在这样岌岌可危的、比现在更能保护我们的方法……”

知秀欲言又止，她不知道瑞秋有没有在听。片刻后，瑞秋转头看向她，她揣测着瑞秋接下来会提出的问题：你到底想要什么？是想要其他的植物吗……但是，瑞秋问了一个出人意料的问题：

“离开这里，你要去哪里？”

知秀突然哑口无言。在瑞秋提出这个问题以前，她从没想过可以去哪里，也没有想去的地方。降尘灾难暴发之后，一路逃亡只是为了生存。如果离开这里，无论去哪里都可以。换而言之，知秀只想过离开这里，但没想过接下来要去哪里。但为什么瑞秋会问这种问题呢？

“那个……”

“不，你要去哪里都不重要。”

瑞秋说着稍稍抬起头看了一眼知秀，那一瞬间知秀察觉到在这场对话中瑞秋占据了上风。

“我不会离开温室的，而且我需要你，所以你也不能离开温室。”

瑞秋斩钉截铁地又补充了一句：

“所以就当我们没谈过这件事。”

知秀觉得像被人拍了一下似的，她反复回想瑞秋的那句话，不由自主地笑出来。瑞秋需要自己，她成了彻底依赖自己的赛博格。直到不久前，这还只是自己的想法，一种难以言喻的胜利感和满足感涌上心头，还有一阵奇妙的心跳。瑞秋离不开知秀，直到世界毁灭的那一天她都需要知秀。

可是这次瑞秋做出了相反的决定，因为自己需要知秀，所以不能交出她想要的东西，最终这种满足感束缚住了知秀。

难道这就是自己想从瑞秋身上得到的善意吗？知秀的心情变得很复杂。

“瑞秋，温室可能很快就会被摧毁。我也希望这里是我们永远的城堡，但这是不可能的。已经有人背叛了我们，我在间谍机器人身上发现了数据，这里存在抗尘植物的消息很快就会传开，说不定明天这里就会结束的。”

知秀觉得讲出这些话的自己很卑怯，但为了说服瑞秋别无他法。她迟疑了一下，接着说道：

“我们把话讲清楚，你需要的不是我，而是我的技能。这也就是说，你需要身为维修师的我。我答应你，如果我们不得不离开温室，我会一直跟着你，直到你不再需要我的那天为止。这是我们的交易，但你也要清楚一点，离开这里，总有一天你也会不再需要我，毕竟这世上不是只有我一个维修师。”

*

二〇五九年　秋

瑞秋把知秀叫到温室，桌子上放着十几个箱子，每个箱子里都装有调节温度与湿度的装置和照明。箱子是再现了不同气候条件和日照量的实验空间，里面生长着初次见到的藤蔓植物。那些植物看似相似，叶子和茎的形状却略显不同。

“这是什么？都是不同的植物吗？”

“摩斯巴纳，都是同种的环境变异。因为含有适应外部条件的遗传物质，所以根据气候和土壤的不同会发生变化。正如你猜测的那样，某些植物可以清除大气中的粉尘。”

听到瑞秋的话，知秀大吃一惊，她又看了一遍那些植物。表面上看很像常春藤，就只是普通的藤蔓植物，感觉都是没有什么特别功能的植物。

“机理还在模拟分析中，可能是 D7 分子起到了凝结酵母的作用，这些植物散发的有机化合物中的一部分具有相似的功能。催化剂的特性是即使量很少也能起到大量凝结的效果，将生成化合物的 DNA 植入其他植物也出现了相似的反应。特性本身是从自然适应粉尘的植物中发现的，不过这种藤蔓是其中最容易繁殖的，而且速度相当快，因为是通过生长速度最快的野生杂草编辑而成的嵌合体。”

瑞秋不以为意地解释着自己的研究成果，知秀难掩震惊，连连发出感叹。光是研究出抗尘植物就已经很惊人了，没想到瑞秋还成功地改良出具有消除粉尘功能的植物。

“瑞秋，你会以伟大的植物学家之名被载入史册的，不如赶快离开这里去做拯救人类的救世主吧？”

知秀半开玩笑地说道，瑞秋的反应却比想象中还要冷淡。

“不知道这些植物在温室外面会不会发挥作用，也许会有很大的副作用。”

“这片森林不都是你的实验室？你就不要谦虚了。”

听她这样讲，瑞秋沉默了。

“怎么了？还有什么不放心的吗？”

“这些植物无法彻底消除粉尘，即使种植的密度再大也无法把粉尘的浓度降至为零。它们发挥作用的原理尚不明确，而且还带有对人体有害的毒性，加上侵入性很强，如果种在森林里，很快就会破坏整片森林生态的。况且你也知道，这些植物不会在森林外生长。就算这种植物可以消除粉尘，也无法拯救人类。”

瑞秋的话听起来根本没有想成为救世主的意思，这让知秀觉得多少有些气馁。

“嗯，我明白你的意思了。”

知秀觉得很郁闷，因为解决问题的办法似乎就在眼前，但又看不见。

“我有一个问题想问你。既然如此，你为什么还要研究这种植物呢？我还以为你是为了让我们种在这里，至少是为了保护森林村。如果不是这样……”

难道瑞秋就只是为了做有趣的实验？这一切对她而言就只是游戏而已吗？她不是为了拯救人类，也不是为了保护森林村，只是拿大自然在开玩笑吗？知秀还是搞不清楚瑞秋到底想要什么、想做什么。

“你问我为什么，仅仅是因为我可以做到，因为我发现了有趣的特性。”

瑞秋不以为然地回答道。

“还有，我感觉你很想要这样的植物，所以就研究了一下。但这种植物不能种在这里。现在森林村没有这种植物不是也维持得很好吗？我只是想让你知道有这种植物而已。”

听了这番话，知秀觉得自己再表示不满就无异于傻瓜了。之前瑞秋的植物没有如想象中发挥作用时，知秀暂时保留了期待。如今箱子里的植物看起来未免太过普通，感觉一点也不像人类迫切渴望寻找的解决方案。

就在知秀盯着那些手掌大的树叶时，瑞秋突然关掉了实验室的灯。

“为什么突然关灯？”

知秀转头看向瑞秋，瑞秋指了指装有摩斯巴纳的箱子。知秀的视线又转向箱子，当看到眼前的一幕时，她张大了嘴。

箱子里充满着蓝光，时而像灰尘一样飘散开来，时而又像埋藏在土壤之中。有的箱子里的颜色很深，有的则几乎没有颜色或是非常浅。看到眼前的光景，知秀最先想到的是“美丽”。与此同时，她又思考了一下那些蓝光的意义。

“这是消除粉尘时产生的光吧？”

瑞秋看了看箱子说：

“不是，这些光没有任何作用。”

真是令人意外的回答。

“我做了很多次实验，但结果显示蓝光与凝结和消除现象无关。这是在改良过程中产生的附属物，中立的、不必要的突然变异。我觉得应该是肥料中的二氧化氮与空气中的特定分子相互作用形成的发旋光性附属物，沾在了土壤和灰尘的粒子上。利用简单的基因操作可以去除这种特性，我打算把这种只能吸引目光但没有用的特性去除。”

“原来如此，竟然是没有必要的突然变异……”

知秀没有去开灯，而是久久地望着箱子里的蓝光。

“但还是很美啊。”

瑞秋出神地望着发出感叹的知秀。

*

瑞秋拒绝了知秀希望立刻在村里种植摩斯巴纳的请求，理由是，一旦摩斯巴纳蚕食森林，森林便再也无法恢复原态。但知秀觉得瑞秋没有讲出真正的理由，也许那个真正的理由是她把森林视为自己的实验室，希望能在这里利用更多的植物做实验，所以不希望为自己的实验室、森林村带来无可挽回的变化。

听闻致命的粉尘风暴即将来袭的消息时，知秀最先想到摩斯巴纳。考虑到村里有很多人没有完整的抗体，也许会死于这场浩劫，所以知秀时而哀求瑞秋种植摩斯巴纳，时而对不肯交出摩斯巴纳的她大发雷霆。瑞秋迫于无奈，最后还是交出了摩斯巴纳，但知秀仍旧搞不清楚她的想法。

风暴没有摧毁村庄，不，应该说瑞秋的摩斯巴纳在这次浩劫中保护了村庄。摩斯巴纳从枯萎的植物中摄取养分，茂盛地生长开来，快速地攀爬至树顶，瞬间覆盖了整片森林。摩斯巴纳的叶子缠绕着枯树，给人带来森林起死复生的错觉。瑞秋改良的植物覆盖了枯萎的森林，在此之上又增添了一层奇幻的色彩。

森林村安然无恙，人们向瑞秋送上赞词。大家都说是瑞秋拯救了森林村，接下来她会拯救世界，会成为拯救人类的救世主。

知秀坐在岩石上，彻夜望着飘散在森林里的蓝色灰尘，除了美丽之外不具备任何功能的、最终没有被瑞秋去除的蓝光。

*

粉尘增加非但没有停止，反而以吞噬地球上所有有机体的气势蔓延开来了。知秀听闻各地巨蛋城里的研究所提出的对策方案纷纷以失败告终，将纳米机器人分解为更小单位的方法加快了机器人的增加，由于空气中的粉尘浓度过高，根本无法使用这种以分解为基础的方案。

如今这些研究所把目标从消除巨蛋城外的粉尘，转移到维持巨蛋城内部。得知这一消息时，知秀意识到世界末日已经近在眼前了。巨蛋城里的人没有重建世界的意志，没有人对未来抱有期待，他们在乎的就只有延长自己悲惨的人生而已。

随着巨蛋城接连变成废墟后，闯入森林村的入侵者也越来越多了。但比起外部的攻击，更严重的问题则来自因摩斯巴纳而产生的内部矛盾。正如瑞秋警告的那样，由于摩斯巴纳长势凶猛，村里的作物都枯死了。为了应对村庄毁灭和温室停止运作的意外情况，知秀把制作分解剂的方法传授给了娜奥米。

知秀为了阻止摩斯巴纳的侵入，把作物转移到了室内栽培，但还是无法消除为时已晚的担忧。知秀意识到村里人已经疲惫不堪，不知道大家还能再坚持多久。真的像瑞秋说的那样，是自己的判断错误吗？但如果没有种植摩斯巴纳，肯定会有人死于粉尘风暴。到底什么才是最佳选择呢？知秀觉得自己被困在了围城里。摩斯巴纳在粉尘风暴中保护了大家，但也摧毁了大家长期以来苦心经营的某种可能性。人们好不容易躲过一场浩劫，又迎来了另一个既定的结局。

直觉告诉知秀森林村也踏上了同样的毁灭之路，很快这里也将迎来自己亲眼看到的那些共同体的结局。村庄的形成，短暂的和平，随即而来的矛盾和背叛，共同体的破裂、死亡与终结。

知秀觉得现在必须说服瑞秋，必须让她找到能让这些植物在外面生长的方法，只有这样才能让大家带上植物离开这里。但无论知秀怎么说服瑞秋，都没能改变她的心意，苦苦哀求半天，听到的就只是重复的否定答案。当被问到为什么这些植物不能生长在外面时，曾经彻夜与知秀畅聊植物的瑞秋始终避而不答。

当听到人们把瑞秋称为救世主时，知秀不禁在心里嘲笑起了大家，因为她知道瑞秋在乎的只是自己能控制的实验室，至于人们的生死，对她而言一点也不重要。

*

二〇五九年　冬

“瑞秋，你身体里的有机体比例正在逐渐降低，现在很难再找到纳米溶液补充剂了，你从索拉里塔带来的补充剂也都用完了。因为剩余的有机体正在腐蚀正常运作的零件，所以必须摘除不必要的骨头和肌肉，但对此我无能为力。过不了多久，你还得替换所有的零件。”

“这样啊。”

“你不能小看这件事，现在已经找不到适合你的零件了，废墟里能用的零件也都被人拿走了，最近巨蛋城一直处在战争状态，根本不会跟我们做交易……不如我们干脆去远一点的地方吧，像是索拉里塔其他地区的支部，最近的支部也有一段距离，听说泰国有一个支部。”

就像人类无法自己诊断身体的状况一样，如果没有维修师的话，赛博格也无法判断自己的情况。虽然知秀没有说谎，但她故意把情况讲得很严重。根据从废墟找来的说明书可以得知，纳米溶液的补充剂可以自行制作，只是制作过程有些复杂而已，也可以通过组装各种零件制造出嵌合体装置来取代原有的体内装置。知秀这样讲，是想让瑞秋意识到森林村不可能永远维持下去，营造出必须马上离开的压迫感。

但显然知秀的意图没有奏效，瑞秋还是无动于衷。知秀继续追问道：

“你没有觉得哪里不舒服吗？没有像之前那样感到忧郁、烦躁吗？有机体的比例降低后，感觉也会发生变化的，就像从你的大脑中彻底摘除有机体时发生的变化一样。”

瑞秋摇了摇头。知秀看到她像是拒绝对话般的态度，一股怒火冲上心头。知秀一声不吭地拆下了瑞秋的手臂。虽然瑞秋反对把摩斯巴纳种到外面，却一直做着粉尘凝结的实验，所以手臂里布满了高分子凝结物，这导致手臂频繁地出现故障。知秀根本揣测不出瑞秋到底在想什么。

瑞秋默默地看着知秀分解手臂，过了良久才简单说了一句：

“也有变化。”

“是吗？”

知秀略显紧张地问：

“什么变化？”

“感情上的变化。”

“感情上什么变化？”

“感觉被你吸引。”

知秀的手停了下来。

“啊。”

知秀避开瑞秋的视线又动手拆起了手臂，她有些不知所措，不知道该说什么才好。即使双手习惯性地操作工具，脑袋却停止了运转。

瑞秋紧闭双唇，知秀也没有讲一句话。

一定是哪里出了问题，可能是在自己想要控制瑞秋的时候，瑞秋出现第一次情绪不稳定的时候，自己擅自按下模式稳定化按钮的时候，没有彻底摘除机器脑中有机体的时候，即使自己有了第二次机会也还是做了错误的选择的时候。

如今知秀也不知道自己最初想要什么了。偶尔看到瑞秋混乱的眼神，自己不是很高兴吗？可是眼下的状况并不是自己期望的结果。

“开什么玩笑。”

知秀自言自语着，瑞秋没有作答。

当天，直到维修结束，两个人始终保持着沉默。知秀在离开温室前回头看了一眼瑞秋，但她没有看向自己，而是把视线固定在搁板上的机器零件上。

*

知秀为了准备维修走进温室时，总是不见瑞秋在实验桌前，但温室最里面的实验室总是亮着灯，透过半透明的玻璃可以看到瑞秋在里面，至于她在做什么就无从得知了。

在过去的十天里，知秀几乎没有跟瑞秋讲过话，就连短暂碰面进行简单的维修也让她觉得很尴尬。瑞秋也是如此，她不再把需要修理的工具亲自交给知秀，而是放在桌子上，还把植物提早装进手推车，尽量避免碰到知秀。知秀埋头工作，尽量不去想瑞秋，应对闯入村庄的入侵者、修理战斗无人机和照顾在战斗中受伤的人已经让她筋疲力尽了。现在知秀必须做出决定，无论如何都要把植物带到外面去。

知秀心想瑞秋还在做实验，得等她出来，于是将一把简易椅拉到桌子前。这时有什么东西吸引了她的视线。

一堆小纸条零散地放在另一张桌子上，那都是通过娜奥米唤作“草莓”的机器狗传送的小纸条。除了最里面的实验室，温室里总是乱七八糟的，以瑞秋的性格来看，像这样把纸条归类、放在一起是罕见的。想到这儿，知秀扑哧笑了出来，她拿起那些小纸条看了看，大部分内容都与工作有关，询问当天要修理什么，或是报告森林里标记为坐标的树木的变化，也有聊到一些琐碎的事情。

知秀看到一张对折的纸条上写着“致伟大的植物学家瑞秋”，那是自己的笔迹，却想不起来写了什么。打开纸条一看，上面只写了一行字：

谢谢你，手冲咖啡的味道棒极了。

有一次，知秀和村里人聊天，大家都说很怀念咖啡的味道。之后每次到温室来时，知秀都会跟瑞秋提起这件事，但没想到有一天瑞秋真的拿出了咖啡豆。说实话，咖啡并不怎么好喝，但知秀还是很佩服瑞秋。原以为她只对自己的植物感兴趣，根本不关心自己和村里人，但并非如此。

知秀看着那堆纸条心想，就算自己和瑞秋之间出现某种感情上的问题，或者是误会，不管是什么，终归还是发生了令人困惑不解的事……但大家还是可以坐下来谈一谈。如果能离开温室、离开森林村，让大家躲到安全的地方，约定好以后在外面重逢，那么自己也能稍稍放下主动挑在肩上的责任，等到只剩下自己和瑞秋时，才能更坦诚地面对这种感情。知秀还无法明确定义自己的感情，但她知道彼此的关系存在着根本性的错误，而原因则来自自己的失误。或许可以找到让一切回归原位的方法吧。

知秀把纸条一一折好，叠在一起放在桌子上。就在她寻找能用什么东西压住纸条时，看到了插在简易文件箱里的研究笔记本。因为电子笔记本不容易充电，所以瑞秋一直在手写研究记录。笔记本的封面写有研究主题：粉尘凝结物研究、抵抗性基因农杆菌介导法（agroinfection）实验……虽然都是看不懂的专业用语，知秀还是很好奇瑞秋的记录方式。

知秀拿出一本厚厚的笔记本，上面画有生长在马来西亚的各种野生植物，摩斯巴纳正是来自这些东南亚的野生植物的混合基因组的设计植物，其中还包含了摩斯巴纳是否具有消除粉尘效果的内容。她无法彻底理解这些记录，但可以看出都是对摩斯巴纳是否具有实际除尘效果及其原理的推测。

翻到下一页，知秀意外地发现一张便条。

那是一张标有瑞秋迄今为止改良的所有植物的名称列表，根据日期还记录了植物的生长状态，最下面还写有这样一段文字：

去除催化剂 on-off site 后，所有的植物也可以在 w/o 催化剂的条件下生长。这与使用催化剂没有太大差异。这次的实验样品全部报废。

继续研究能够划分森林的催化剂。

记录日期是在半年前。知秀慢慢思考了一下刚刚看到的文字的含义。种植植物时，必须使用催化剂，而森林村被冠以“被祝福的森林”之名。若按文字来推测，植物依靠催化剂才能生长完全取决于瑞秋的选择，催化剂成了划分生长区域的开关。虽然实验始于半年前，但瑞秋在更早以前便有了这种意图。这里不是被祝福的森林，而是被瑞秋故意划分出来的森林。

瑞秋不是不知道让植物生长在外面的方法，她只是不愿意那样做。确认这一点后，知秀陷入了混乱。

这时实验室的门开了。刚做完实验走出来的瑞秋看到知秀，停下了脚步。

“瑞秋。”

知秀拿着笔记本站了起来。

“你来解释一下我看到的这是什么。”

瑞秋直视知秀，但知秀猜不透她在想什么和她此时的心情。知秀觉得瑞秋变得越来越无法理解了。因为知道拯救正在走向毁灭的森林村和救下村里人的方法只有一个，所以她再三哀求瑞秋，尽管感到愤怒，也尝试说服瑞秋。但对瑞秋而言这些问题并不重要，重要的只有如何划分森林。

知秀感到内心的堤坝正在崩塌。

“催化剂都是骗人的？这片森林不过是你的大实验室，你利用这种东西来欺骗我们。”

瑞秋仍保持着沉默。

“为什么隐瞒真相？你就忍心看着有人离开、受伤和丧命吗？你明知道解决办法，但是还……”

知秀看着无法解读的瑞秋的表情，接着说道：

“没错，我们做的是交易，但即使如此，也是有感情的啊。我没有把这一切只看成单纯的交易……对你来说，这真的就只是交易吗？还是我的期待过高了？维持你的温室比其他任何事都重要吗？”

瑞秋看到知秀手里拿着的笔记本，明白了所有的状况，知秀只想知道接下来瑞秋会如何回应。她故意不让植物越过森林的边界，还一直让知秀蒙在鼓里。

漫长的沉默过后，瑞秋朝知秀走过来，令人窒息的寂静流淌在两人之间。看到瑞秋一脸沮丧的表情，知秀心想被欺骗的人是我，你干吗一脸哭相呢？

瑞秋终于开了口：

“如果我把改良品种给你的话，大家就会离开这里，到时候森林村就会解散，温室也无法维持下去。这样下去，我们也不能留在这里，总有一天你也会离我而去。你说到了外面，你不是唯一的维修师，所以……不给你改良品种成了我唯一的选择。”

知秀觉得很诧异，这件事不是之前已经谈过了吗？无论如何温室是维持不下去的，就算离开森林，只要瑞秋需要她，短时间内知秀便会以维修师的身份跟随瑞秋，因为这是她们的交易……

但看到瑞秋痛苦不已的表情时，知秀想起前不久她提到的感情变化，随即明白了这个问题的真正原因，以及无论再怎么苦苦哀求她也不肯把植物种到外面和明知真相却故意隐瞒的理由。

瑞秋不希望森林村解散的原因，并不是因为把这里看成了自己的实验室，而是想以这种方法把知秀留在自己身边。她希望陪在自己身边的人不是维修师，而是知秀。

然而，瑞秋内在的动机和感情上的混乱都是知秀一手造成的。最初，瑞秋并不需要知秀，是知秀有意为之的。知秀一直回避这件事，但现在必须纠正过来，她欲言又止，但此时必须如实交代这件事。

“瑞秋，你对我产生的感情、被我吸引，还有难以言表的心情……那都是……”知秀艰难地开了口，“那都是假的，都是被诱导出来的，都是人为的感情。都……都是我的错，是我太贪心了。”

瑞秋的眼神动摇了。现在要怎么做才能让一切回归原位呢？

“在给你做摘除机器脑中的有机体手术时，为了诱导出你的善意，我调节了你的感情模式……”

知秀希望从瑞秋身上诱导出善意，希望她的视线可以一直停留在自己身上，希望她对自己的态度亲切一些。但为什么想得到这些呢？知秀也无法说明原因，此时此刻，她能说明的就只有自己闯下的祸和其结果罢了。瑞秋的表情渐渐僵住了，直到知秀讲完这些话，她都一直沉默着。温室里的空气突然变得如同冰块一般。

持续的沉默，仿佛寂静可以永无止境地延续下去。知秀垂下了头。

她听到瑞秋低声喃喃道：

“是啊，是我误会你了，原来你从一开始就只把我当成了机器玩具。我还以为你尊重我，至少把我当成人类，但看来并不是这样。”

知秀很想否认，很想告诉瑞秋自己的真实感受，和那些在某个瞬间无法表达的、无法用言语具体化的，却明明存在的真心……

知秀介入了瑞秋的感情，害得她无法分辨是原本的真心还是人为制造的感情。正因如此，瑞秋连自己的真实想法都无法判断了。不可否认的是，这件事反映了知秀的欲望。

“我知道你不会原谅我，但我可以发誓，只要你愿意，我可以跟随你去天涯海角。我的意思不是让你只把我留在身边，如果可以赎罪，为了你任何事我都愿意去做……”

话音刚落，紧张的沉默再次隔开了两个人。瑞秋瞪着知秀，讥讽地说：

“你愿意为我做任何事？”

知秀明显看出瑞秋的眼神带有憎恶，她觉得心脏像被人用力地扔在地上，疼痛不已。

“我现在只希望你做一件事。”瑞秋泫然欲泣地说，“既然你那么想要那些植物，我都给你，我要你离开我，再也不要回来。”

*

瑞秋把可以生长在外面的植物给了知秀。知秀用手推车将那些没有催化剂也可以生长的种子和幼苗运送到村里，并取出所有存放在地下仓库里的飞天车，把武器和紧急粮食分装到车里。知秀一一说服大家，有的人希望组队一起离开，有的人打算横跨大陆重返家乡，有的人把赶出自己的巨蛋城设定为目的地，也有的人打算寻找无人居住的荒野开拓家园。

知秀原本打算再拖延一些时间，她希望说服瑞秋跟自己一起离开，但自从那天之后，瑞秋再也不允许知秀迈进温室半步了。几天后，入侵者再次展开偷袭，这次的偷袭更有组织，规模也更大了。有人放火烧了村庄，他们的目的是要赶走村里人，最终占领整座森林。

大家不得不再次离开居住的地方，但这次并不是完全出于被迫。

为了阻止入侵者的追踪，知秀故意错开时间，把大家送往不同方向。虽然不知道大家能否成功抵达各自的目的地，但肯定不会再有另一个森林村了。森林村出现裂痕以后，便以缓慢的速度走向了毁灭，不，应该说从一开始就注定了这样的结局，因为世上没有永远的避难所。在森林村相依为命的人们的时间与空间不可能再重叠了。

即便如此，大家还是答应知秀，离开这里后会在外面种下瑞秋的植物、会在外面的世界寻找可能性、会重建森林村，总有一天大家一定可以重逢。当知秀一一牵起大家的手与她们对望时，才醒悟到自己真正期盼着什么。其实最不想离开森林村的人是她自己，她期盼这样的世界可以永恒不变，即使自己比任何人都清楚这是不可能的。

送走大家后，知秀跑回温室寻找瑞秋，但她已经消失了。虽然山火没有蔓延到山坡上，温室里却充斥着呛人的烟气。瑞秋亲手烧毁了自己的植物。

知秀瘫坐在地上。是自己欺骗了瑞秋，一次也没向她表达过真心。热气中飘浮着闪着蓝光的灰尘，那都是瑞秋的植物的残骸。她只把这些灰尘留给了知秀。

温室外面传来入侵者的战斗无人机扫射的巨响，眼下不得不撤离温室，知秀最后呼喊着瑞秋的名字，但始终没有听到回应。

阿玛拉接受治疗的医院位于兰加诺湖附近，那里距离亚的斯亚贝巴非常远，驾驶飞天车也要两个小时左右。被人们称为“兰加诺的魔女”的阿玛拉从没打算离开这个地方，因为这里居住着记得几十年前受惠于姐妹俩的人，以及他们的下一代。很多在湖边做住宿生意的人们也记得年轻时候的她们，当阿玛拉可以外出时，大家都会欣然为她们提供空房留宿，并打开平房之间的大门以便她们在湖边散步。

阿玛拉的病房门口堆满花篮，雅映也把自己带来的花篮放在旁边，然后走进病房。阿玛拉的状态较一个月前有所好转，但还是不能进行长时间的交谈。平日大部分时间阿玛拉都在睡觉，短暂醒来时讲的那些慢吞吞的话也没有人能听懂，就连翻译器也派不上用场，所以需要娜奥米陪在她旁边帮忙沟通。

“阿玛拉，现在很多人都相信存在森林村，也相信是你们把那里诞生的植物传播到全世界的。”

阿玛拉听到雅映的话了吗？她又睡了过去，嘴角却挂着微笑。看到那样的阿玛拉，雅映觉得不虚此行。

雅映和娜奥米来到医院外面的咖啡店，面对面坐下来，娜奥米慢慢地喝了一口咖啡，把视线转向医院的方向，说：

“过去几年来，我和阿玛拉的关系很糟糕，因为不知从何时起，她开始否认森林村的存在了。之后她开始接受人们赋予在我们身上的故事，走向毁灭的世界、奇迹般发现的药草、无私地为大家治疗的魔女……我很生气，觉得这样形容我们一点也不妥当，阿玛拉却对我大发雷霆。面对否定记忆的姐姐，我感到很痛苦，因为觉得这等于是在否定我们自己。昨天在你抵达这里前，我和阿玛拉聊了聊，我对她说无论我们各自如何记忆温室，如今都不再仅仅是我们的故事了，我们还有责任记住森林村里其他人的故事。阿玛拉听了我的话，思考半天，然后开口问道：‘是啊，不知道知秀和哈鲁过得怎么样？’”

娜奥米说完便陷入了沉思。

“听到阿玛拉那句话，我才醒悟到其实她什么也没有忘记。我总担心她会离我而去，直到现在也是。阿玛拉只是在用自己的方式保护自己，因为对她而言，回忆过去是更大的痛苦。思念与痛苦总是相伴的，没有必要让所有人一起承受，但庆幸的是，遇到你以后我和阿玛拉又有机会聊起这件事了。”

娜奥米坐在倾泻的阳光下，脸上浮现出仿佛置身于梦境般的表情。雅映看着娜奥米说：

“我也很庆幸能够遇见您。像这样为做研究坚持不懈地紧随一个故事寻找线索，怕是此生都不会再有的幸运了。”

雅映取出录音机，用拜托的口吻说：

“请您讲一下接下来发生的事情。离开森林村之后，你们去了哪里，又是如何度过那个艰难的时期来到这里的呢？”

离开森林村后，阿玛拉和娜奥米打算返回埃塞俄比亚。那是一段需要历经数月的长途旅行，她们在移动的过程中撒下摩斯巴纳的种子，但没时间确认种子是否生根发芽，因为在一个地方停留过久很危险。虽然姐妹俩又过上了流浪的生活，但这次她们有了明确的目的地。

“我们驾驶的飞天车无法越过大海，在路上遇到很多希望在世界末日来临前返回老家，葬于故土的人。我们加入移动的队伍，一起穿越了印度和巴基斯坦，但在穿越亚丁湾抵达索马里的时候，活下来的人已经所剩无几了。有人提议不如一起结伴自杀，于是我和阿玛拉躲了起来，这才好不容易捡回了性命。我和阿玛拉心里都很清楚，假如没有那些人，我们是不可能抵达东非的。我们把那些人的骨灰带在身上，尽可能地帮他们埋在距离各自的老家最近的地方，虽然只是一小部分骨灰而已。”

埃塞俄比亚的情况惨不忍睹，建于亚的斯亚贝巴的巨蛋城早已变成废墟，整个地区幸存下来的只有移居到地下的极少数人和抗体人建立的小规模地上共同体以及少数的巨蛋村。阿玛拉和娜奥米来到耶加雪菲附近，她们辗转于共同体和巨蛋村，向人们说明有在外面的世界生长的植物，却屡遭嘲笑。姐妹俩只好继续迁移，之后在兰加诺湖附近找到一处空无一人的狭小地下避难所。阿玛拉和娜奥米以此为据点，在避难所周围种下了瑞秋的植物，还在地下搭建了制造分解剂的实验室。她们用制造的分解剂和药物与巨蛋村里的人进行了物物交换。

“人们觉得我们只是走运才发现了那些药草。因为当地人使用的是奥罗莫语，所以很难沟通，而且翻译器用起来也相当麻烦。仅凭手上的植物和草药说服当地人是很不容易的，这花费了很长一段时间。”

娜奥米没有解释分解剂的真正效果，而是告诉人们这是可以治疗什么的药。起初没有人相信娜奥米的话，但买走分解剂的人发现服下这种药以后，长期因粉尘引发的痛症减轻了，就这样其他人也跟着购买起了分解剂。因为只有娜奥米一个人知道制造分解剂的方法，所以当地人都对她敬畏三分，加上阿玛拉也熟知药用植物的栽培和处理方法，很快姐妹俩便因分解剂和药草在当地出了名。

“我们为遵守约定，开始种植摩斯巴纳。考虑到摩斯巴纳的繁殖力非常强，且生长速度极快，所以我们先种在了空地上，之后几乎没做什么，摩斯巴纳便在短时间内形成了群落。摩斯巴纳将因粉尘而枯死的生态界的残骸当作养分，迅速地蔓延开来。我和阿玛拉面对大面积的摩斯巴纳群落感叹不已，但仍对这种植物是否拯救了我们充满了疑问。在森林村度过的短暂时光如梦境般渐渐模糊了，没有一件事是可以确信的。我们思考着现在活着的理由，以及这里的人没有死去的原因，但不确定的因素太多了，有可能是因为自身的抗体，也有可能是因为分解剂，再不然就真的是因为摩斯巴纳。我和阿玛拉一直心存疑问，每天都会问彼此‘我们这是在做什么？’。自从离开森林村，我们无论走到哪里都没有归属感，却一直做着在森林村时做过的事。这样做不是出于什么使命感……而是因为我们怀念那段时光，觉得似乎只有这样才能暂时回到过去一样。”

每天夜里，摩斯巴纳形成的大面积群落都会散发出奇幻的蓝光，人们因此感受到神秘感，进而产生某种敬畏之情。没过多久，摩斯巴纳变成了娜奥米和阿玛拉姐妹俩的象征，人们开始相信摩斯巴纳具有治疗效果。虽然一开始娜奥米就把摩斯巴纳带有毒性的事实告诉了大家，但仍很难改变人们深信摩斯巴纳具有药效的想法。从某一个时间点开始，人们积极地种植起摩斯巴纳，一个又一个新的群落形成了，很多人还把摩斯巴纳种在了自己居住的巨蛋村附近。就这样，眨眼间摩斯巴纳覆盖了整片高原。

娜奥米和阿玛拉在某种程度上以药草治疗师的身份站稳脚跟后，为人们讲述起关于摩斯巴纳起源的故事，她们告诉大家这种神奇的植物源于一个叫作森林村的地方，还有生活在那里守护温室的村民的故事，以及摩斯巴纳具有消除粉尘的效果。人们听得津津有味，却只把这当成历经苦难的两个孩子编造出来的故事，就连与她们关系要好的、接受过治疗的人，和对她们信赖有加的人也只是出于尊重才抽出时间聆听她们的故事，但他们在内心并不相信这些。可以证明温室存在的证据，就只有娜奥米利用从废墟捡来的照相机拍摄的一张模糊的照片。

阿玛拉和娜奥米还是不停地搬家，虽不像从前那样需要躲避追杀或掠抢血液的人们，但当下仍没有稳定的共同体，各地仍不断发生着纷争。有些人还对姐妹俩的植物起了歹念，并试图威胁娜奥米，想要获得制造分解剂的方法。有时由于当地人把突然出现的姐妹俩推崇为神的化身，为此她们还遭受了共同体的宗教领袖的攻击。姐妹俩辗转于多处避难所、村庄和城市，每到之处都会传播摩斯巴纳、种植抗尘植物，并私下向与自己同龄的女孩传授制造分解剂的方法，最后为了躲避纷争继续迁移。就这样，两个人走遍了埃塞俄比亚全境，变成了人们口中的“兰加诺的魔女”。

那期间，粉尘应对委员会也展开了正式的活动。经过长时间的论争，索拉里塔研究所最终承认了招致这场毁灭性灾难的过失，并公开了所有与粉尘相关的资料。委员会参考这些资料展开了研究，经过反复的试验与无数次的试错，最终得出了利用反汇编器大面积喷洒分解剂的应对方法。委员会发布这一应对方法时，很多人担心这会造成另一场降尘灾难，但眼下因为存活的人口和可居住地已经所剩无几，所以人类不得不抓住这似乎就要消失的一线希望。

“委员会的应对方法取得了成功。从启动项目的第二年开始，粉尘浓度快速降低，六年后便宣布灾难结束了。这是很值得庆幸的事情，我和阿玛拉的心情却很复杂。目睹整个过程的阿玛拉和我不断问彼此，我们到底做了什么？我们做的都是没有意义的事情吗？我反复扪心自问，难道在那片森林里看到的奇异场景就只是一场梦吗？我始终找不到答案。随着世界各地开始重建，很多人称赞我们是废墟的治疗师、重建的英雄。每当我们受到瞩目时，我都会建议应该研究一下摩斯巴纳的粉尘分解效果，但没有人在乎这些。人们称赞的只是黑暗时期暂时使用民间疗法救人的魔女而已，随着科学再次点亮黑暗的世界，我们便不得不退到幕后了。”

宣布灾难结束以后，娜奥米和阿玛拉定居在了亚的斯亚贝巴。由于阿玛拉本身的抗体很弱，加上之前和娜奥米长期暴露在粉尘之中，没过几年便出现了粉尘引发的脑损伤后遗症。娜奥米因为要照顾姐姐，所以放弃了寻找森林村的人和证明摩斯巴纳效果的想法，她们就这样渐渐地适应了世界重建后的生活。

“人们对我们仅存的最后一丝关心也在摩斯巴纳不存在实际药效的研究结果发表后彻底消失了，有的人还嘲笑我们是骗子，就连埃塞俄比亚正教会对我们的态度也变得模棱两可。毕竟认可魔女有违教理。即使如此，还是有人把我们视为有贡献的人，给予我们尊重，托这些人的福，我们之后才过上了平静的日子。这都是放弃某些东西后换来的平静。”

与粉尘时代的生活相比，世界重建后的生活安定多了。在和平的日常生活中，再也不会受到死亡的威胁，但娜奥米偶尔还会想起过去的某些瞬间，每当她沉浸在过去的时间里，任何人都无法将她召唤回来。

雅映记录下所有的故事以后，小心翼翼地问道：

“摩斯巴纳真的有消除或降低粉尘的效果吗？您现在还认为是摩斯巴纳为重建世界做出了贡献吗？”

娜奥米思考片刻后摇了摇头。

“说实话，我一直半信半疑，现在的想法也是如此。那些植物真的保护我们了吗？难道那不是我小时候扭曲的记忆吗？我一生都在思念森林村，但无时无刻不在审问自己的记忆。其实，做了这么多事，我也觉得摩斯巴纳可能什么意义也没有，可能真的什么也没有。”

娜奥米看着雅映低声说：

“随着时间流逝，我意识到摩斯巴纳是什么已经不重要了。我能告诉你的也只有这些而已。我只是想遵守在森林村许下的诺言，我明知道不可能再创造另一个森林村，也知道那样的地方只有那里而已……但我还是一直种植着摩斯巴纳，因为只有这样我才能活下去。”

*

讲述森林村与娜奥米姐妹二人离开森林村之后的人生故事的《地球尽头的温室》，以新闻三部曲连载的形式刊登出来，其中包括娜奥米的回顾、雅映的采访内容和到目前为止证实的关于森林村和摩斯巴纳的学术资料。虽然新闻没有直接引用知秀的回忆录，但作为参考资料填补了娜奥米故事中的空白，充当了摩斯巴纳和抗尘植物的证词。其间众多媒体接触过雅映，但她通过其中态度最为严谨的一家媒体以韩文公开了这些内容，很快新闻被翻译成各国语言刊登在各国媒体上。报道引起轩然大波，有人欢呼，有人不满。随即出现很多自称目睹过森林村和听闻过那里的人，甚至还有很多坚称曾经居住在那里的人，但这些内容很难分辨真伪。

雅映认为越是混乱，越是要从大自然中寻找答案，可以证明的数据接连登场，其中最令雅映开心的是发现了摩斯巴纳的作用原理。虽然在知秀的回忆录中找到摩斯巴纳去除粉尘的重要原理是“凝结”，但是在粉尘彻底消失的当下要怎么证明这一点呢？就在雅映失去方向时，柏林的国立化学研究所打来了电话。

通话中雅映掌握了实验内容，没过多久便发表了一篇简短的论文。论文的标题为《通过分子模拟研究 Hedera trifidus 中的 VOCs，及自我复制纳米汇编器的基质——酵素作用》。

柏林国立化学研究所的分子模拟研究组在模拟实验中，将自我复制的纳米机器人复制后，确认摩斯巴纳（Hedera trifidus）的发挥性有机化合物（volatile organic compounds，VOCs）以某种方式可去除粉尘。其原理如下：（1）摩斯巴纳的 VOCs 中存在两种以上的成分，在粉尘增加中起到别构抑制剂（allosteric inhibitor）的作用；（2）别构抑制剂在粉尘增加过程中起到双重分离反应混乱的效果，由此引发粉尘颗粒相互凝结（aggregation）形成高分子凝结体；（3）凝结的粉尘颗粒丧失原有的增殖功能后，分子的体积会变大，因此不再具有细胞渗透性。分子被土壤吸收后，细菌会将其分解为有机物。由此推测，摩斯巴纳的根部起到了分解、吸收土壤中粉尘的作用。

主导这次实验的乔治娜研究员在电话里兴奋地向雅映说明了实验内容，她还说结果出来后，第一个想告诉的人就是雅映。乔治娜告诉雅映，其实是一位友人建议自己用分子模拟来测试摩斯巴纳的凝结原理的。虽然不知道那位友人是谁，但雅映突然想起之前那位居住在德国，通过“怪奇物语”网站给自己发来匿名信描述外婆院子的人。

随着新的证据相继登场，最初对雅映的观点持怀疑态度的研究员也渐渐改变立场，粉尘生态学术界仿佛将要迎来一场巨变。直到不久前，在学界占据上风的假设还是自然界的动植物因生长在巨蛋城之外，所以在与人类彻底隔离的状态下具备了独立适应的能力，但随着人为抗尘植物的登场，这种假设又被拉回原点。可想而知，在不久后举办的研讨会上，大家将会针对抗尘植物是否存在人为介入而展开热烈的讨论。当然，不是所有人都对这种情况感到不悦，更多学者很期待这场有趣的讨论，但对于那些面临自己论文被否定的学者来讲，这的确不是什么好事。

那些在亚的斯亚贝巴研讨会上交换联络方式的埃塞俄比亚研究员显得尤为开心，因为这件事让他们生活的地方再次受到世界的瞩目。有些研究员查看起之前没有受到关注的研究论文，希望从中找到与森林村、摩斯巴纳和人为改良的抗尘植物有关的论文。他们互相发送邮件时，还会一起抄送给雅映，就这样，雅映的信箱里累积了几百篇论文。论文涉及领域非常广泛，从有机化学到生物地理学，雅映无法全部理解，只能参考摘要大致掌握内容，但其中一篇论文引起她的注意。在亚的斯亚贝巴研讨会上结识的和蔼可亲的资深研究员在传来的资料上标注了“重要”和“紧急”两个标签。

雅映读完邮件的摘要和结论后，从椅子上站了起来，她希望马上找人讨论一下这篇论文。

“润才姐，你能帮我一起确认一下这篇论文吗？”

雅映收到的论文写于21世纪后期，内容附带着以降尘灾难暴发、粉尘应对委员会成立、宣布灾难结束和开始重建等各个时期的粉尘浓度逆运算图表。根据学者们采用的计算方法，可以看出直到灾难结束时的浓度变化与人们的普遍认知存在差异。众所周知的粉尘浓度曲线图是，从二〇五五年降尘灾难暴发后升至最高点，到二〇六二年出现缓慢增加趋势，之后的两年间不断重复着增加和区间性减少的模式，最后在反汇编器大面积喷洒分解剂后，整体持续增加的粉尘才出现急剧减少的趋势。

但这种新登场的逆运算方法呈现出的曲线图则是，从二〇六〇年开始粉尘浓度并没有增加，而是得到了控制，曲线呈现缓慢下降趋势，之后从二〇六二年开始正式开始减少。学者们将这段持续下降的区段称为“一期减少”。经过一期减少后，粉尘浓度才通过粉尘应对委员会的人为应对方法进入可控制的范围。

从二〇六四年开始的二期减少与人们所知的内容一致，委员会的科学家们发明的巨大吸附网和多孔净化柱，以及利用反汇编器大面积喷洒分解剂都是二期减少的直接原因。但到目前为止，主流的假设仍无法说明一期减少的原因。

“所以这些学者的意思是，反汇编器大面积喷洒分解剂并没有一次性降低粉尘浓度，其间存在两次剧减，导致两次剧减的因素并不一样。”

一直以来，大家都认为降尘灾难的结束是科技与全人类协力取得的胜利，但这些学者认为，重要的是应该找出至今仍无法解释的一期减少的原因。在去除粉尘的过程中，存在一期减少，但至今没有讨论过其原因。虽然这篇论文提出了打破常规的观点，但并没有受到瞩目，因为内容没有提及任何可以解释一期减少原因的方法。

“难道摩斯巴纳是一期减少的原因？”

“虽然掌握了摩斯巴纳存在凝结和去尘的依据，但并不知道这种植物的影响力有多大。如果当时大范围地传播了摩斯巴纳，那从时间上来看是一致的。”

“但是……按照这篇论文的观点，摩斯巴纳应该在广泛传播一年后出现抑制粉尘的效果。如果按照娜奥米所说，摩斯巴纳靠人为介入，从埃塞俄比亚传播到世界各地的时间点是符合的。即便如此，怎么可能在短时间内覆盖整个地球呢……单一品种的植物在短短几年内遍布全球，这在现实中可能吗？”

“我觉得如果所有条件相互吻合的话也不是不可能的事情。当时的生态界几乎没有与摩斯巴纳竞争的品种，能像它那样从死掉的生物中获取充足的养分。况且还存在传播种子的人为因素。我们不是也确认了摩斯巴纳是根据气候变化而发生环境变异的品种，还亲眼见证了这种植物极强的生命力了吗？”

雅映回想起覆盖海月市废铁堆的摩斯巴纳的可怕生长力，它的确是符合繁殖和生存条件的人造植物，因此比一般植物的传播速度更快。

“但就算是这样，也不是娜奥米和阿玛拉两个人可以做到的事情，她们抵达埃塞俄比亚之后就没有离开过那里，况且当地人开始种植摩斯巴纳也是在认为它是神奇的药草之后。娜奥米也说那是很久之后的事了。”

润才点了点头。

“你说得没错，所以外部介入因素不止她们两个人。”

雅映和润才在各国植物地理学家的帮助下，通过对摩斯巴纳的叶绿体 DNA 的分析重现了植物的分布图。由于气候导致的环境变异，很多摩斯巴纳被错误归类进了其他品种，给调查带来了很大的麻烦。

但得益于各地学者的帮忙，他们亲自对比了这些植物的基因组。把诞生于森林村的摩斯巴纳设定为基因组 A 的原种后，再将依靠人为移动的小规模变异 A'、A'' 等和自然形成群落的大规模变异 B 进行对比分析后，可以大致掌握扩散途径，以及绘制出离开温室的摩斯巴纳的移动地图。

在润才最后看过初稿并寄出前，雅映又读了一遍概要，一口气读完绪论和结论。为了这篇论文，雅映埋头苦干了几个月，从亲耳聆听娜奥米的故事的那一刻起，她的脑海中就想象出了这些内容，但这与亲眼看到地图是完全不同的体验。这是对人为造成植物分布的研究结果，也是证明了某个村庄和生活在那里的人们真实存在的结果。

在亚的斯亚贝巴的纳塔利咖啡店再次见到娜奥米时，雅映拿出平板电脑，打开事先准备好的资料。

长期以来，娜奥米并不知道埃塞俄比亚以外的地区发生了什么事，因为国际消息再次传入民间是在很久之后的事了。二十多年之后，娜奥米才听闻摩斯巴纳传播到世界各地覆盖全球的消息，但至于为什么会这样，很多内情只能靠推测而已。

“通过对摩斯巴纳基因组的分析，可以看到在哪里发生了变异。这些植物始于哪里，又移动到了哪里，以及在这个过程中花费了多少时间，都可以通过这些数据推测出来。人为传播单一品种的基因多样性很低，但在自然传播的过程中会提升基因的多样性，由此可以分辨出植物分布过程中哪些是人为传播，哪些是自然传播。”

雅映边说明边在地图上点着一个个点。

“这里可以看出摩斯巴纳的原种出现的地区，这里是森林村所在的马来西亚甲洞，在不远的地方最初形成了大规模群落。不只这里，离开森林村的人们前往世界各地，而且几乎同时在世界各地播种了摩斯巴纳的原种。”

一个接一个的点出现在不同的大陆与不同的国家。

然后从这些点出发，连接出了一条又一条通往世界各地的线。

“不止一个人，也不止一个地方，从温室出发的人们在同一时期抵达了不同的地方，并在那里种下了摩斯巴纳。这里是你们抵达的地方，这里是中国南部地区，还有这里是德国，把这些点以线连接的话……就可以看出世界各大陆最初种下摩斯巴纳的地方。正因如此，摩斯巴纳才可以在短时间内覆盖整个地球。”

雅映希望娜奥米也可以感受到自己最初看到这些数据时的震撼、悲伤和无法言语的喜悦，她看到娜奥米的视线固定在地图上，表情渐渐变了。

娜奥米低声说：

“原来不光是我们，大家都没有忘记。”

“没错，你们遵守了约定，拯救了世界。”

“不，我们只是希望离开那里后重建一个森林村，但最后还是失败了，我们没能……”

娜奥米欲言又止，最后闭口无言。地图上的点还在闪着，雅映也不再说明，此时，再也不需要多说什么了。

即使不说，娜奥米也知道那无数的点代表的名字。

*

我现在才看到你两个月前寄来的邮件，你说想再多了解一些关于摩斯巴纳和抗尘植物的事情？因为没想到会有人通过研究数据库与我取得联系，所以确认晚了。

正如你推测的那样，上传的摩斯巴纳数据都是我在全世界收集的，收集这些数据花了很长时间。

你在信中提到希望从植物的角度来重新书写世界重建的历史，令我感到惊讶的是，竟然至今没有人这样做过。从古至今，人类只以人类自我为中心书写历史，这也难怪身为动物的人类一直对植物存有偏见。我们高估动物，而低估了植物，与动物的个别性相比，我们忽视了植物集体的特性，根本没有注意到植物的一生也充满了竞争与奋斗。我们看到的只有仿佛随手可以抹去的植物风景。我们附属在金字塔式的生物观里，认为植物、微生物和昆虫只存在于支撑金字塔的最底层，除了人类以外的动物处在中间层，人类则高居金字塔的顶端。但事实完全相反，如果没有植物，包括人类在内的所有动物都无法生存，但即使没有动物，植物仍可以追求物种的繁荣。人类不过是受邀来到所谓地球生态的过客罢了，我们一直处在随时可能被赶走的岌岌可危的位置。

身为目击者，我可以为你提供一条线索。如果以植物为中心来书写重建世界的历史，那么摩斯巴纳就是粉尘时代引领迁移的拓荒植物。虽然苔藓类、地衣类和一年生草本植物可以看作最先出现在寸草不生的大地上的植物，但摩斯巴纳作为罕见的多年生木本植物才是拓荒者。从单一物种能够不断拓展生长基地这一点来看，摩斯巴纳作为地球上的生物创造了前所未有的繁荣。当人类困在巨蛋城之中直到死去，摩斯巴纳这种优势种则蔓延到人类从未抵达过的地方。而且在这个光荣时代结束时，摩斯巴纳欣然地退居幕后。这是自认为是优势种的人类根本没有想到的事情。

正如你指出的那样，摩斯巴纳这种植物的矛盾在于自己摧毁了在粉尘环境下创造出的竞争力。随着粉尘环境渐渐得到改善，出现了新的植物生态界，摩斯巴纳因此从优势种中被淘汰出去。但另一方面，这种矛盾也为摩斯巴纳争取了时间，它为适应人类而逐渐减少自身的毒性，缩小了引发皮肤炎症的刺，还失去了引人注目的发旋光性突发变异，最终像降尘灾难之前的杂草一样，将自己隐藏在模糊的风景之中。

这一点也是我没有想到的结果。摩斯巴纳是一种酷似粉尘的生物，其本身具备了不断增殖、攻击和渗透的性质。但同时，因为不存在基因多样性，所以也可以看成会因单一病毒而灭种的脆弱植物。我预测摩斯巴纳会像粉尘一样消失在历史之中，但它通过共存和掌握基因多样性，抹去自己在粉尘时代的痕迹而生存下来了。

但话说回来，学者们对于粉尘时代的植物不是没有什么发现吗？你研究的新生态学又是以哪些知识构成的呢？你可以分享一下那些错误的假设吗？

*

国立中央博物馆举办了纪念重建文明六十周年展览会，回顾了粉尘时代人类共同采取的应对策略、降尘灾难的终结，以及直到重建后数十年间的毁灭与重建的历史。展览规模大到利用了博物馆所有的展区，各展区陈列了代表粉尘时代惨状及那个年代生活的各种现代生物。这次展览会策划了很长时间，但就在几个月前又紧急新增了一个特别展区。从开幕当天，特别展区便吸引了大众的关注。

挂在特别展区外墙上的大型横幅上写着“救世植物摩斯巴纳”几个大字，雅映走进入口，看到带有庄严气氛的横幅咂了咂嘴，身旁一直嘟嘟囔囔的秀彬似乎也和雅映的心情差不多。

“瞧那横幅上的字写得多用力。照片也是组长拍的吧？我们组的灵魂都消磨在上面了……怎么不把我们研究中心的名字也写上去呢？”

备展期间雅映和植物组的研究员都因展览会的企划负责人吃尽了苦头，如今大家听到“展览会”三个字后背都会起鸡皮疙瘩。展览会的企划组突然提出要加设关于摩斯巴纳的特别展区，但因为对植物一无所知，所以几乎每天打电话到粉尘生态研究中心来要资料和询问不懂的内容。在得知每天打来电话的人是被动负责这项工作的企划组新人之后，大家也没办法发火，只好提供帮助，但因为对方频频打来电话，搞得大家根本无法集中精力工作，全组人都被折磨得十分痛苦。当看到摩斯巴纳的照片出现在展览会场引人注目的位置时，大家又都莫名地感动起来，不过就在看到介绍内容没有把重点放在科学考证，而是放在充满神秘主义色彩的包装上时，那份感动随即荡然无存。负责人略显尴尬地解释说：“太具科学性的话，怕是行不通。为了吸引大众，所以增添了一些艺术性。”既然如此，真不知道当初他们为什么要花好几个月的时间折磨植物组的人。

展览会在特别展区举办了开幕式。原本访客需要预先登记，但得益于企划组寄来的邀请票，植物组的人才免去排队。在润才提议既然大家都因为这件事吃了不少苦头，不如集体去看展之前，雅映根本没打算去看展，因为展出的都是自己知道的内容。不过后来她找到了理由。

雅映边走进博物馆大厅边环顾四周，她在寻找今天到这里来的真正理由。室内挤满了人，很难在里面找人。来看展的人们都聚集在大厅入口处的大型壁毯前拍照留念。用从摩斯巴纳中提取的植物纤维制成的壁毯被命名为“地球的礼物”，这是知名设计师为纪念此次特别展览而设计的作品。在雅映看来，这与摩斯巴纳普通的外观相比过于华丽了，名字也取得太宏大了。

昏暗的特别展厅里以轨道灯标示出移动路线，墙面挂着利用摩斯巴纳和用其原种的发旋光性附属物制成的生物艺术作品，黑暗中隐隐闪现的蓝光将展厅渲染得如同外层空间行星一般；再往里走，可以看到以全息图展示的摩斯巴纳的生态和分布区域，以及凝结粉尘的原理。这都是用植物组提供的资料制作的。

“墙上的展品都是骗人的吧？遍布摩斯巴纳的海月市也没有这么夸张啊。”

“骗什么人？艺术本来就很夸张，生物艺术更是如此。”

“也是，用在论文里的照片为了视觉效果也会使用很多颜色。”

有别于验收时看过很多次的雅映，初次看到这些展品的秀彬和润才饶有兴致地一边欣赏，一边窃窃私语。雅映看了一眼表，是时候移动到下一个场所了。

“你们慢慢看，我还有事。”

“雅映，你最近可真忙啊，不会在这里也有什么新发现吧？”

朴组长咧嘴笑着说道。润才瞥了一眼雅映，用嘴形说了一声：

“去吧。”

雅映赶快走出展厅。难道那个人没来看展吗？她打算在展厅门口再等一下。为了不让负责企划的人打扰自己，她拿出平板电脑，假装在处理工作，但根本无法集中精力，于是点开了与约好今天见面的那个人交流的邮件，又读了一遍一个星期前收到的邮件。

托您的福，让我知道了这么多有趣的事情，特别是围绕摩斯巴纳展开的争论非常有趣。针对摩斯巴纳到底是大自然的礼物，还是人造的工具，您也问了我的意见，其实我与您的看法一致。讨论这些根本没有意义，因为摩斯巴纳既出自自然，也是人造出来的。构成摩斯巴纳的要素全部来自自然，但又在人为介入下使其重新成为自然的一部分。虽然有人认为人类利用了摩斯巴纳，但相反地，也可以看成摩斯巴纳利用了人类。两者无法分离，也没有必要分离。但可以肯定的是，摩斯巴纳通过适应人类的战略追求着物种的繁殖，而人类也迫切需要摩斯巴纳。可以说，摩斯巴纳与人类实现了一种共同进化。

我很想跟您见一面，虽然该说的在信里都说了，但我觉得我们手里有彼此想要的东西，不如最后见面交换一下吧。

已经过了约定好的时间，雅映又足足等了三十分钟，仍不见人影。那个人肯定是去了别的地方。她穿过大厅，走到特别展区最里面的走廊尽头，这才找到那个人。

走廊尽头没有阳光，让人感到一丝寒意。只见瑞秋正坐在走廊的椅子上。与晴朗的天气很不相符，瑞秋从头到脚裹着厚厚的衣服，头顶的大帽子压得很低，彻底遮挡住了脸。但雅映还是一眼便认出那个人就是瑞秋。

“您看展了吗？觉得怎么样？”

瑞秋抬头看向雅映。如果没有看知秀的回忆录，雅映根本不会觉得瑞秋是赛博格，从外表来看她和人类毫无差异。瑞秋用干涩的声音说：

“都是无稽之谈，有什么好看的？”

“进去看看的话，会发现很有趣的东西。入口处挂的壁毯还不错吧？”

“那东西看上去就像在讽刺摩斯巴纳。”

瑞秋漫不经心的语气逗笑了雅映。那的确不是瑞秋会喜欢的东西。

“邀请您到这里来，是希望向您展示一下您的伟业。虽然人们都在感叹救世植物，但我很想见一见真正拯救人类的救世主。瑞秋，能见到您，是我的荣幸。”

不知道瑞秋在想什么，她一声不吭，呆呆地看着雅映。雅映笑着说：

“我们换个地方吧？这里太吵了。”

海月市传出的机器人失踪怪谈又让雅映产生了一堆疑问。如果知秀已经离开了这个世界，那海月市的摩斯巴纳又是谁种的呢？知秀到底想在海月市找什么呢？还有那个在废铁堆沉睡已久后被挖掘出来的人形机器人。为什么偏偏在海月市出现的是摩斯巴纳的原种呢？虽然韩国从几年前开始偶尔也会出现摩斯巴纳异常繁殖的现象，但这都是巧合吗？

瑞秋在哪里呢？雅映推测也许她就在海月市附近，但要如何寻找她的下落仍是一个难题。就在雅映为这件事苦恼时，意外地发现一条线索。在调查之前与摩斯巴纳有关的文献时，雅映在共享基因组序列网站“UniGene 数据库”中看到了按照地区分类上传的摩斯巴纳基因组，上传这些数据的 ID 引起了雅映的注意。虽然有很多植物学家会对自己特别关注的物种展开地区变异调查，但早在娜奥米的森林村故事公开以前，对摩斯巴纳展开调查且执着地辗转全世界收集数据的人就只有这个 ID 为“Rc”的人。

雅映没想到瑞秋会回信。也许是因为雅映没有询问她的过去，而是问了关于植物的历史，所以才将话题持续下去。瑞秋没有否认自己就是编辑摩斯巴纳的植物学家，因此雅映问了很多关于摩斯巴纳的问题。例如，是如何设计和编辑摩斯巴纳的？摩斯巴纳是如何把抗尘性 DNA 矢量转移到现有植物的？原种变异后的摩斯巴纳是如何像野生杂草一样编入自然界的？雅映还向对粉尘生态学很感兴趣的瑞秋介绍了关于摩斯巴纳的主要理论和假设，有时瑞秋觉得内容很有趣，有时也会嘲笑都是一些无稽之谈。

取得联络初期，雅映可以感受到瑞秋很喜欢与自己聊天，但似乎不想跟自己见面，所以她觉得既然如此，最好尊重瑞秋的想法。但之后她想到有些资料和东西必须交给瑞秋，于是在反复思考后提出了见面的要求，没想到瑞秋欣然给出积极的答复。

“谢谢您今天跟我见面。其实，我觉得您应该对这些发现和变化没什么兴趣，因为是您在很久以前改良的这些植物，并把它们传播到世界各地的，这是无法改变的事实。搞什么特别展厅，不过是我们这些后人大惊小怪，觉得自己有了什么新发现罢了。起初我感觉您就像一个把植物当成玩具的人，但看到您上传的各地摩斯巴纳的数据以后，我的想法改变了。也许在研究植物这件事上，这位名叫瑞秋的植物学家就只是出于单纯的好奇心和探索精神，但若在这个过程中可以更接近真理……您似乎一点也不在乎是否有其他人参与其中。瑞秋，植物对您到底有什么意义呢？”

瑞秋用她那特有的、读不出任何感情的表情紧盯着雅映。瞬间雅映觉得自己仿佛成了瑞秋观察和分析的对象。片刻过后，瑞秋才开口说道：

“自从森林村解体，知秀离开以后，留在我身边的就只有这些植物。植物就是我的全部。我希望它们可以传播到更远的地方，可以覆盖整个地球，直到看不到人类为止，但这种希望并没有实现。”

瑞秋讲述了知秀回忆录里没有提到的之后的事情，她亲自烧毁温室里的植物以后，几十年来走遍世界各地的故事。瑞秋潜伏进已成废墟的种子保管所，躲在那里，把植物改良成了抗尘植物。她还尝试将抗尘性基因植入根部细菌以此让森林起死回生。因为不愿想起森林村的温室，所以她没有像从前那样停留在一个地方进行实验，她为了遗忘那份痛苦而四处流浪。

“灾难结束以后，搞这些实验也变得无聊了。我觉得是时候放开这些长期以来我倾注所有热情的植物了，因为即使没有我，它们也可以占领地球。如今我可以关掉自己的电源，沉睡于废铁堆之中了，但就在我找到适合的场所以后，突然萌生了一个疑问，如果我就这么死了，那之前感受到的混乱和感情会去哪里呢？我对知秀的感情真的是因为人为诱导而产生的吗，还是从一开始就存在的呢？如果是诱导而生，那为什么几十年过去了，离开温室这么久之后还是无法遗忘呢？想到这些，我就愤怒得没办法死了。”

“所以你去了海月市？”

“经历这种混乱后又过了很久，我才下定决心去找知秀。”

瑞秋脸上露出淡淡的微笑。

对瑞秋的身体了如指掌的维修师离开后，维持机器身体变得越来越难了。为了维持身体机能，瑞秋不得不到处寻找被遗忘的技术，途中她突然失去了意识，在被某人重新启动后立刻逃走了。没有目的地的生活就这样一直持续着。

“关于知秀，我思考了很久，她真的对我的大脑动过手脚吗，还是只是信口开河呢？但就算她真的对我的大脑做了什么，那也不是什么不可饶恕的大错。我的心究竟是从何时开始这样的？我回想与知秀的对话，反复思考，再一次陷入绝望。如果这么长时间都无法忘记她……那我的感情难道不是真实的吗？”

瑞秋停顿了一下，接着说：

“其实，我想起一件我欺骗了知秀的事。”

“是什么事？”

“知秀在温室发现我的时候，我已经死了。知秀一直怀疑我是自杀，但后来接受了我只是想沉睡几年的说法。但事实上，当时我选择的是死亡。我知道一旦关闭电源，温室里充斥的粉尘就会把我变成无法重新启动的状态。知秀的出现是一个意料之外的事故。”

“但是……你没有再次选择死亡啊。后来不是为了保护植物和知秀进行了交易吗？”

瑞秋点了点头。

“没错，但那不过是借口罢了。知秀救活我时，我对她产生了好奇心，这才是真正的理由。当我想要再次关闭电源时，总会忍不住想知秀是怎样一个人，心里总是很在意她。明明她自己也没有想要拯救人类的想法，心里也期待世界早点毁灭，但还是很厚脸皮地要求我做什么救世主。这让我觉得很有趣，让我想要观察她。现在想一想，我们对彼此产生好奇心的出发点都是一样的，我们一辈子都在好奇彼此的内心世界，然后就这样不了了之。”

雅映突然觉得瑞秋的眼神像极了小时候在院子里看到的知秀的眼神，她们眼神里交织着后悔与思念，一种无法断言为痛苦的复杂感情也存在其中。人生中的某个瞬间可以支撑人的一生，让人有勇气活下去，但同时也会让人痛苦不堪。

“瑞秋，我只知道一件事，那就是知秀也没有忘记您。我小时候经常听知秀提起那个告诉她植物也是精心打造的机器的人，看着她在院子里凝视虚空中飘散的蓝光，我第一次知道，原来记忆可以捆绑住人的一生。虽然我不知道过去发生了什么事，也不知道知秀是否真的诱导了您的感情，更不能为知秀做任何辩解，但无论怎样，我觉得我们的心和感情都是物质性的，会随着时间的流逝而流逝，可是最后还是会留下某种核心。您的感情就是这样沉淀下来的，连时间也没能淡去这种感情。”

瑞秋默默聆听着雅映的话，雅映觉得她的眼神充满了悲伤。

“知秀在回忆录中最后留下了一个请求，希望有人日后见到您时，可以帮她转达歉意。她说一次都没有表达真心这件事束缚了自己一辈子，后来才意识到这有多么自私，所以一定要向您道歉。”

雅映最后还说：

“我知道知秀最后居住的地方，她希望可以重返温室，但还是没能做到。您也可以去那里看看，说不定可以看到她的留言……”

雅映看到瑞秋的表情，停了下来。

“瑞秋，没事吧？”

瑞秋成了没有眼泪的赛博格，但她现在看起来好像在哭。她扭曲的表情蕴含着难以衡量的时间与感情，为了不打扰她，雅映把视线转移到了别处。

*

征得了娜奥米的同意后，雅映决定将关于“地球尽头的温室”的记录转换成另一种媒介，编辑成书。有些故事被记录下来了，有些内容则没有记录。因为雅映觉得没必要公开所有的故事。赛博格的身体最终也会生锈，所有零件也会老化、变形。总有一天，一切都会消失，那记录又有什么意义呢？虽然雅映也觉得很混乱，但还是决定把这样的混乱呈现给世界。

瑞秋记忆中的娜奥米每晚都会跑去知秀的小屋，知秀说她是一个聪明伶俐的小女孩。瑞秋在森林村除了知秀，几乎不跟任何人交流，所以她们的关系并没有很亲近，即便如此，当得知彼此的消息以后，两个人都很开心。娜奥米高兴地说：

“我记得朝温室的方向打招呼时，瑞秋还会向我挥手。村里人都觉得瑞秋和我们生活在不同的世界，其实并不是那样的。现在我们终于证明了彼此的存在。”

当得知瑞秋决定彻底分解自己的身体时，雅映并不感到意外。如今，瑞秋记得的人和记得瑞秋的人大都化为了灰尘。对瑞秋而言，死亡也是一种实验，在机器缓慢腐蚀的过程中，对于死亡的恐惧也如流水般离开了她的身体。雅映觉得瑞秋现在才找到了自己想要的平静。

第一次也是最后一次见到瑞秋的那天，雅映把知秀的记忆芯片交给了瑞秋，瑞秋也给了她森林村的坐标。即使瑞秋不说，雅映也猜到了坐标。雅映正准备开口问瑞秋要不要一起前往时，看到她脸上浮现的阴郁神情，即使不问也知道，她已经去过很多次了。

雅映站在原地良久，目送着瑞秋离去的背影。走下楼梯后，她立刻预订了飞往马来西亚的机票。

*

吉隆坡甲洞郁郁葱葱的热带雨林里，坐落着曾是降尘灾难暴发前的森林研究园区，位于那里的温室和村庄曾是逃亡的人们的安生之所，但如今所有的痕迹都消失了。

娜奥米的故事公开后，马来西亚有关部门挖掘出了森林研究所的残骸。虽然森林村也规划进了重建复原的范围内，但尚未正式展开复原工作，仅挖掘出了部分残骸。当然，当时的痕迹几乎消失殆尽，挖掘到的只有部分建筑的柱子和支架。听闻当地政府有意将温室复原，阿玛拉和娜奥米表达了反对意见。讨论过后，最终只在温室原有的地点立了一个小标志牌。

雅映邀请娜奥米同行，但娜奥米回答说：

“那里应该和我记忆中的样子完全不同了吧。我担心如果真的是这样，以后就再也梦不到森林村了。不如你先去看看，看看那里变成了什么样子，是否还能联想到森林村。”

曾是森林研究所的整片区域正计划种植出摩斯巴纳群落，因此尚未向一般游客开放。整座山都被指定为保护区，要想进入，必须申请许可证。雅映下飞机后又坐了四个小时的飞天车。抵达入口时，只见整片森林已经形成了郁郁葱葱的摩斯巴纳群落。

“你这次来是为了做研究吧？那想必已经知道规定了？不可以超出规定范围，如果脱离规定范围，领路机器人会发出警告音，警告音响两次的话是要交罚款的。请多加注意。这里禁止采集标本，如果需要采集，还需要另外申请许可证，但你这张上没有盖章。”

“请放心，我绝不会损伤一根草的。”

雅映从工作人员手里接过许可证。工作人员用半信半疑的眼神扫视了一遍雅映后，从抽屉里取出领路机器人，然后从管理事务所的侧门走出来。机器人没什么特别的功能，作用只是监视游客。他们连张地图也不提供，可见这里还是不欢迎游客。雅映向工作人员鞠了一躬，便朝山里走去。

通往山顶的山路两侧，比起摩斯巴纳遍布更多的是蕨菜、石苇、椰子树和橡胶树等生长在马来西亚的野生植物，但从坡度突然变陡的地方开始，树木变得越来越稀少了。这里曾经是密林，但在重建复原工程启动后砍掉了不少枯树，剩余的树木上都被摩斯巴纳缠绕着，很难看出原有的样子了。

雅映弯下腰，重新绑了鞋带。没走多久之后，山坡的轮廓渐渐映入眼帘。

摩斯巴纳几乎覆盖了整个山坡。尽收眼底的山坡上，没有看到建筑的残骸，山坡上只有野草，周围全是飞来飞去的草虫和它们的鸣叫。忽然一阵微风拂过，雅映觉得鼻子很痒，停下来打了一个喷嚏，随后站在原地，徐徐环视了一圈一望无际的摩斯巴纳。雅映在脑海中回顾过无数次娜奥米的故事，所以当下可以想象出村庄的样子，也许那里是会馆，另一头是学校和图书馆。

雅映迈步继续前行，走了一段坡路后，遇到平坦的山脊，她在那里看到了目的地。如今再也看不出任何形态的建筑物痕迹，全部被摩斯巴纳覆盖了。

破碎的残骸和小型的标志牌证明了这里存在过温室。虽然这都是不经意就会错过的、不显眼的痕迹，在雅映眼里却有着明确的意义。

这里就是整个故事开始的地方。

夜幕缓缓降临，但在这里再也看不到摩斯巴纳的蓝光，随着时间推移，摩斯巴纳失去了原有的蓝光，但雅映可以在渐渐变深的黑暗中想象出那闪闪的蓝光，仿佛眼前飘散着那些曾经在知秀的院子里见过的、凄凉的蓝光粒子。

雅映蹲下来，身体碰触到了藤蔓，她双手支撑地面，感受着泥土的触感，随后俯下身子，把耳朵贴在地面上，一边倾听沙沙作响的声音，一边闻着草香。在笼罩住山坡的黑暗中，这些久远的感觉深深吸引着雅映。

现在，雅映可以想象出曾是那些人安身之处的村庄了。

傍晚时分，一扇扇亮起黄光的窗户，如同雨伞般垂落而下的植物，飘散在虚空中的蓝色灰尘。这里既不是地球的尽头，也不是宇宙的尽头，这里只是某一座森林的玻璃温室。在这个夜深人静的地方，承载温暖的故事透过玻璃墙传了出来。

作者的话

最初开始构思《地球尽头的温室》时，我只有模糊的故事种子。为了以小说形式栽培这颗最终不知会长出什么的种子，我需要一种非常缓慢且坚持不懈地进行传播的，最终可以抵达任何地方、覆盖整个地球的生命体。我仔细研究过细菌、病毒、霉菌、蘑菇，甚至还有昆虫，但在构思过程中，出于各种原因它们全都被淘汰了。最后，我得出的答案只有一个，那就是植物。唯有植物可以成为拯救我的小说的生物。

坐在郊外新开的温室咖啡店里，我问了爸爸很多问题。植物是如何生长和传播的；植物有着怎样的一生；草本和木本的差异是什么；一年生和多年生是什么意思；根据栖息地不同，植物会有什么变化；单一品种能否适应不同的气候条件……当时对植物一无所知的我只想通过没头没脑的提问找寻明确的答案。我是想问，这种奇怪的植物真的存在吗？主修园艺学的爸爸给出的答案是："植物无所不能。"接着他滔滔不绝地讲起世界各地奇异的植物。

我就这样懵懵懂懂地一只脚踏进了植物的世界，感觉稍稍明白了植物无所不能的意义。如果仔细观察地球，就会发现地球真的很像外层空间的行星。

我很喜欢温室的矛盾性，既是自然的也是人工的温室，被区分和控制的自然。这样的空间里种植着无法独自远行的植物，再现了地球另一端的风景。创作这本小说期间，我一直在思考我们已经深深介入的、无法挽回的，却又必须继续生存下去的地球，以及那些即使面对绝望的世界，但还是决定重建家园的人。

也许，我是想写一本关于那样的感情的小说。

参考文献

[1] 西村佑子 . 魔女的药草箱 [M]. 金尚浩 译 . AK Trivia Book，2017.

[2] 雷纳托 · 布吕尼 . 魔法学徒的神奇花园：植物、灵感与仿生 [M]. 张慧景 译 . 3rdmoonbook，2020.

[3] 理查德 · 伯德 . 园丁的拉丁语 [M]. 李善 译 . Kungree Press，2019.

[4] 迈克尔 · 波伦 . 植物的欲望 [M]. 李晶植 译 . Taurusbook，2007.

[5] 斯特凡诺 · 曼库索 . 植物比你想的更聪明 [M]. 林熙妍 译 . The Forest Book，2020.

[6] 斯特凡诺 · 曼库索，亚历山德拉 · 维奥拉 . 它们没大脑，但它们有智能 [M]. 杨炳灿 译 . HhangseongB，2016.

[7] 尹吾顺 . 咖啡和人类的摇篮，埃塞俄比亚的邀请 [M]. Nulminbooks，2016.

[8] 李楠淑等 . 马来西亚民俗植物学 [M]. 国立树木园，2019.

[9] 李孝英 . 植物散步 [M]. Geulhangari，2018.

[10] 稻垣荣洋 . 像杂草一样用力生存 [M]. 张恩静 译 . Kyra Books，2021.

[11] 稻垣荣洋 . 战斗的植物 [M]. 金善淑 译 . The Forest Book，2018.

[12] 张友慧 . 快长快长马来西亚 [M]. BookGoodCome，2018.

* 创作这本小说参考了以上著作和资料。

感谢生命科学家金俊先生提供分析杂种植物基因的重要构思。